TAKEN IN DEATH / WONDERMENT IN DEATH
By J.D.Robb
Translation by Etsuko Aoki

忌まわしき魔女の微笑
イヴ&ローク 番外編

J・D・ロブ

青木悦子［訳］

ヴィレッジブックス

目次

Eve&Roarke
イヴ&ローク
番外編

忌まわしき魔女の微笑

おもな登場人物

- **イヴ・ダラス**
  ニューヨーク市警（NYPSD）殺人課の警部補
- **ローク**
  イヴの夫。実業家
- **ディリア・ピーボディ**
  イヴのパートナー捜査官
- **シャーロット・マイラ**
  NYPSDの精神分析医
- **リー・モリス**
  NYPSDの主任検死官
- **ルイーズ・ディマット**
  無料クリニックの女医
- **ティーズデール**
  国土安全保障機構の捜査官
- **ヘンリー&ガーラ・マクダーミト**
  連れ去られた双子の兄妹
- **ロス&トーシャ・マクダーミト**
  ヘンリーとガーラの両親
- **マイ・ボルグストローム**
  トーシャの双子の姉
- **マーカス・フィッツウィリアムズ**
  〈フィッツウィリアムズ・ワールドワイド〉CEO兼社長
- **ダーリーン・フィッツウィリアムズ**
  マーカスの妹
- **ヘンリー・ボイル**
  ダーリーンの婚約者
- **ドクター・ブライト、マダム・デュプレ**
  霊能者

忌まわしき魔女の微笑

百万人にひとりのヒーロー、
トム・ランガンの思い出に。

子どもが支配下に入ると、
彼女はその子を殺し、料理して食べ、
その日はごちそうとなった。
――グリム兄弟

われわれがこの世という畑で知っている善と悪は、
ほとんど分かちがたく結びつき、ともに育つ。
――ジョン・ミルトン

プロローグ

悪い魔女がダーシアを殺した。ヘンリーにそれがわかったのは、床に倒れているダーシアを見たからだ、それにあのたくさんの血を。悲鳴をあげて泣いて逃げたかった。戦いたかった、勇敢な戦士、戦いの騎士、大好きな物語のヒーローのように。けれどもできなかった。何もかもがこっけいでぼんやりして間違っているように思えた。自分が魔法をかけられていることはわかっていた。悪い魔女の魔法を。

そして双子の妹のガーラを見ると、妹の両目は、テーブルの上にある白い花をいけた花瓶の青いガラスみたいになっていた。

悪い魔女が魔法をかけたせいで、二人はヘンリーのコンピューターゲームに出てくるゾンビのようになり、足をひきずって歩くことしかできず、言おうとする言葉は低く気味の悪いあえぎみたいになって出てくるのだった。

その魔法のせいで彼は頭がぼんやりして膨張したように感じた。それに魔法をかけられていると、心の底から怖くてしかたなかった。

彼女は、つまり悪い魔女は二人を待たせておいて、そのあいだに彼らの特別な〝旅行に行くんだ〟バッグに荷物を詰めた。待ちながら、彼は魔法が薄れてくるのを感じた。頭はまだ膨張したみたいでぼんやりしていたが、ポケットに秘密があるのを思い出した。

魔女は彼らを家から連れ出すと、車の後ろに乗って、横になり、眠っていろと言った。

彼は逃げ出したかった、ガーラの手をつかんで逃げたかった、けれども魔法のせいで車に乗らされた。二人は、ヘンリーとガーラは一緒に横になり、震えながら、強く抱き合った。

たぶん魔女は二人を地下牢か塔に連れていき、閉じこめるんだろう。しかし彼は眠らなかった、なぜなら彼は秘密を持っていて、できることがあったから。あの言葉を言うことさえできれば。

魔女が「これから楽しくなるよ！　砂糖漬けプラムとチョコレートのアイシングでできた、すてきなところにみんなで住むんだ」と言ったが、彼は信じなかった。

ガーラの頰を涙がつたうのを見て、彼はおたがいの心の中で彼女を慰めようとした。

僕が守るよ、ガーラ。おまえには何も悪いことが起きないようにする。

あたしたちはおたがいを守るのよ。彼女の心が彼の心に言った。

彼は泣きたい気持ちにもなった、でも勇気を出さなければならなかった。妹を守り、もう一度家に帰る手段を見つけなければ。

なぜなら悪い魔女は嘘(うそ)をつくから。たとえママそっくりの姿をしていても。

1

いつもの革のコートに、短く切ったブラウンの髪を風に乱し、イヴ・ダラス警部補は、イースト・サイドの最高級地区にある三階建てタウンハウスの、あちこちに広がったリビングスペースに立った。死んだ女が着ていた、踊る子犬の柄のパジャマは血まみれだった。女はあおむけに横たわり、片方の腕を頭の上に投げ出している。流れた血や飛び散った血が、このしだいをはっきりと語っていた。

しかしさしあたっては、イヴはそばに立っていた制服警官に説明をうながした。

「九一一へ通報してきたのは被害者の友人だそうです。彼女は被害者をダーシア・ジョーダンと確認しています。発見者――エリナ・コーティズ――と被害者は子守です。被害者の雇い主は――」

「彼女が子守なら、子どもたちはどこなの？　ここは彼女の住まい、それとも雇い主の家？」

「ええと、両方です、サー。彼女はロス・マクダーミトと妻トーシャに雇われていて、二人がここの所有者です。家の中を捜索しましたが、子どもはひとりもいませんでした。ここ以外で争ったり騒ぎがあったりした形跡はありません。でも服やおもちゃが少しまとめて持ち出されたようです。子どもは二人いて、ひとりは男子、ひとりは女子。双子で、年齢は七歳」

「ピーボディ」イヴはパートナーに顔を向けた。「いますぐその子たちの名前、外見特徴、写真を手に入れて。児童誘拐事件警報（アンバー・アラート）を出して、いそいで」

「警部補、両親ですが、発見者によれば、休暇旅行中だそうです。まだ連絡がとれません、ですから子どもたちも一緒の可能性があります。自分にはどうも——」

「あなたにどうみえるかみえないかなんて知ったことじゃないわ、巡査。子守は死んで、子どもたちは所在がわからないんだから」

「ですが規定では——」イヴの顔に浮かんだ冷たい炎に、巡査は最後まで言う気力を失った。

「玄関ドアには防犯カメラがついてる。そのディスクがほしいわ。発見者は近くに留めといて。じきに話をするから」背中を向けると、イヴは遺体のところへ歩いていった。捜査キットを開き、まず身元の確認をした。

「被害者はジョーダン、ダーシア、年齢二十九と確認。独身、子どもなし。ロスとトーシャのマクダーミト夫妻に、親付きのアシスタントとして雇用されていた。最近は子守をそう呼ぶの？　被害者には複数の刺し傷がある。喉(のど)、右肩、胸。右の手のひら、右前腕に防御創」

眉を寄せ、イヴはもう着られなくなったパジャマの上着の首まわりを少し下げた。「ちくしょう。心臓のすぐ上に小さな五芒星(ごぼうせい)が刻まれている。浅い切り方ね、でも模様ははっきりしている。宗教がらみの殺しかも」

計測器を使って死んだ時刻を割り出した。「死亡時刻(TOD)、ちょうど深夜〇時」

「アラートを出しました」

イヴはピーボディにうなずいた。「見てみて」

かがみこみ、ピーボディはそのオカルト的な記号を検分した。「おやまあ。宗教がらみだと思います？」

「わたしが思うのは、犯人はわざわざ時間をかけて被害者にこれを刻みつけたってこと」

ピーボディはその角ばった顔を心配でいっぱいにして、階段のほうへ目をやった。「もう一度捜索してきます。子どもは隠れるものですから」

「やってきて。クローゼット、キャビネット、ベッドの下も」それから別件での幼い生存者を思い出し、付け加えた。「バスタブ、シャワー室もね」もう一度立ち上がり、あたりを見まわした。

「金になるもの、電子機器、簡単に持っていけるものがたくさんある。宝石類や現金も調べて」ピーボディにそう呼びかけ、それから制服が持ってきたディスクを受け取った。

それをリビングエリアの壁面スクリーンに入れた。「ディスク再生」と命じた。「二十三時三十分から始めて。スキャンスピードで」

静まり返っている、と思い、カメラがエントランスや歩道やむこうの通りを映している画像を見つめた。イースト・サイドのアッパークラスが住む界隈の、二〇六〇年の暮れに向かっているごくふつうの秋の晩。

時刻表示が二十三時五十四分のところで、最近の型の黒い四ドアのセダンが縁石へすべるように走ってくるのが見えた。

「画像停止、拡大。ナンバープレートを調べて」イヴは制服に言いつけた。「続行、通常のスピードで」

イヴはその女が――長身、グラマー、ブロンド、三十代後半、長い黒のコート、ロングブーツ――車から降り、歩道を横切って玄関ドアへ行くのを見守った。

女はちらりと目をカメラのほうへ上げ、笑みを浮かべた――ずる賢そうに。そしてベルを鳴らした。

「警部補――」

イヴは指を立てて制服を黙らせ、女が何か言っているのを見つめた。読唇機なら何を言っているかわかるかもしれない、女は顔をそむけてしまったが。それから女はもう一度笑い、前へ進んでカメラの視界から消えた。

「スキャンスピードで」

頭の中で、イヴはカメラに映らない家の中で何が起こったのかを見ていた。ナイフでの攻撃が、喉をとらえる。被害者は一歩下がるか、後ろへよろめくかして、手をあげる。またしてもナイフが襲い、手を、腕を、肩を切り、被害者を後ろへ追いつめる。胸に二刺し、それからとどめにもう一度、喉を切り裂いて殺す。

そしてナイフの先端を使い、死が訪れたあとに死者にしるしを刻んだ。

イヴがもう一度画像の速度を落としたのは、さっきの女が――今度は赤いコートで、両腕にそれぞれ大きな旅行用トートバッグ――ぼうっとした目の、信じられないほど可愛い赤毛の子ども二人を家から連れて出てきたときだった。

二人はさからいもせず歩き、小さな酔っぱらいのようにおたがいのほうへ体を揺らし、バックシートに乗りこんだ。トートバッグをトランクに積みこむと、女は運転席に座った。

イヴは女が車を出す前に、頭をのけぞらせて笑うのをはっきり見た。

「車のデータを、巡査」

「はい、それが問題なんです。あの車はロスおよびトーシャ・マクダーミト名義で登録されています。それにあの女性なんですが。あれはトーシャ・マクダーミトです」巡査の手のひらサイズのコンピューターを手にとってみると、女の写真とＩＤデータが映っていた。

「連絡をとろうとデータにアクセスしたときにわかりました。被害者の雇い主です、警部補。母親です」

「なぜ彼女は自分で鍵をあけて入らなかったの？　なぜ子守に出ていけというかわりに彼女を殺したの？　発見者は彼女と夫がどこにいるか知ってる？」

「正確には知りません。二度めのハネムーンだそうです。どこかの島で、たぶん南洋だと。たしかなことは知りませんでした。ひどく取り乱していて」

　雇い主、とイヴは思い、自分のＰＰＣでデータを呼び出し、目を通しはじめた。

妻は通訳として国連に雇用されていて、二重国籍を持っており、それはつまりお役所主義のもつれをほどく必要があるということだった。夫のほうは、自営のアーティスト。

「聞きこみを始めて、巡査。ドアをノックしてまわるの。マクダーミト夫妻がどこにいそうか、いつ出発したのか、いつ戻る予定なのか突き止めて。誰かゆうべ彼女が帰宅したのを見ていなかったか調べて。夫妻がいつも車を路上に置いているか、それともガレージに入れているかも。答えを見つけて」

「子どもたちのいる様子はないです」ピーボディが階段を降りてきながら言った。「押し入った形跡もなし――上の階にも目につく値打ちものがたくさんあります。これを見つけましたよ」彼女は長い黒のコートを持ち上げてみせた。「マスタークローゼットで。血痕のようです。血のにおいがしますし」

「でしょうね。犯人が子守を刺したときに着ていたのよ。それを脱ぎ捨てて、別のコートを持っていった。証拠品袋に入れてタグをつけて。セキュリティディスクでは、母親は死亡時刻の六分前に着いて、ベルを鳴らしてる」

ピーボディはかがんで自分のキットから証拠品袋を出していたが、ぱっと体を起こした。

「母親なんですか、でも――」

イヴはスクリーンを指さし、映像を前に戻して、トーシャ・マクダーミトの顔をズームインしてみせた。

「あれは母親よ。それからここ……」映像を早送りし、母親が二人の子どもを連れ出している部分を再生した。

「なぜ子守を殺すんです？」ピーボディは首をひねった。「夫と浮気？」

「昔から人気のテーマよね」ベルトのループに親指をかけ、イヴはもう一度じっくり室内と、血の飛び散り方と、遺体を見た。「彼女は夫も片づけたのかもしれない、どこか別の場所で。裏切り者たちを殺し、子どもたちを連れ去り、姿を消す。でも値打ちのあるものを何も持っていってないのは？」

「彼らを片づけたとすると」とピーボディは言った。「裏切り者たちは片づいたわけですよね？ 彼女は夫婦の資産を自分のものにするかもしれない、もしくはもうすでにしているかもしれません。少なくとも、子どもたちが危険にさらされていることはないでしょう。彼女は母親なんですし」

「子どもたちを見て」イヴはもう一度、それぞれの愛らしい顔にズームインした。「あれはただ〝夜中に起こされた〟ってだけのふらつきようじゃない。二人の瞳孔、歩き方を見てごらんなさい」

「薬を与えられている？」

「彼らは正面玄関から出なければならなかった、ということは子守の血まみれの死体のすぐ横を歩いたのよ。そんなことになればかなり動揺するでしょう。でも二人は……無気力で、うつろにみえる」

「二人が動揺して面倒をおこさないように、彼女が何か与えたのかもしれませんね――死体や血を本当に理解することすらないように」

「そうかも。彼女は国連の通訳よね。そこへあたってみることから始めないと。夫はフリーランスのアーティストだっけ」

「第一には彫刻家ですね、三階のアトリエがものさしになるなら。腕はいいですよ。斬新な感じのする、幻想的なものです」

「彼らがどこへ行ったのか、いまどこにいるのか、それから夫はまだ生きているのかを突き止めなきゃ。外にいる発見者にあたりましょう。そのディスクを出して、タグをつけて封印して」

外へ出ると、激しい風がコートを引っぱった。その風が髪のあいだを抜けて、両手を凍えさせた。手袋のことを思い出したときにはいつももう手遅れだ。

歩道の立入禁止柵のすぐむこうに野次馬が集まっていた。イヴは上等なアイリッシュウィスキー色をした、冷徹な警官の目で彼らをながめていった。そしてパトカーの後部座席にいた発見者を見つけた。

「彼女が取り乱していたら」とパートナーに言った。「あなたに任せる」

しかしエリナ・コーティズの興奮状態は、涙まじりのショックと悲嘆に変わっていた。彼女は車から降りてきて、濡れたハンカチを両手でもみしだいた。

「わたしはダラス警部補です、ミズ・コーティズ、それからこちらはピーボディ捜査官。何があったか話してください」

「わかりません。わからない。わたしは子どもたちと一緒に来たんです——」

「子どもたち」

「サーシャとマイカ。わたしはあの子たちの子守なんです。二人はヘンリーとガーラの友達で、それからダーシアは……ダーシアとわたしは……わたしたちは友達でした」エリナはロにハンカチを押しあてながら、三度息を吸った。「仲のいい友達でした」

大粒の涙があふれ、彼女のやせた顔をつたっていった。「いつも一緒に子どもたちを学校へ送っていくんです、なのであの角で待っていました、あそこです」——彼女は南を指さした——「でも彼女は来なかったんです。それに寒かったから、わたしは子どもたちを学校へ連れていって、それからどうしたのか見に戻りました。メッセージを送っても返事がなかったので、会いにいったんです。彼女は病気なのかもしれない、そう思ったんです、彼女でなければ子どもたちのどちらかが。彼女は忘れたりしません。毎日一緒に子どもたちを学校へ送っていきますし、マクダーミトご夫妻は遠くに行ってますから」

「遠くのどこです?」

「ええと——どこかあたたかくて有名でロマンティックなところ。お二人はあした帰ってきます。結婚十周年のお祝いをしているんですよ。特別な旅行なんです」

「オーケイ、あなたがここへ、様子を見に戻ってきたとき、何がありました？」

「彼女は返事をしませんでした。わたし、ちょっと心配になりました。どうしてあんなことをしたのかわかりません」

「何をしたんですか？」

「ドアをあけようとしました。自分でもどうしてかわかりません、いつも鍵がかかってますし、でもあれは……思いつき？　わかりません、でも鍵はかかっていませんでした。押しただけであいたんです、だから呼んでみました。中へ入りました、少しだけ。そうしたら血が見えて、それからダーシアが見えました。彼女が床に倒れていて、血があって」

エリナは両手で顔をおおった。「中へ入るべきでした、子どもたちを探すべきでした、なのにそこでドアを閉めたんです、すぐに、それから九一一に通報しました。最初はあそこから離れようとしたんです、でも九一一に連絡したら、むこうの人たちがそこにいるようにって言って。だから留まりました」

「あなたは本当に正しいことをしたんですよ」涙が次々に流れ落ちるので、ピーボディがやさしく言った。

「子どもたちは？　犯人は子どもたちに危害を加えたんですか？」

「子どもたちに怪我（けが）はありません、われわれの知るかぎり。エリナ」ピーボディは続けた。

「ダーシアに危害を加えそうな人間を知っていますか?」

「いいえ。いいえ。ひとりも」

「彼女は雇い主たちとよい関係でしたか?」イヴは尋ねた。

「みんな家族です。彼女は双子が赤ちゃんのときからずっとそばにいるんです」

「彼女はミスター・マクダーミトと……特別な関係にありましたか?」

　エリナは少しほほえんだので、いまのほのめかしは頭を素通りしていったらしかった。

「ダーシアは彼が大好きでした。本当にいい方なんです。大きな子ども、って彼女はときどき言っていました。わたしが子どもたちを連れていくと、いつも笑わせてくれるんです。すごく有名な芸術家なんですよ、でもとっても感じがよくて。それにとてもいいお父さんです。誰もがあんなにいい父親になれるわけじゃありません」

　イヴもその言葉が真実であることは身をもって知っていた。

「それじゃ彼と奥さんとの関係は?」ときいた。

「ええと、お二人は……」エリナは言いよどみ、目を見ひらいた。

　タクシーが止まり、後部ドアが勢いよく開いた。

「帰ってきました!　ああ、二人が帰ってきました」

　なるほど帰ってきた、とイヴは思った。彼女は進み出て、二人を──野性的でゆたかな赤毛と熱い緑の目をした、大柄で肩幅の広い男と、長身でグラマーなブロンドを——家に入らせないようにした。

「どういうこと？」ブロンドがイヴを押しのけて家のほうへ行こうとした。「何があったの？わたしのベイビーたちはどこ？」

「まさにそれをおききしたいですね」

2

目が——複数のパトカーを、立入禁止柵を——たどっていき、それからイヴの顔のところで動かなくなるあいだ、ロス・マクダーミトは太い腕を妻の背中にまわしていた。「あの子たちは学校だよ、トッシュ——落ち着いて。どういうことなんです?」彼はイヴを問いただした。「ダーシアに何かあったんですか? うちの子守に?」

「もう一度言いますが、答えは奥さんが知ってるはずです」

「何を言っているのかわからないわ。うちで何があったの? ダーシアはどこ? ロス、学校に連絡して、ヘンリーとガーラが無事だとたしかめて」

「わたしが言っているのは、あなたが昨晩零時少し前に家に帰ってきたことですよ、ミズ・マクダーミト。そしてダーシア・ジョーダンがあなたを中へ入れると、あなたは彼女を刺し殺した」

女の氷の女王めいた青白い顔が病人のような灰色になった。「えっ？　何て？　ダーシアは――」

またしても、イヴは女が家のほうへ強引に通ろうとするのをさえぎった。「それからあなたは自分の子どもたちに薬を与え、二人を自分の車へ連れていき、中に乗せ、別の場所へ連れていった。子どもたちはどこです？」

「うちの子たちが？」彼女の目が恐怖で理性を失い、さっと家のほうへ向いた。「ヘンリー。ガーラ。誰かがうちの子たちを連れていったの？」

今度は彼女を押しとどめるのにイヴとピーボディの二人がかりで、ロスを引き止めるのには制服警官が何人も必要だった。

「お宅のホームセキュリティが、昨晩十一時五十四分にあなたが来たのをはっきり証明しているんです、ダーシア・ジョーダンが死ぬ六分前に」

イヴの言葉に、トーシャは悲鳴のようなすすり泣きをもらした。「違うわ」

「それにあなたの運転していた車は、あなたの名義になっています。あなたが十二時二十三分に、子どもたちを連れて出ていったのもはっきり映っているんですよ」

「それはありえない」ロスが自分を引き止めている制服たちを振りほどこうと必死になりながらわめいた。「僕たちはニュージーランドにいたんだ、本当に。時差はどのくらいだ？

ああもう！」彼はぎゅっと目をつぶった。「十七時間早いんだ、十七時間早い」彼はつぶやき、その言葉は祈りのように震えていた。「ニューヨークが真夜中のとき、僕たちはニュージーランドにいて、そこのリゾートで知り合った夫婦とプールサイドで酒を飲んでいたよ。ドムとマドラインのポーター夫妻だ、イギリスのオックスフォードから来ていた。連絡先もきいてある。そのリゾートの連絡先も持っている。カクテルウェイトレスが確認してくれるよ、タオルボーイも確認してくれる。僕たちはニュージーランドにいたんだ。地球を半周したところにいたんだよ」

「あとで調べましょう、それからお宅のセキュリティディスクも分析させます。それまでは……」

トーシャがじっと動かなくなり、目をきらめかせている涙が凍りついたようにみえたので、イヴは言葉を切った。「ロス」トーシャは夫の手を探った。「マイよ」

「まさか。違うよ、そんなはずはない。全部何かとんでもない間違いだ」

「マイというのは誰です？」イヴは問いただした。

「わたしの姉です」トーシャは言いながらぶるるっと震えた。「双子の」

二人とも落ち着かせたかったのと、迅速に動きたかったので、イヴは夫妻を連れて小さな門を抜け、裏庭を通って、キッチンへ入った。

「アリバイをチェックして」とピーボディに言った。

「たぶんですけど、くそったれな計算をすると、むこうは真夜中でしょうね。もしくはもうあしたになっているか。いずれにしても、誰かを起こして、とりかかります」

マクダーミト夫妻は、いつも一家が朝食をとっていると思われる、日当たりのよい一角で体を寄せあい、手を固く握りあっていた。

イヴは二人のむかい側にすっと入った。

「あなたの公式な情報にごきょうだいに関するデータはありませんね、ミズ・マクダーミト、ましてや双子のことは」

「ええ、ないでしょうね。わたしは……ウォンダ・サイクスに連絡してください。わたしがここに、このニューヨークに来たときの法定代理人だった人です。それから、マルクス・ノービーにも。スウェーデンの警察官です。パウル・ストウファア、むこうで児童保護サーヴィスにいた人です。それから、ええと、ドクター・オットー・ライデン、担当の心理学者でした」

「何の担当です?」

「あの事件のです。わたしは自分のデータからマイを消去することを法的に許可されたんです、結婚前の名前――ボルグストローム――を変更することもです、あのあと……マイがわたしたちの父を殺したあとに。彼女はダーシアを殺したように、パパを殺したんです。わたしのことも殺そうとしました。わたしたちは十二歳でした。もう二十年以上、マイとは会ってもいないし、話もしていません」

「あなた方は一卵性双生児なんですね」

「そんなところです。マイには生まれつきのあざがあります。ここに」トーシャは自分の左胸と肩のあいだに手を触れた。「五芒星に似たものです。魔力のしるし。どんなふうに聞こえるかはわかっています」イヴが何も言わないでいると、彼女は続けた。「わたしに言えるのは、彼女は残虐だということだけです。内側に闇があるんです、病気なんてものではないくらいの。みんなは彼女が病気なんだと言いました、でも……」

トーシャは手をおろし、もう一度、まるで命綱のように夫の手を握った。「彼女はわたしたちが子宮にいた頃からもうわたしを憎んでいたんだと思います、わたしが彼女の一部で、彼女を唯一の存在になれなくしていたから。〝本物〟、よくそう言っていました。ひとりだけでいいんだと。そしていま彼女はうちの子たちを手中におさめている。子どもたちを見つけてください」

「すでにアラートを出しています。車はどこに置いていますか、お宅の四ドアの黒いセダンは?」

「五十七丁目の契約車専用駐車場だ」ロスが答えた。「それが何になるんだ? 何に? ヘンリーとガーラを見つけなければ」

「もう探しています。アラートは出ていますし、われわれも探しています。あなた方が話してくれることすべて、われわれが知ることすべてが助けになるんです。お姉さんとは二十年以上会っても話してもいないと言いましたね、それなのに彼女はここへやってきた、あなた方の車で」

「わたしに言えるのは、彼女は本当に頭がよくて、憎しみの塊だということだけです。それでも、わたしたちには絆(きずな)がありました、双子ならではの。相手の考えていること、感じていることがわかったんです。彼女はできるときにはいつもわたしを苦しめました、それでわたしも彼女がそうするつもりでいればわかるようになり、彼女から隠れることをおぼえました。彼女に見つけられないよう、自分の気持ちを本当に、本当に静かにしておくことも。彼女は必ずうちの子たちを傷つけます。わたしのものを傷つけます。お願い」

トーシャはテーブルのむこうから手を伸ばしてイヴの両手をつかんだ。「お願い、彼女が子どもたちに手を出す前に見つけて。あの子たちはまだ七歳なのよ」

「これから電話の傍受装置をとりつけます。彼女が連絡してくるかもしれません、身代金を要求してくるかも」

「彼女の望みはお金じゃないわ。わたしを苦しめることなのよ」

「彼女がヘンリーやガーラに手を出したら、殺してやる」

トーシャは夫の静かだが怒りに燃える言葉を聞いて、彼の肩に顔をつけた。「彼女がわたしを、わたしたちを見つけられるなんて思わなかった。子どもたちを置いていくべきじゃなかった。あの子たちを置いていくべきじゃなかった」

ピーボディが戻ってきて、イヴにうなずいてアリバイが確認されたことを伝えた。「コーヒーをいれてもかまいませんか?」

彼女が直接ロスに話しかけると、彼は一瞬、ぽかんとした顔になった。「ええ、もちろん。ええと」

「わたしがやりますから」

「ちょっと待って」イヴは言い、立ち上がってピーボディに何かひとこと言った。

「お姉さんがお父さんを殺したと言いましたね」イヴはもう一度腰をおろすと言った。「お母さんはどちらに?」

「わたしたちを産んだときに亡くなりました。とても難産だったんです、合併症です、予想しなかった合併症がいくつもあって。マイはわたしのせいだと言いました。わたしたちが二人じゃなくてひとりだったら、母は生きていたはずだ、よくわたしにそう言いました。わたしは二番めに生まれた、だからわたしが母を殺したんだと。わたしは生まれるべきじゃなかったと」

「お父さんが亡くなったあと、マイはどうなったんですか？」

「そんなことに何の関係がある？」ロスが爆発した。「ここで座っていてもヘンリーとガーラは見つからないじゃないか」

「いまの時点で、お子さんたちには最大の、世界レベルのアラートが出ています、それからマイにも。彼女が運転していた車もつかんでいますから、市内の全警察官がそれを探しているでしょう。彼女があなた方のどちらかに連絡しようとすればわれわれにわかるよう、傍受装置も設置します。でもお子さんたちをさらった人物のことがもっとわかれば、彼女を見つける手段も増えるんです。お姉さんはどうなりました？」

「ストックホルムのボルイ触法精神障害者施設に入れられました」トーシャが答えた。「わたしは彼女に不利な証言をしました、警察にも、精神科医にも、すべての人に何があったかを話しました」

「何があったんですか？」

「姉はわたしを殺そうとしたんです。わたしを完全に消すために。パパはその日、姉がわたしの新しい人形を庭へ持っていって燃やしたので、姉に罰を与えたんです。姉は人形にわたしの名前を書いて火をつけました。それでパパが姉の新しい人形をとりあげて、姉は自分の部屋に閉じこめられました。外へ遊びにいくことも、友達と話すこともできなくなる。一週間、とパパは言いました。姉はひどく怒って、それでわたしを殺そうとしました」

トーシャが唇を結ぶと、細く震える線になった。彼女の目が、極北の青が、イヴの目にうったえていた。「わたしは……姉の心の中をのぞいて、それで知ったんです。外へ逃げて隠れました、そして心を静めました。でも彼女の心は静まらなかった。姉はわたしを見つけられなかったので、かわりにパパの部屋へ行き、パパが眠っているあいだに、キッチンから持ってきたナイフで刺しました。心臓を刺して、喉を切り裂いて。刺して、刺して、それからパパにしるしをつけたんです、自分のあざと同じような」

「お父さんに五芒星を刻んだんですか？」

「そうです。それから姉は……」トーシャは手で抑えようとしたが、すすり泣きがもれた。

「どうしたんです？」

「姉は……飲んだんです。パパの血を。ぺろぺろ、ぴちゃぴちゃなめて。ああ神様。ああ、ロス。わたしにはいまも見えるの。それを頭の中で見たの、いまでも見える」

「トーシャ。トーシャ。もう昔のことだよ」ロスは彼女の両手をとり、自分の唇をつけた。

「終わったことだ。僕がここにいるから」

いったい何度——とイヴは思った——自分が悪夢から目をさましたとき、ロークが同じ言葉を言ってくれただろう？

決して終わることなどないのだ。

「それからどうなりました？」イヴは尋ねた。

「助けてもらおうと隣の家へ走りました、でももう手遅れでした。そこの人たちが警察に通報して、その男性、その隣の人が、うちへ行きました。その人がパパのベッドで、ナイフを持っている姉を見つけたんです。姉は笑っていたそうです。

警察が姉を連行していき、わたしはもう家には帰りませんでした。姉ともう一度顔を合わせたのは証言をしたときだけです。姉はいつかわたしのところへ来て、わたしの愛するものをすべて奪ってやると言いました。とうとうそうしたわけです。あの子たちはまだほんの子どもです、何の罪もない。だからこそ姉はあの子たちを憎むでしょう、あの子たちには何の罪もないからこそ」

「お子さんたちを無事に連れ戻すために、われわれにできることはすべてやります。ストックホルムと言いましたね。あなたがニューヨークに来たのはいつですか？」

「十八のときです。スウェーデンでは、ある家族と田舎に住んでいました。とてもよくしてくれました。でもわたしは遠くへ離れたかったんです、ずっと遠くへ。十六近くになるまで悪夢を見ていました。眠りの中に姉が入ってくるんです。うまく説明できませんが」

「その必要はありませんよ」イヴにははっきりとわかった。

「ドクター・ライデンが力になってくれました。姉を遠ざけておくことや、自分の心が姉の心に入らないようにしておくことを身につけるよう手伝ってくれたんです。でもわたしはそれなりの年齢になると、遠くへ行きたくなりました。ニューヨークに来たのは住むため、学ぶため、働くためでした」

「あなたは人の心が読めるんですか、トーシャ？」

「いいえ、いいえ、そういうのではありません。姉に対してだけです。それにいまは、姉に対してすらわかりません。姉を感じないし、見えません。もし感じていたら、姉がそばに来ていることが、子どもたちを狙っていることがわかったはずです」

「あなた方は一日早く帰ってきましたね？」

「ええ、帰ってきたかったんです、ダーシアを驚かせようと……ダーシア」トーシャは手で口を押さえた。「ダーシアと子どもたち。おみやげを持ってきたんです。ああ、姉はダーシアを殺したんですね。本当の妹のようだったのに。わたしの妹、だからマイは彼女を殺したんです」

ピーボディがトーシャの前にカップを置いた。「ハーブティーをいれました。お飲みになるといいですよ。もう国じゅうのスクリーンにお子さんたちの顔が映っています。お姉さんの顔もです」

「もうひとつおききします」イヴは口を開いた。「ヘンリーとガーラはマイのことを知っていますか？」

「いいえ」ロスが体を揺らしながら、トーシャの手にもう一度唇をつけた。それができるだけの慰めになるように。

「子どもたちには知らせたくなかったんです、というか不安にさせたくなかった、理解してほしくなかった、あんなに幼いうちに、世の中には本物の悪が存在するということを。姉は別の世界の人間なんです」トーシャは付け加え、そこで言葉を切り、また青ざめた。「わたしたちは同じです。見た目が同じなんです。子どもたちは姉がわたしだと、母親だと思うでしょう。ああ、あの子たちには理解できないわ」

「彼女がお子さんたちを傷つける理由はありません。いいですか、聞いて」イヴはトーシャが泣きだしたので落ち着かなくなった。「お姉さんが子どもたちを傷つけたい、殺したいなら、ここで、あなた方の家でやっていますよ、あなた方が帰ってきたときに見つけられるように。お姉さんは理由があって二人を連れていったんです。二人の服とおもちゃも持っていった。ただお子さんたちを殺すためだけなら、どうしてそんなことをしますか?」

息は速く、とぎれとぎれのままだったが、トーシャはうなずいた。「姉が……あの子たちを手元に置きたいのは、わたしのものだから——そして姉のものでもある——わたしたちは同じ血を持ち、同じ顔、同じ体を持っている。わたしたちはほとんど同じ。姉はあの子たちをそばに置きたいんだわ」彼女は夫に向き直り、彼に抱きついた。しっかりと。「姉はあの子たちを手元に置きたいのよ、ロス。そばに置きたいうちはあの子たちに手を出さないわ」

ただし、とイヴは思った。彼女が二人に飽きるまでだ。あるいは、彼女にとって子どもたちの利用価値がつきるまで。それでもイヴは、おびえる両親をその細い希望の糸にしがみつかせておいた。


そこは地下牢にも、塔にもみえなかった。寝室にみえた——二つのベッド、二つのチェスト、棚に並ぶおもちゃ。バスルームもあったが、うちのバスルームとは違っていた。トイレがひとつと洗面台がひとつしかない。それにプライヴァシーを守るために閉めるドアもない。

部屋には窓がなく、ひとつきりのドアには鍵がかかっていた。

大きな赤いテーブルには青と白のティーセットが置かれ、小さなカップケーキと、グミと、砂糖がけクッキーの入った深皿があった。

彼はお腹が痛かった、それに頭も。

「あたしも」ガーラが声をひそめて言った。「それに喉がからから」

二人は何も食べたり飲んだりしないようにしようと話しあっていたが、まだ七歳だった。

「ちょっとだけ食べよう」ヘンリーが決心した。

しかし二人とも本当にお腹がすいていて、ポットにはお茶ではなくてさくらんぼ味のソーダが入っていた。だからがつがつと飲み食いしてしまった。

「これってゲームなの？」ガーラが首をかしげた。「パパはゲームが好きでしょ」

「ゲームじゃないと思うな。ダーシアは……」

「ふりだったのかもしれないわ」ガーラの目がうるんだ。「ママはあたしたちが大好きだもの。ダーシアのことも好きだもの。ママはあたしたちやダーシアを傷つけたりしない」

「あれはママじゃないよ」ヘンリーの整った小さな顔がゆがみ、けわしい線をえがいた。

「あいつは悪い魔女で、魔法でママそっくりになってるんだ、でもママじゃない」

「本当？」

「あいつは僕たちがあれを飲まなきゃ痛い目にあわせるって言っただろ。車を止めて、あれを飲めって言ったとき、僕が飲まないとおまえを痛い目にあわせるし、おまえが飲まないと僕を痛い目にあわせるって言った。ママがそんなことするもんか」

「そうよね、ママはそんなことしない」

「あれで僕たちを眠らせたんだ、魔法みたいに、それで目がさめたらここにいたんだよ」

「ここにいたくない。ママに会いたい。パパに会いたい」

「きっと見つけだしてくれるよ」ヘンリーは深く息をした。「いい魔女をよこして悪い魔女と戦わせる、それで僕たちを助け出して、家に連れて帰ってくれる」

「いい魔女はどうやってあたしたちがここにいるのを見つけるの？」

「わからないよ、でもきっと見つけてくれる」大きな声では言えないよ、と妹の心に話しかけた。


その魔法のおしゃべりは秘密だった、両親にも。

おまえも口に出しちゃだめだぞ、でないとあいつに聞こえちゃう。

言わないわ。

僕、ジャンボリーをベッドに持って入ったんだ。

だめって言われてるのに！

わかってる、でもそうしたんだ。僕の秘密のポケットに入ってるよ、ダーシアが僕のパジャマにつけてくれたやつ。いい魔女が僕たちを見つけられるように、メッセージを送るよ。

悪い魔女に知られちゃだめだ、でないとあいつにとられちゃう。

でもあたしたち、どこにいるのかわからないわ。

いい魔女ならわかるさ！　あいつには言っちゃダメだ！

マイがドアをあけ、にかっと笑った。ドアがきしむのが聞こえた。「ここは静かだねえ。あんたたちは何を話してるの？」

ガーラはヘンリーの手をぎゅっと握り、言わないと伝えた。「もううちに帰りたいの」と、ママそっくりの魔女に言った。

「もううちにいるじゃないか。いまはここがあんたたちの家なんだよ。それにこれをごらん！　あんたたちときたら食べて食べて食べまくったね。クッキーにキャンディにケーキ。太るよ、子豚みたいに太るよ。食べられるくらい丸々と」彼女は笑いだし、ガーラもはや彼女が母親に似ているとは思わなかった。

「食べられるくらい丸々とね」マイはもう一度言った。「ああ、おいしい、おいしい」

3

ピーボディを連れ、イヴはリビングエリアに戻った。マクダーミト夫妻は制服警官付きでキッチンへ安全に隔離されたので、イヴたちのまわりでは殺人事件の捜査作業が展開中だった。モルグのチームはすでに遺体を運び出し、遺留物採取班員たちは蜂（はち）のように群れをなして残りのエリアに取り組んでいた。

「ここにあるものはひとつ残らず採取して、マイ・ボルグストロームをつかまえるわよ」イヴは命じた。「すべてよ。手助けが必要なら、電子探査課（EDD）も加えて」言いながら自分のリンクを出した。「それからマクダーミト夫妻を安全な住居へ移す手配をして」

「すぐやります」

猛スピードで考えながら、イヴはニューヨーク市警察治安本部（NYPSD）のトッププロファイラーにして精神科医の、ドクター・シャーロット・マイラに連絡した。「マイラが必要なの」マイラの門をガードしている例のドラゴンにぴしゃりと言う。「ふざけたまねはしないで」

マイラの業務管理役の顔が、握ったこぶしのように固まった。「ダラス警部補――」

「彼女が神様を治療中だろうが知ったこっちゃないわ、早くつないで」

食いしばった顎が計器になるなら、イヴはあとでたっぷりツケを払うことになりそうだったが、リンクの画面が保留のブルーになった。数秒後、マイラのもっとおだやかな顔があらわれた。

「イヴ?」

「マイ・ボルグストローム。未成年のとき、ストックホルムのボルイ触法精神障害者施設に収容されました、二十五年ほど前に。父親を殺害したんです。彼女はこのニューヨークでつい先刻、双子の妹の家の子守を殺害し、妹の子どもの双子を誘拐しました――男子と女子、年齢は七歳。彼女の医者たちからあなたが引き出せるものは何でもほしいんです。どんなものでもいい、全部。それもいますぐ必要です」

「彼女が子どもたちをさらってからどれくらいなの?」

「真夜中直後からです」

「何かできるかやってみるわ」

「いそいで」イヴは付け加え、通信を切った。今度はもうひとりの、とっておきのエースに連絡した――多くのコネを持ち、人間の知る宇宙の中でイヴに思いつくあらゆるところに揺さぶりをかけられる男。

またもや業務管理役にあたったが、今度の相手はイヴにほほえんだ。「警部補、どういったご用でしょうか?」

「彼と話さなきゃならないの、いますぐ」

カーロの笑みが消えたが、彼女は短くうなずいた。「少々お待ちください」

ほぼすぐにロークが出た。本当に目をみはるような顔におだやかないらだちがあるのがわかった。その真っ青な目にほんのかすかに。

「ごめんなさい」イヴはすぐに言った。「いそぎなの。ストックホルムに知り合いはいる? 影響力があればあるほどいいんだけど」

「首相ならじゅうぶん影響力があるかな?」

「そんな感じね。こういうことなの」イヴは手早く彼に事件のことを話し、夫が点と点をつなげられることはわかっていたので、要点だけを言った。

「何本か通信をしてみよう」

「助かるわ」

「賢いですね」ピーボディが言った。「医学でも政治でも大物を引っぱりこむっていうのは」

「使える武器は使うのよ」

「避難住居は用意できました」ピーボディは続けた。「〈ベルモント〉です。セントラルにも近いですし。あなたが誰を付けたいのかわからなかったんですが。でも誘拐となれば、FBIが――」

「そっちにはあとで連絡する」イヴはそこにも武器を持っていた、彼女の上司という形で。もう一度リンクを出して、部下のひとりに連絡した。

「ジェンキンソン。あなたとライネケで保護任務についてもらいたいの」イヴはロークにしたように簡潔にあらましをつたえ、いまの居場所と送り先を教えた。「傍受装置を設置するのにEDDを連れていって、稼動させて」

通信を切ると、ピーボディに向き直った。「制服たちに確認して。聞きこみで運が向いたかどうかたしかめて」それからもう一度、リンクを使い、業務管理役を突破して、すぐにホイットニー部長とつながった。

「部長――」

「アラートは見た、要点はわかっている」

それなら話が早い、とイヴは思った。「これからジェンキンソンとライネケを最初のシフトにつけて、両親を〈ベルモント〉へ移します。犯人から接触もしくは身代金要求がある可能性を考えて、両親の電子機器に傍受装置をつけるよう指示するつもりですが、どちらの可能性も低いと思います。容疑者および彼女が運転している車には広域手配（BOLO）が出されました――車は両親の、マクダーミト夫妻のもので、専用駐車場に置かれていました。ドクター・マイラにはすでに、スウェーデンで容疑者を診た医療者に連絡してくれるよう頼みました、それから民間人コンサルタントの協力もとりつけました。ロークはむこうの首相と知り合いなので、国家間のお役所手続きを少しばかり手早くすませて、情報を得やすくしてくれるかもしれません」

「傍受については手配する」部長は言った。「FBIからすぐにでも連絡が来るだろう」

「はい。FBIにはちゃんと連絡するつもりでした。しかし、容疑者が違法にこの国に入国した、というか、それどころかスウェーデンで指名手配されているとなれば、これは国際的な影響のある、国をまたいだ事件になるかもしれません。そう考えましたので、FBI、国土安全保障機構（HSO）、地球（グローバル）捜査局と話をするべきかどうか決めかねています」

ホイットニーの幅の広い、褐色の顔は無表情のままだったが、イヴは彼の目で理解したとわかった。「それは考えを要する事項だな。この時点で利害が複雑にからみあっている。HSOにはわたしから連絡し、FBIには自分たちの食物連鎖について徹底討論してもらうのがいちばんいいかもしれん。現時点では、HSOのティーズデール捜査官に協力を要請しておこう、もしそういった協力が必要ならばだが」

「ありがとうございます。スウェーデンでの事件捜査にたずさわった警察官の連絡先はきいてあります、容疑者の父親殺害事件です。児童保護サーヴィス、精神科医のも」

「きみにわかっているものを教えてもらおう、そうすれば一緒に国家間のお役所手続きを処理できる」

「ありがとうございます」イヴは名前を挙げた。「新たな指示があるまでは、主任として捜査を続けます」

イヴはリンクをポケットにしまいながら、ピーボディがしのび笑いをしているのに気づいた。「何？」

「今日は冴えたバスに乗っていますね。以前組んだことがあるからって、FBI側にティーズデールをつけようともくろむなんて。彼女なら頼りになるし、ひけらかし屋じゃないとわかっていますしね」

「それにくそったれでもない」と、イヴはしめくくった。「現時点では、事件はまだ全面的にNYPSDのものよ」

「聞きこみではまだ何も出ていません」ピーボディが報告した。

「いまここではほかにすることがないわ、それに時間を無駄にできない。駐車場を調べにいきましょう、彼女がどうやって入ったのか見てみないと」

「子どもたちはおびえているでしょうね」一緒にイヴの車へ歩きながら、ピーボディは言った。「警部補が身代金要求はありそうにないと言ったのはわかっています、でも彼女はそれ以外の何のために子どもたちを手に入れたいのか？　警部補の考えているとおりです。もし彼女が子どもたちを殺したいとか、めちゃくちゃにしてやりたかったなら、家の中でやって、子守と同様に置き去りにして妹に発見させたでしょう」

「それじゃ拷問は終わってしまう。死者は死者、それでおしまい。わかるよりわからないでいるほうが恐ろしいものよ。でもだからって、彼女が子どもたちに手を出さないとは決まってない」

「子どもたちを殺して、遺体を捨てるとか」

イヴは運転しながら首を振った。「わからないわ、だけど彼女が二人をすぐに片づけたかったなら、なぜ二人のための荷造りをしたのかが読めない。彼女はどうやって妹を見つけたのか？　どれくらい前からトーシャの住んでいる場所を、子どもたちのことを知っていたのか？　いつ、どうやって施設から出てきたのか？　そういった答えを手に入れたら、彼女が何をするつもりなのかもっとよくわかるかもしれない」

イヴは駐車場の、三階建てのビルに車を停めた。外観からすると、二つの階は車用だ、とイヴは思った。最上階はアパートメントか、オフィスかもしれない。

「トーシャが教えてくれたオーナーの名前はわかってる？」

「ビン・フランシス」

「その人に連絡して」イヴは設備をじっくり見た。上質の防犯カメラが複数、スワイプキー読み取り機、スキャナー。

イヴはスキャナーにバッジをあげてみせ、その上に赤い光線が躍るのを見守った。

ダラス、警部補イヴ。身元確認しました。入場の令状をスキャナーに置いてください。

「持ってないわ。これは警察の捜査なの。トーシャ・マクダーミト、二〇五九年のクラスAオービット・セダン、ニューヨークのライセンスナンバー、タンゴ(T)、エコー(E)、ヴィクター(V)、ゼロ、シックス、ワンの登録所有者をよそおった人物が、どうやってここに入れて、いま言った車両を手に入れたのかを知りたいのよ」

当機はいまの情報を処理できません。

「でしょうね。よく聞いて――」

コンピューターとの言い合いにそなえてエンジンをかけはじめたものの、ピーボディが合図してきた。「オーナーが来ますよ。上の階に住んでいるんです」

「まあいいか。残念」とイヴは認め、スキャナーにふんと笑った。「でもまあいいわ」

オーナーの男はビルの角をまわってきた。大男、出っぱった腹、大きなアイルランド系の顔、鋭いハシバミ色の目。

「ビン・フランシスだ」と彼は言った。「いいところに来たよ。出かけるところだったんだ。どういう用だい？」

「この駐車場に入りたいんです」

「ええと、もちろん警察には協力したいよ」大きな笑みを浮かべたまま、フランシスは大きな手を広げた。「でも理由がわからないと」

「今朝はスクリーンを見てないんですね、ミスター・フランシス？」

「見たとは言えないな。音楽を流してたから。なぜだい？」

イヴはトーシャのＩＤ写真を出した。「この女性を知ってますか？」

「もちろん知ってる。ミズ・マクダーミトだ。ちょっと待ってくれよ」彼は短く笑った。「彼女が警察沙汰になったりするはずがない」

「彼女は深刻な警察沙汰に巻きこまれています、そしてそれを引き起こした人物は昨晩この駐車場に入って彼女の車を奪ったんです」

「まさか、そんなわけがない。ミズ・マクダーミトは自分であの車を持っていったんだ」

「どうしてそれがわかるんですか？」

「その、彼女がスワイプキーを忘れて、コードも思い出せなかったんだ。すごくいらいらしてたよ、彼女。それで俺に中に入れてくれと頼んだんだ。忘れてしまう人もときどきいるからね、犯罪ってわけじゃなし」

「ええ、そうですね。でもその人はミズ・マクダーミトじゃなかったんです」

「俺は真正面から彼女を見てたんだよ」彼は人差し指と中指をV字にして両目の下をとんとんと叩いた。「いまあんたを見ているくらい近くで」

「彼女にIDを見せるよう言いました？」

「彼女のことは知っている」いらだちで顔がピンク色になった。「彼女とミスター・マクダーミトはもう五年以上ここに車を置いているんだ」

「それまで彼女がスワイプキーやコードを忘れたことは？」

「ないよ、でも――」

「その人はミズ・マクダーミトじゃなかったんですよ。そっくりだっただろうけど、ミズ・マクダーミトはニュージーランドに行ってたんです。それは裏がとれています。それからあなたが駐車場に入れた人物は、ダーシア・ジョーダンを殺して、ヘンリーとガーラのマクダーミト兄妹を誘拐しました」

「何の話をしてるんだ？」顔のピンク色が消えて蒼白(そうはく)になった。「ダーシア？　彼女が死んだ？　誰かがあの子たちをさらった？　言っておくが、あれはミズ……まさか、まさか、クローンだったのか——アイコーヴみたいなやつか？　映画で見たんだ、それに……あんた、あの警官じゃないか！　あんたたちはあの警官だろ。アイコーヴの警官だ」

「ニューヨーク市の警官です」イヴは訂正した。「それからノー、彼女はクローンではありません。トーシャ・マクダーミトの双子の姉で、危険な人物なんです。彼女は何時に車をとっていきました？」

「何てことだ。彼女に姉さんがいたなんて知らなかったよ、まして双子なんて。知っていたら……わからないな。こんなのひどいじゃないか。あの子たちは本当にキュートなんだ。それにお行儀もよくて。それからダーシアは……」

「ショックなのはわかります、ミスター・フランシス、でもその女がトーシャ・マクダーミトのふりをして車を持っていったのが何時か知る必要があるんです」

「たしか、そうだ、そう、ゆうべの七時直前だったよ。それにいまになってみると、彼女はおかしかった」フランシスは後ろのポケットからバンダナを出して、顔をぬぐった。「全然ミズ・マクダーミトらしくなかった」

「どういう意味です？」

「訛(なま)りだよ。本物のほうにはほとんど訛りがないんだ、ほとんど気づかない。でもきのうのやつは、かなり訛りがきつかった。それに笑い方も違った」彼はまた顔をぬぐった。「あの車の発車コードを教えたよ。彼女は小さなことが思い出せないんだと言っていた――仕事がたいへんな日で。俺は深く考えなかった。考えていたら……」

「あなたのせいじゃありませんよ」ピーボディが言った。「お客さんを助けているつもりだったんですから」

「神に誓って、そのつもりだった、でもあの子たちは……あの子たちに何かあったら、この先どうやって生きていけるかわからないよ」

「そろそろ中に入れてもらいたいんですが」

彼はイヴにうなずくと、自分のマスタースワイプキーを使い、コードを入力した。「俺にできることは何でもするよ。何でも。彼女はトランクからブースターを出さなかったな」

「ブースター？」イヴが尋ねているあいだに大きなドアがゆっくりガラガラと開いた。

「チャイルドシートです」ピーボディが説明した。「子どもたちはまだ小さいからそれが必要なんですよ」

「彼女とご主人が夜の外出をするんだろうと思ったんだ。彼らの駐車スペースはそこだよ……あの車だ。彼女が戻したんだ」

「そのようですね」イヴは駐車場に入り、ほかの二台の車のあいだにきちんと停められた黒いセダンのところへ行った。「記録はとっていますか？」

「もちろん。ちょっと待っててくれ」

フランシスは壁のコンピューターのほうへいそいだ。

「ロックする手間ははぶいたのね」イヴは運転席側のドアをあけて言った。「コードを調べて、ピーボディ、トランクをあけるわよ」

あとで遺留物採取班に車を調べさせるが、まず自分で調べてみたかった。

「彼女は今日の十二時四十六分に車を戻してる」フランシスが言い、彼はピーボディがトランクをあけにかかると目をつぶった。「頼む、神様、あの子たちがそこにいませんように」

「チャイルドシート——ひとつはピンク、ひとつはブルー。メンテナンスキット、スペアタイヤ、救急セット」ピーボディは棒状の機器で内部をスキャンしていき、やがて後ろへ下がった。「血痕はありません」

「彼女は二人をバックシートに乗せた」そのときのことを想像しながら、イヴは後部座席を調べようと歩きだした。「彼女はあとでこの車が必要になるとは思っていないし、人目につかないよう置いておける安全な場所もなかった。でもそれなりに近いところへ二人を連れていった、どこか彼女が車で連れていけて、子どもたちを閉じこめておけて、車で三十分かからずに戻ってこられるところに。わかってよかった。ここに小型ディスクがある、バックシートからはみだしてるわ」

　イヴは慎重にそれを引っぱり出し、眉を寄せた。「これは何のディスク？　サルがついてる。水着を着たサル」

「子どものおもちゃ用ですよ。子どものPPCとか、そういうもの。ゲームをしたり、制限つきのコミュニケーションをしたり、昔のトランシーバーみたいな。制限つきでインターネットにもアクセスできるんです、親のガイドラインによりますが」ピーボディは肩をすくめた。「たくさんの子どもが持っていますよ。ヘンリーはそれで遊んでいたとき、そこにディスクを落としたんじゃないでしょうか」

「車はすごくきれいで、床で食事ができるくらいよ」イヴは首を振った。「それにディスクはシートにはさまって、端っこだけが出ていた。わたしはその子が差しこんだんだと思う。こういうのはどうやって遊ぶの？」

「そのおもちゃ本体が必要です――同じようなのがもうひとつ。たぶん市場にはたくさんありますよ」

「ジャンボリーだ！」フランシスが叫び、今度は顔が興奮で赤くなった。「この二か月、ヘンリーがあれを持っているのを何十回も見たよ。誕生日にもらったんだよ。ジャンボリーってやつだ。うちの孫も持ってる。二階にひとつあるよ。あれで一緒にスパイごっこをするんだ。俺のところにある」

「もし持ってきてもらえると――」

しかし彼はもう走りだしていた。

「幸運でしたね」ピーボディはディスクをじっくり見た。「もし男の子のほうが本当にこれをあそこに差しこんでいったのだとしたら、そのおもちゃ本体を持っていったとしたら、突破口になるかもしれません」

「そしてマイはそれが何だか知らない、あるいは彼がそれを持っていることを知らない。遺留物採取班をもう一チーム、駐車場と車にかからせて、それから防犯ビデオの映像のコピーをフランシスからもらって。マイは二人を遠くへは連れていっていない。どこか場所があるのよ、子ども二人を隠しておける場所が。マクダーミト家を下見して、彼らの生活習慣もつかめるくらいそばに。つまり彼女には住居を買うか借りるかするお金があるってこと。どこから手に入れたのかしら？」

フランシスが息を切らし、駆け戻ってきたので、イヴは話をやめた。彼ははあはあ息をしながら、カラフルな小さいPPCをイヴの手に押しつけた。

「座ったほうがいいですよ、ミスター・フランシス」ピーボディは、彼がせめてあざやかな赤いアーバン・ミニのボンネットに寄りかかれるよう、後ろへさがらせた。「息をととのえて」

　イヴはしばらくそのおもちゃをいじって、コントロール装置や電源を探し、それからディスクを入れてみた。

　くすくす笑う声が流れ出し、歌が続き――幼い声、少年と少女だ。イヴは希望の泡がたつのを感じた。ピーボディの言ったとおりだったらしい。

　それから大人の声が割りこんできた、同じように笑っている。

「寝る時間よ、おばかさんたち！　ヘンリー、もうそれはしまって」

「ダーシアだ」フランシスがつぶやいた。

　いくらかの交渉が始まり、抵抗があり、お話をねだる声もあった。

「今夜はもうお話を聞いたでしょう。新しいお話の始まりはあした！　さあ歯をみがきましょう」

　カチッと音がして、ひと呼吸ぶん静かになり、またカチッという音がした。

「僕がお話を知ってたらなあ」さっきの少年の声だ、とイヴは思った。ささやいている。

「ダーシアは僕がお話の夢をみられるって言ったんだ、だからやってみる。ママとパパはじきに帰ってくる。僕は秘密のお話の夢をみるよ。おやすみ、みんな」

　カチッ。間。カチッ。

今度は少年の声が聞こえてきた、かすかなささやき声で、くぐもって、ふらふらしている
――そしてそこに音楽がかぶさっていた。

「僕はヘンリー。悪い魔女が僕とガーラをさらったの。魔女がダーシアを殺した。パパに助けにきてって言って。気持ちが悪い。僕たち、あれを飲まなきゃならなかったんだ。二番って書いてある。いい魔女にパパを連れてきてって言って。お願い。怖いよ。言って――」

そして静寂。

「そういう小さいディスクはあまり容量がないんです」ピーボディが静かに言った。「たぶんあきがなくなったんでしょう」

「利口な子ね。お利口さん」イヴが目をやると、フランシスはまだトランクに寄りかかったままだった。両手で顔をおおって泣いている。

イヴはピーボディが彼に対処してくれるよう頭を動かして合図し、駐車場を出ていまの録音をもう一度再生した。

「利口な子ね」彼女はもう一度言った。「そのままお利口にしていて。必ず見つけるから」

4

イヴはフランシスが貸してくれたジャンボリーをピーボディに渡し、車に乗った。「使用できるのは近距離、そうよね？」

「ええ。たぶん二ブロックくらいじゃないですか、最大でも三、四ブロックかも」

「ふーん」イヴはダッシュボードのリンクでフィーニーに連絡した――以前のパートナーで、彼女の指導係で、現在は電子探査課の長だ。

彼は「よう」と言い、そのくたびれた、いじけた犬のような顔がスクリーンにあらわれた。

「あるおもちゃについて何か知ってる？――何ていったっけ――ジャンバラヤ？」

「ジャンボリー」ピーボディが訂正した。

「そう、それ」

「よくできた小型マシンで、いくつかすぐれた売りがある。うちの孫も二人、持ってるよ。僕が何か作ってやるって言ったんだが、むこうは店で買ったのじゃなきゃだめでさ」

「あなたなら作れるでしょうね」イヴは言った。「それの、ある一台の使用距離を延ばせる？」

「できない理由はないな、ばらばらにしていじくれるのが一台あれば。こいつは何だい？　さらわれた子どもたちに関することか？」

「ええ。男の子のほうがそのおもちゃを持っていってて、誘拐犯が彼らを運ぶのに使った車に、わたしたちにむけてメッセージディスクを残していったのよ。この件にはあなたが必要なの、それとこれから現場に指令部を設置する。子どもたちは現場近くのエリアにとらわれていると思う。セントラルじゃ遠すぎて、さっき言った案が使えない」

「住所を教えてくれ」フィーニーは言った。「時間をやりくりして、うちの坊や（ボーイズ）を二人連れていくよ」

「助かるわ」イヴは住所を伝え、通信を切った。「ピーボディ、バクスターとトゥルーハートを呼んで、現場の拠点設置に必要なものを持ってこさせて」

「男の子がプレゼントにこういうものをもらったなら、きっと女の子のほうももらっていますよ。双子ですし」ピーボディが指摘した。「誰かがもう一台持っていたら、もっと楽しく遊べますから」

「それを探しましょう」

「彼の周波数を調べる方法があるかも。こちらからヘンリーにコンタクトをとって、それを使って居場所を三角測量できるかもしれません」

「それでもし彼のイカレたおばさんがそばにいるときにそうしたら、彼女はそれを聞いて、おもちゃを取り上げるわ――男の子に危害を加えるかもしれない。彼のほうからわたしたちにコンタクトしてくれないとだめよ、そしてこちらは彼がしてきたときに準備ができていなきゃだめ」

イヴは家のところで、遺留物採取班のバンの前に車を停め、鳴りだしたリンクをポケットから出した。車を降りながら、ロークからのテキストメールに目を通す。「やった。うまくいったわ。スウェーデンでいくつか手づるが見つかったわよ、それにロークが容疑者についてのデータを手に入れてくれた。マイラから返事が来たら、もっとはっきりした人物像がつかめる」

「バクスターとトゥルーハートが道具をまとめて来るそうです。犯罪現場で仕事をするのは変な感じですね」

「何とかやるのよ」イヴは中へ入り、作業中の遺留物採取班員たちをよけていった。「先に行って、女の子のほうの部屋であのおもちゃを探してみて」

一階をざっと歩いてみて、血のしぶきや血だまりは残っているものの、リビングエリアが作業には最適のスペースだと判断した。

それでも、キッチンへ行ってからロークの集めてくれたデータを読んだ。

「見つけました！」ピーボディが二つめのジャンボリーを振りながら入ってきた。「子どもたちの部屋はとても片づいてるんですよ」

「よかった。フィーニーが遊べるのが二台になるわ。マイ・ボルグストローム、暴力的傾向／複数の犯罪行為のため施設に監禁。治療をしたのはドクター・ドルフ・エドクウィスト、死亡、そして引き継いだのはフィリップ・エドクウィスト——最初の精神科医の息子みたいね。彼も死んでる。未解決事件で、押しこみ強盗が失敗したとされている」

「でもまあ、悪い魔女も、監禁されていたのなら、二人めのエドクウィストの死には関係なかったでしょう」

「監禁されてなかったのよ。二年前、彼女は二人めのエドクウィストによって、中間施設へ移してもよいくらい状態が整い、治療が進んだとみなされた。ブレスレットをつけなければならなかったけどね。十八か月前、エドクウィストが殺害される一週間前に、彼女はその新しい施設から楽々と抜け出し、部屋にはブレスレットが残されていた」

「うわ、最悪」

「亡くなる二日前、当時離婚したばかりのエドクウィストは、米ドルで三十五万にものぼるスウェーデンの金をキャッシュで引き出し、自分と同伴者をアルゼンチンまで運ぶプライヴェートシャトルの手配をしていた。エドクウィストをアーター・グルーバーの名で記載している、偽の身分証明書と書類が家の中で発見された。でもキャッシュはなし。また、およそ八万五千ドルの宝石類や、持ち運びの簡単な値打ち物もなくなっていた」

「またしても最悪。彼女はそのドクターをたらしこんだんですね」

「そういう言い方もあるわね」イヴはキッチンのアイランド式カウンターによりかかった。

「いまの話はドクターが彼女に夢中になって、彼女がもっと警備のゆるい施設へ移れるように手を貸し、一緒に南米へ逃げるつもりだったと読める。それで彼女はドクターを殺し、金と、彼が作ってくれた偽のIDを持っていき、どこかの時点でここへたどり着いた」

「なぜ子どもたちをさらうまでこんなに待ったんでしょう？」

「彼女は妹を見つけなければならなかった。たぶん間抜けなドクターをたらしこんでいるあいだに、狩りを始めたんでしょうね。子どもたちを見つけ、観察し、彼らを置いておける場所を手に入れなければならないし」

「ドクターはどういう死に方だったんですか？」

「刺されたの。彼女の父親と同じよ——それに父親や子守にしたように、彼女はドクターの胸に魔女の小さなシンボルを刻みつけた。現地の警察は彼女の足どりをつかめていない。エドクウィストの遺体は発見されるまで三日かかった。休暇をとっていたのよ、だから誰も彼を探さなかった。マイは姿をくらます時間がたっぷりあったわけ。トーシャの足どりを追って、そのあとのことを計画する時間がたっぷりとね」

イヴはまた鳴りはじめたリンクを出した。「ジェンキンソンに連絡して、彼とライネケにわたしたちがここでセットアップしてるって伝えて」

「イヴ」マイラが画面にあらわれた。「ストックホルムの施設の長に連絡がついたわ。彼はマイ・ボルグストロームが二人の精神科医の死に責任があるかもしれないと思っているの、父子で、彼女を治療していた人たちよ」

「こっちでもつかんだんですが、その二人めは押しこみのさいちゅうに刺され、容疑者がドクターを——ピーボディに言わせると——たらしこんでいた疑いが濃厚です」

「その言い方がぴったりのようね。父親のほうのドクターは十八年近く彼女を治療したけれど、あまりうまくいかなかった。最初の数年間、彼女は暴力的行動をみせたので、拘束されたり、鎮静剤を与えられたりするはめになり、行動をコントロールすることをおぼえた。鍵はコントロールね」とマイラは強調した。「それから、そのコントロールを利益のために用いること。より多くの特権よ。彼女は自分の行為について後悔を示していたけれど、父親のほうのドクターはそれは仮面だと考えていた。息子のほうは約五年前に彼女の治療を手伝いはじめて、父親の分析には同意していなかった」

マイラは間を置いた。「手短に言いましょう。容疑者と面談をして三十分もたたないうちに——それは記録に残っているわ——父親のほうのドクターはあきらかな心停止で亡くなった。マイが彼のオフィスを出たときにはまだ生きていた、でも現場には、心臓発作を誘発しうる薬剤や、薬剤の組み合わせがたくさんあるの。容疑者は診療室でかなりの時間をすごしていたし、それどころか、監禁中に代替療法を勉強していたのよ」

「彼女を犯人とするには足りませんね」

「ええ、足りなかった。そして息子のほうのドクターが患者と治療を引き継いだ」

「そして彼女を解放して中間施設へ移した。六か月後、彼は死に、彼女は消えた」

「そうよ。イヴ、彼女がいた後半の十年間に、その施設内であと二人亡くなっているの。ひとりは患者、ひとりは医療者。彼女を告発するだけの証拠はなかった」

「刺殺ですか？」

「患者のほうはね、ええ。医療者のほうは、はじめはうっかりドラッグを過剰摂取したようにみえたの、でも殺人だと裁定された」

「それなのに彼女は中間施設へのパスを手に入れたんですか？」

「事件ファイルを送るわ。そこの精神科のトップと話して、彼の許可を得て最初のドクター・エドクウィストの所見を読んでみたのだけど、彼女は偏執性妄想だと断言できる。彼女は妹の存在そのものが自分をおとしめ、おびやかすと思いこんでいる。たいていの健康な双子なら絆をつくるのに、彼女は妹を反対勢力とみなしている。自分が完全な存在になり、真の潜在能力を発揮するには、妹を消し去る必要があるのよ」

「それじゃなぜさっさと妹を殺さないんです？　なぜ子どもたちをさらったりするんですか？」

「罰を与えるため、苦しめるためかもしれないわね。彼女には強いサディスト的傾向があるから。彼らの母親として、妹になりかわった気になっているのかも。人形や服を奪ったように、妹のものを奪って。〝もうわたしのものよ〟と」

「それじゃ子どもたちは安全で、危害を加えられることはなさそうですね」

「さしあたってはね。でも妹はまだ存在しているわけだし、子どもたちは妹から生まれたわけだから」

「ええ。そうですね」

「手に入ったデータをすべて検討したいの。そうすれば彼女の実像や、目的や行動ももっとはっきりわかってくるかもしれない」

「何かつかんだらいつでも知らせてください」

イヴがリビングルームに戻ると、バクスターとトゥルーハートがピーボディと一緒に作業をして、臨時指令部をたちあげていた。

バクスターは、高級メンズファッションデザイナーのモデルのような見てくれをしているが、腕利きの捜査官で、トゥルーハートに手伝わせて殺人事件ボードを設置していた。

トゥルーハートのほうは、若きヒーローといった顔だちにぴしっとした制服を着ており、バクスターの指導のもとで大きな進歩をとげている、とイヴは思った。彼女は二人の対比が気に入っていた、外見や――それに二人がチームとして仕事をするときのバランスも。

「コンピューターはほぼセットアップできました」ピーボディが作業をしながら言った。「そこの壁面スクリーンを使えるように、わたしでこれを組み立てられると思うんですけど」

「彼女にできなけりゃ、オタク班がこっちに向かってるから」バクスターが袋を持ち上げた。「ディスクバッグ、レーザーポインター、そのほか思いつけるものは全部。いい家だな」と彼は言った。「でもどうして署から離れたところに指令部を?」

「こっちの最強の手がかりがあのおもちゃなのよ」イヴは言った。

「ジャンボリーですね」興味ありげに、トゥルーハートがそれを手にとった。「キャシーの弟もこれを持ってるんです」彼は現在の恋人のことを口にした。「面白いですよね」

「それで子どもたちを救出できるかもしれないの。フィーニーはどれくらい遅れてくる？」

それに答えるように、フィーニーがいつものしわくちゃのスーツに、しょぼんとした顔の上で銀髪まじりの赤毛を小さく爆発させて入ってきて、すぐそのあとにカラフルな服装のマクナブとカレンダーが続いた。

マクナブがピーボディにウィンクを飛ばしたが、イヴは黙認することにした。この熱々カップルの親密な脇芝居にはいつまでたっても慣れそうにないが、それを叱っている暇はない。

それに、マクナブは電子仕事の道具が入っているとおぼしき荷物を持ってきていた。これがわたしの中心チームになる、とイヴは思った。ピーボディ、バクスター、トゥルーハート、フィーニー――悲鳴をあげているようなオレンジ色のバギーパンツに、水仙色とキーウィ色のストライプのシャツを着たマクナブ――それからカレンダーは、その曲線的な体に赤いスキンパンツをぴったり張りつかせ、銀の星でおおわれた丈長のベストにはポケットがひしめきあっている。

ピーボディはピンクのカウボーイブーツで立ち、殺人事件ボードに貼るためのさまざまなＩＤ写真をプリントするよう、コンピューターに命令している。

彼らはばらばらな集団のようにみえるかもしれない、とイヴは思った、でもNY市警で最高の警官たちだ。

「ボードの設置を始めて、ピーボディ、そのあいだにわたしからチームに概要を伝える」

ガーラはベッドのあいだの床に座りこんで、自分の人形で遊んでいた。お気に入りの人形ではない。悪い魔女はプリンセス・エルサを持ってこなかったから。でもミス・ゼルダを持ってきてよかった。

彼女はおびえきっていた、ママに会いたかった。ダーシアと一緒に家でティーパーティーをしたかった。

でもダーシアは天国へ行ってしまった。天国でもティーパーティーができるといいけれど。

後ろではヘンリーがブロックで遊んでいた。でも本当は遊んでいない、彼女が本当は遊んでいないように。彼は砦(とりで)を築いて、その中で必死にいい魔女を呼ぼうとした。

パパは善は悪をやっつけると言っていた、だから二人はいい魔女に、悪い魔女をやっつけにきてもらわなければならないのだ。

ガーラはヘンリーに、いい魔女が来るまでおとなしいふりをしなくてはだめだと言った。

そうしたら悪い魔女も、二人を気持ち悪くして疲れさせるあれをもう飲ませないかもしれない。

だからあたしは勇敢になる、ヘンリーみたいに、そして砦の前に座る、悪い魔女がまた入ってきたら、彼女が遊んでいる姿を目にするように。そうすればヘンリーがジャンボリーを隠すことができる。

でもドアが開くと、彼女は泣きたくなった。ママに会いたかったし、悪い魔女はママにそっくりだった。

そいつはママじゃない！ ヘンリーが頭の中で叫んだ。

とうとう泣きながら、ガーラはミス・ゼルダを抱きしめた。

「泣きなさい、ベイビー、泣きなさい、ベイビー」マイが歌った。「そうしてなさい、そうすれば泣く理由をあげるから、この馬鹿で、恩知らずのベイビー。クッキーをあげたでしょ？　ケーキもあげたでしょ？」

手を伸ばすと、彼女はガーラの両手から人形をひったくった。笑みを浮かべながら、ポケットからナイフを出し、人形の喉に突きつける。「泣いたら、この子の首をちょん切るわよ。そうしてほしい？　この子を殺してほしい？」

「いや！　お願い、ミス・ゼルダを傷つけないで！　もう泣かないから。泣かない。泣かない」

「ミス・ゼルダ。それが馬鹿な人形の馬鹿な名前なのね」マイは人形を部屋のむこうへ投げ、それからヘンリーに狙いを定めた。

彼は砦の後ろで立ち上がり、震えながら、両手を小さなこぶしに握って立っていた。

「あんたのその顔つきが気に入らないわね、坊や。妹の首をちょん切ってやろうかしら」彼女はガーラをつかみ、ナイフを振った。「そういうのはどう？　あたしには少しばかり敬意を見せたほうがいいわよ、でないとあんたたちの大事な子守にやったように、この子の喉を切ってやる」

「わかりました、マム」ヘンリーはかすれた声で言い、息をするのもやっとだった。

「なあに？　何て言ったの？　もぐもぐ言うのはやめなさい」

「わかりました、マム！」

「ましになったわね」マイはガーラを横に突き放し、少女は転んだ。けれども泣かなかった。震えたけれども、泣かなかった。

悪い魔女はナイフで宙に円をえがきながら笑った。「そこで何をしてるの、ヘンリー？」

「僕たち……遊んでたんだ。砦を建てたの」

「それが砦だって？」前に飛び出すと、彼女はブロックを蹴り、ブロックは崩れたり飛んでいったりした。「あたしには全然、砦にみえないわよ。あんたはものを建てるやり方を知らない。何をするやり方も知らない。あんたは馬鹿よ」

ヘンリーの視線がナイフへ動いたのに気づくと、彼女の目が燃え上がった。彼女はナイフをもう一度振った。「これをつかみたいの、ポイケ？　これであたしを傷つけたいの？」

そうさ、そうだよ！　彼は頭の中で言い、それを聞いてガーラが彼のところへ這ってきた。

だめよ、ヘンリー。だめ、だめ、だめ。

彼はごくんと唾をのんだ。「僕たち、ナイフで遊んじゃいけないって言われてるんだ」

「そうなの？」わざと、マイはナイフを彼の腕にすっと押しつけ、彼がぎょっとして体を引き、その目に恐怖と痛みの涙が浮かぶと、声をあげて笑いに笑った。「あたしはいいの！あたしは好きなだけナイフで遊べるのよ。それを忘れるんじゃない、坊や。忘れるんじゃない、お嬢ちゃん」

そしてもっとも恐ろしいことが起きた。二人が見ている前で彼女はヘンリーの血をナイフからなめ、それからにやりと笑ったのだ。

「おいしい！　さあ、あたしはいろいろすることがあるの。とっても忙しいんだから。あとで何か食べるものを持ってきてあげる。またケーキとクッキーかな。ミミズと虫かも。何を持ってきても食べるのよ、でないとその子豚みたいな手の指や足の指を切り落として、鍋でフライにしてやる」

彼女は出ていき、ドアを閉め、錠をかけた。

ヘンリーは腕を押さえていた手に目をやり、血に気づいた。胃がうねった。頭がふらっとする。両脚が崩れて、彼はどたんと床に座りこんだ。

「大丈夫よ、ヘンリー」涙が湧いてきていたが、ガーラは彼の青ざめた頰にキスをした。「あたしが手当てをするわ、あたしたちがケガをするとママやパパやダーシアがしてくれるみたいに。やり方は知ってるから」

小さなバスルームには洗面台とトイレしかなかったが、ガーラはざらざらしたペーパータオルの上に水を出し、泡立てたせっけんをそこにつけた——ばいきんがついているから。そしてミミズでも虫でも食べてみせると誓った。悪い魔女が二度とヘンリーを傷つけないように、あたしは何でもしてみせる。

5

イヴは頭からコンピューター用語を締め出さなければならなかった。ＥＤＤチームは例のおもちゃと、工具と、彼女が理解したくもないしする必要もないそのほかの道具を持って、一角で話し合っていた。

ある時点で、マクナブがあのおもちゃを一台持って家を飛び出していった。イヴは理由を聞かず、ボードのまわりをまわりつづけた。

今回は殺人事件ボード一枚じゃすまされない、とイヴは自分に言い聞かせた。まずは生きている人間の安全を確保しなければ、死者の味方になることはできない。

「彼女の動機は金じゃないな」バクスターが言った。「金はおまけだ。彼女が医者をだまして殺したのは金のためだけじゃなく、逃げるためだった。閉じこめられているあいだは妹を探すことができなかった、だから扉を開ける鍵が必要で、それがこのエドクウィストってやつだった。彼から得た金。それは予期せぬおまけだよ」

「同感。たしかに彼女には、身を隠し、食べ、移動し、妹を見つけだす時間を稼ぐための資金が必要。でも最優先事項は逃げることだった。彼を殺したのは」とイヴは続けた、「そうすれば彼はもうしゃべることも、自分の偽りを告白することも、彼女の新しいＩＤに載っている名前を教えることもできないから。だけど言わせてもらえば、それもおまけよ。彼を殺すことは、それ自体が目的であり、ごほうびでもあった」

「彼女には子どもたちを殺害する動機がないですよね」トゥルーハートが言った。「そうしても彼女には何の得にもならない。もし妹が彼女の標的なら、子どもたちは妹に近づく手段です。彼らが死んで、妹が生きているのでは、餌に使えるものがなくなってしまいます」

「子どもたちを殺せば、妹の心をずたずたにできるでしょう」ピーボディが反論した。「死んだも同然になるじゃないですか」

「肝心なのはそこね、でも死んだも同然になるだけじゃ足りない」イヴは言葉を切り、かかとに体重をかけて体を揺らしながらマイのＩＤをじっくり見た。「トーシャが息をしているかぎり、彼女は勝てないし、自分の望むすべてを手に入れることも、すべてになることもできない。でも子どもたちは生きて、呼吸している、妹の一部。子宮の中で自分に窮屈な思いをさせ、同じ顔、同じ体を持ち、母親の死の罪をなすりつけたい相手、父親の気持ちを惹きすぎた相手よ。存在していいのはひとりだけ。なのにいまや存在するのは妹だけじゃない……おまけまでいる」

「そういう言い方もできるな」バクスターが同意した。「この事件が理屈で解決できるのか、俺にはわからないがね、警部補。彼女は底抜けにイカレてるぜ」

「底抜けにイカレてても、きまった手順、パターン、ゴールはあるわ。彼女のそういうものを見つけださなきゃ」

　イヴは過去の事件ファイルと、警察の報告書がほしかった。データもほしい。

「彼女は妹と夫が留守にするまで待った」とイヴは続けた。「つまり、まっしぐらに妹を狙わなかったということよ。彼女には隠したり、驚かしたりする傾向がある。でも妹が、たとえば、散歩したり、何か買い物をしたり、仕事に出かけたりするときに襲うかわりに、マイはじっと待って、それから子どもたちをさらった」

「つまり妹に死んでもらいたい以上に、子どもたちを手に入れたかったと?」ピーボディが考えを言った。

　単純すぎる、とイヴは思った。それにまともすぎる。「いいえ。彼女は全員に死んでもらいたいのよ」

「一キロ半くらいまで行ったぞ」フィーニーが声をあげた。「マクナブが十一ブロック先まで行ったんだ、それでいま弱い信号をキャッチしてる。標準的な範囲の三倍以上だ」

「彼女はもっと遠くにいるかもしれない、でも一キロ半以内ってのはありそうよね」イヴはワークステーションへ歩いていった。「彼女は車が必要だった。薬を盛られた子ども二人を連れて、彼らの荷物を持って、たとえ二ブロックでもぶらぶら歩くわけにはいかなかったはず。対処しなきゃならないことが多すぎるし、見られて記憶される危険も大きすぎる。子どもが二人、真夜中すぎに歩きまわっていたらどうなる？

それに彼女は車を返した」イヴは行きつ戻りつした。「時系列からすると、彼女は子どもたちを秘密の場所へ車で運び、二人をそこに閉じこめ、また車を走らせて駐車場に戻り、ログインしたのは、子どもたちを連れてあの家を出てからほぼ二十三分後」

「僕なら運転時間は五分から八分とするな。残りの時間は子どもたちを中へ入れたり、閉じこめたりするのに必要だっただろうし」

イヴはフィーニーにうなずいた。「すごく近いわね、十中八九、その距離内でしょう。どうやってあの子の信号を見つけるの？」

フィーニーは顔を、それからうなじをかいた。「受け入れ範囲を広げるんだ。この手のおもちゃを使っている人間みんなからの信号を大量に拾うだろうが、それをフィルターにかけて選別する。問題は、こっちには増幅器がある、だから拾うことができる。でもあの子のほうのマシンには増幅器がついてない、だから信号は距離が制限されている。ただのおもちゃなんだよ、ダラス」彼は続けた。「こっちの性能を高めれば、こっちが彼を見つけることには役立つだろうが、彼のほうではただおもちゃを持ってるってだけのままなんだ」

イヴはぐるぐるまわりはじめ、考えようとした。そして、たかがおもちゃに多くの時間と労力を、希望をかけすぎだろうかと自問した。「そのマシンをたどれたらどうかしら。それがいつどこで買われたかを調べて、そのマシンのおおまかな図面を入手できるかどうかやってみるの」

「こういうものはみんなほとんど同じだよ。大量生産品なんだ。そういうものなんだよ、ダラス」フィーニーはポケットから砂糖がけアーモンドのしわくちゃになった袋を出し、二つぶ出した。「うちでこれを分解してみた、だからどういう仕組みか、どうやって組み立てられているかはわかってる。設計者と話をすれば、わからんが、ブレーンストーミングができるかもな、でも――」

「いいじゃない？　やってみましょうよ。作ってるのはどこ？」

「〈キッドウェア〉だ。ロークのだよ」彼の赤毛の眉がアーチをえがいた。「きみは知ってると思った」

「知るわけないでしょ？」イヴはリンクを出し、それからドアが開いたので手を止めた。マクナブが入ってきた。そして後ろから、ＨＳＯのティーズデール捜査官と、ひどい黒スーツを着た、鞭のように細い男が来た。

「彼に連絡して」イヴはフィーニーに言った。「ティーズデール捜査官」

「警部補」いつものおだやかできちょうめんな態度で、ティーズデールは横にいる男を手で示した。「こちらはＦＢＩのスラタリー捜査官。状況についてはすっかり説明してもらいました、これから合同部局捜査をすることになるわ」

イヴは声と視線を平静に保った。「オーケイ」

「捜査におけるわれわれの担当部分の優先事項は誘拐になります。子どもたちの安全、彼らの迅速な奪還がいちばん重要なゴールであることは、おたがいに同意できると思うけれど」

「反論はしない。うちの電子チームはすでに例のおもちゃ――ヘンリー・マクダーミトが持っていると考えられるおもちゃと同じものよ――それの電波受信距離を延ばしたの、半径一キロ半近くまで。ヘンリーが通信か連絡をしたら傍受できるようやってみる、それからそれを使って彼と妹の居場所を三角測量してみる」

「それはすばらしいわ、でもヘンリーがいまもそのおもちゃを持っているか、もしくは通信を試みるチャンスや手段があるかどうかがわからないわね」

「あの子は家族の一員だった子守が床で死んでいるのを見たあと、薬を盛られてさらわれているあいだにも、録音を残すほど利口だった。たぶん自分のそのおもちゃを隠しつづけて、この先も努力を続ける利口さはあると思う」

「いい魔女に連絡するために」ティーズデールはうなずいた。「説明はすっかり受けたの、さっき言ったように。彼はまだほんの子どもだけれど、ええ、わたしも利口な子だと思う」

「誘拐者から連絡か身代金の要求はまだないんですね?」スラタリーがきいた。

「一度も。マクダーミト夫妻には部下を二人つけてあります、ダウンタウンの避難先で。わたしは……ちょっといい、ティーズデール捜査官?」

「もちろん」

イヴは先に立ってキッチンへ入り、間を置いて、別の捜査のさなかに信頼するようになった女を値踏みした。一見細い体格、冷静で、謎めいたアジア系の目。「聞いてほしいんだけど、あなたを締め出すつもりはないの」

「過去の協力を考えると、おたがいに理解しあっているし、またそうするべきだと思っているわ」

「けっこう。彼は使えるの、スラタリーは?」

「とてもね、それに誘拐にかんしてはわたしよりずっと経験豊富よ、とくに未成年者が対象のものは」

「犯人の女が身代金を手に入れようとするかどうかはわからないわ、でもある時点で妹に連絡してくるはず。にやにや見物して、ナイフを振り回したいでしょうから」

「同感」

「わたしはここでうちの部下を使えるわ、ティーズデール、それはひとつの事実。そして別の事実は、あなたとスラタリーのほうが親たちの扱いがうまくて、姉が彼らに接触してきたときにはそっちが主導権を握るのがいいだろうってこと。彼女は必ず接触してくる。そうするはずよ。妹を誘い出そうとするかもしれない」

ティーズデールは頭を傾けてごく小さくうなずいた。「彼女は全員の死を望んでいるだけではなく、全員の死が必要だから」

「わたしはそうみている、ええ。うちの部下は優秀よ、だからあなたたちがすぐに取りかかれなかったら、うちの部下にそのまま当たらせるところ。でも実際には取りかかれる、だからそっちがやったほうがいいと思う。常に連絡を取り合い、捜査の進行は完全にオープンにしておく。約束する」

「あなたの言葉を疑ったりしないわ、だから約束は必要ない。そちらの優先事項は理解しているし、価値のある助力をシャットアウトすることはその中に入っていないでしょう。ご両親はこちらで引き受けるけれど、彼らは連邦の避難先へ移し、アップタウンへ戻すわ。近くにいたいの、地理的に」

「いいんじゃない」

「うちの支局長がスウェーデン当局と、それから地球捜査局と連絡をとっている。マイ・ボルグストロームの逃亡、ドクター・フィリップ・エドクウィスト殺害——ドクター・ドルフ・エドクウィストの死における犯罪容疑の捜査に、ひどい不手際があったことは明白ね。こちらで理由を突き止めましょう」

「なおいいわ」

「彼女は子どもたちを長くは生かしておかないでしょうね」

「それはなぜ?」

「子どもは……手がかかるから。震えあがって言われたことに従うようなおびえた子どもでも、時間や手間がかかる。犯人は片方を殺すかもしれない。わたしならそうする」

イヴはポケットに両手を突っこみ、うなずいた。「そうね、わたしも同じことを考えてた」

「片方を殺せば——時間と手間を半分にできて——そのうえ妹に生死の証拠を送りつけることができる。悲しみを、パニックを与え、残っている子どもを守ろうと死に物狂いにさせて」

「最悪のシナリオね」

「論理的でもある」

「わたしもそう思う。犯人が論理的じゃないことを願いましょ」

しかしいまの考えはイヴに重くのしかかった。

彼女はステラを思い浮かべた。イヴを生んだ女。ステラのもとにひとり残されていたら、イヴは絶対に生き延びられなかっただろう。時間と手間がかかりすぎるのだ、ティーズデールが言ったように。リチャード・トロイ、イヴの生物学的父親は、彼女を生かしておいた。だからといって彼がイヴを痛めつけ、レイプし、苦しめることを思いとどまったわけではない――しかし彼はイヴを生かしておいた、彼女を投資とみていたからだ。

マイ・ボルグストロームはどちらの方針をとるだろう?

イヴはリビングエリアに戻った。「聞いて。ティーズデールとスラタリーがジェンキンソンとライネケのあとを引き継ぐわ。ピーボディ、二人に連絡して、知らせて――それからここへ来る途中で、例のおもちゃをあと二つ買ってくるよう言って。うちのチームとむこうの捜査官たちはオープンかつ全面的に連絡しあうこと。こちらで知ったことは、むこうも知るように」

「スラタリー捜査官とわたしもあなた方のチームに同様の協力をします」ティーズデールは付け加えた。「マクダーミト夫妻はこのエリアの避難先に移します、いま言った協力の助けになるように。わたしたちは、いまこのときも、容疑者について地球捜査局と連絡をとっていますし、先方から得た情報はいかなるものもすべて提供します」

「例の性能を高めたマシンがひとつほしいな」スラタリーが言った。「こちらの位置からすると、信号を拾えるかもしれない」

「フィーニー、スラタリー捜査官に仕組みを教えてあげて。ピーボディ、ジェンキンソンにあれを四つ買ってこさせて。追加のぶんはそちらにあげるわ」イヴはティーズデールに言った。

「カレンダーがお教えしますよ」フィーニーはスラタリーに言いながら、立ち上がってイヴのところへ来た。「ロークがもっとデータをとってくれることになってる。それほどの足しにはならないかもしれないが、ともかく手には入る。それと、彼もここに来るぞ」

「わたしは――」

「僕が彼を使いたいんだ」フィーニーがさえぎった。「eワークに通じた偉大なる頭脳がもうひとつだ。それにこいつは彼のおもちゃだろ、ダラス。犯人が子どもたちをさらってもう十五時間以上たつんだ、なのに何の接触もしてこない」

「オーケイ。あなたが必要なら、彼はあなたのものよ。さあ、バクスター、置いてきたマシンをとって、散歩をしてきなさい。ひきつづき半径一キロ半をカバーする。あの子はきっとどこかで連絡をとろうとするわ」

彼はすでにやってみていた、砦の内側から一度、それからガーラが切り傷の手当てをしてくれたあとにもう一度。自宅のように薬も絆創膏（ばんそうこう）もなかったが、パパと戦争ごっこをしたときのことを思い出した。パパは戦いで傷を負ったことがあり、どうやって腕に布を巻きつければいいのかやってみせてくれた。パパはそれを応急手当て（フィールド・ドレス）だと言った。ドレスのようにはみえなかったので、意味がわからなかった。でもガーラが傷にタオルを巻いて縛ってくれると、前より痛まなくなった。

彼は魔女があのナイフでまた自分に、あるいはガーラに切りつけてくるのが心配だった。それ以上に彼女が悪い魔女のヴァンパイアかもしれないのが心配だった、彼女がナイフから彼の血をなめたから。ヘンリーはある夜、ベッドからこっそり出て、パパが見ていたヴァンパイアの映画を少しだけ見たことがあった。そうしたらそのあと何度も悪い夢を見た。

魔女は彼とガーラもヴァンパイアにするかもしれない。

逃げなければ。

でも助けを求めても、答えてくれる人はいなかった。

6

アパートメントじゃない、とイヴは誘拐先になっていそうな場所を次々に消去しながら考えた。コンドミニアムでもない。小さなビル、低層階の住居もありうるが、おそらくは独立した住まいか、一戸建てだ。

あの女が二人の子どもを建物のセキュリティに見せることなく中へ入れられて、近隣住民のことも気にしなくていいどこか。

彼女は子どもたちが動けないようにしているだろうか？　それは現実的でないように思えるし、服やおもちゃを持っていったことの説明にならない。

子どもたちを縛ったとしても、トイレや食事のためにはほどいてやらざるをえないはずだ。

「彼女は七歳の子ども二人をリスクとして見ない、そうよね？　自分のほうが大きいし、力もある、それに子どもは権威のある人間の言うことをきくものでしょ。とくにおびえているときは」

イヴもそうだった、あの終わりまでは。彼に殺されるという痛みと恐怖がほかのすべてを圧倒するまでは。それでもイヴはそのことが全員に、あるいは大多数にあてはまるとは思えなかった、だから同意を求めてピーボディに目を向けた。

「うちのいとこに二人、七歳のときに大人を負かして、許してくれって言わせたのがいますけど、ふつうはどうか？　ええ。主導権を持っている、支配しているのは大人です」

「なら彼女はたぶん二人が動けないようにはしていない――もしくはしていたとしても、二人は遊べる程度の自由がある――でなければなぜいろいろ持っていくの？　部屋ひとつ、鍵のかかる部屋、閉めきっている――そして彼女は子ども二人を、ほかの誰かが住んでいたり働いていたりする場所に近い部屋に入れておくわけにはいかない。窓も」彼女は付け加えた。「プライヴァシーシールドを使うこともできるけど、リスキーだわ」

「地下とか？」

「かもね。きっちり封鎖された部屋で、たぶん窓はないか、もしくは板でふさがれたりシールドされたりしている。ドアひとつだけ、っていうのがいちばん賢い。彼女はそこに簡単に近づけるはず。それに、そこは野次馬がふらっと入ってこられないような場所でもあるはず。もう一度聞きこみをするわよ、あの駐車場から半径一キロ半以内。みんな、独居世帯や、あいている建物にはすべて注意すること。

彼女はこの界隈を歩きまわっていたかもしれないし、その可能性は高い。住民たちは彼女を見慣れていて、特に何も思わなかったんでしょう。たぶんこのあたりで買い物をして、このあたりで食事をしていたのよ。あの録音で、あの子はこう言っていた、〝二番って書いてある〟って。二番街のこと？　彼は窓から街路表示を見たのかもしれない。そこに集中しましょう」

「何かつかんだかもよ」

イヴは急ごしらえのワークステーションから飛び出し、カレンダーのところへ走った。

「短い通信が大量に入ってきてるの。子どもたちは学校が終わってて。聴きとってるエリアでは、たぶん少なくとも十かそれ以上、これで遊んでいるのが入ってきた。でもたぶん……」カレンダーは首を振った。「追えないや。弱くて……切れた。三角測量できないんですよ、警部、不安定で、干渉が多すぎ」

「クリーンアップしろ、パワーを上げるんだ」フィーニーが指示した。「その発信を聞けるかどうかやってみよう」

「もうやってます。トゥルーハートの強化ユニット経由です。やった、つかまえたわよ、可愛い子ちゃん」とカレンダーが言った。トゥルーハートに言っているらしい。「そっちの位置を保って。もう一度拾えるかも。ここでちょっと魔法を使うわ」

忍耐心をキリキリさせながら、イヴはカレンダーが手でキーボードを操作するあいだ待っていた。彼女の後ろでは、ピーボディがうるさいノックの音にこたえようと立ち上がった。

「邪魔は追っ払って」イヴはぴしゃりと言った。「がんばって、カレンダー」

「もうちょっとよ。ハリケーンの中でささやき声をひっぱり出すみたいなものなんだから」

そこでイヴにも聞こえた、たしかにささやき声も同然だ。**ナイフ……血をなめた……僕たちをヴァンパイアにする……いそいで。**

イヴはすばやくコミュニケーターを出した。「トゥルーハート、彼に返信して。彼を落ちつかせておいて。わたしたちが彼を探していると言いなさい、でも彼にいまいる場所のことを何か話せるかきいてみて。何でもいい。どんなふうにみえて、音がして、においがするか。早くやって」

トゥルーハートの声が聞こえた。彼の落ち着いた声が、少年に名前で呼びかけるのが。

「やあ、ヘンリー、必ずきみを見つけるよ。大丈夫だから。どこにいるのか言えるかい？いま何が見える、ヘンリー、何が聞こえる？　何が――」

コミュニケーターをオープンにしていると、音声の不安定な答えが聞こえてきた。

部屋はひとつ……ベッドが二つ、窓はないよ……僕たちはクッキーを食べさせられてる。ケーキも。僕は切りつけられたの。痛いよ。いい魔女をよこして、いそいで……。

「ヘンリー」トゥルーハートは呼びかけたが、発信のブーンという音すら消えてしまった。

「切れてしまいました、警部補。すみません」

「むこうのバッテリーが残り少ないんだ」

イヴが振りかえると、ロークが後ろにいた。

「そうだな」フィーニーが歯のあいだから声をもらした。「これを心配してたんだよ」

「この製品は、使用状況にもよるが、約二十時間持つんだ、でも彼はまだほんの子どもだろう、だから最近チャージしていなかったかもしれない」

いつものエレガントなビジネススーツ姿で、黒いたてがみのような髪を肩近くまでたらし、ロークは移動してボードを見つめた。「子どもたちの顔は今日いちにちじゅう、あらゆる報道で見たよ。それに犯人の顔も」彼はイヴを振り返った。「きみたちがここに備えているものの助けになりそうな機器を持ってきたんだが、それでも問題は残るだろうな、たぶん、彼が持っているおもちゃのいろいろな限界と、その電池寿命は」

「彼は一度つながった。きっともう一度つながろうとするわ」

「年のわりには賢くてしっかりした子のようだね」ロークは少しほほえんだ。「それじゃ僕たちは彼に賭けよう。ほかの供給品も持ってきたんだ。コーヒーだよ」

「ああ、ありがとう」

「それに食べ物もいま来るところだ――ピザがね」彼はイヴが抗議する前に言い添えた。

「食べ物を腹に入れたほうが作業がはかどるだろう」

「ピザがあればすべてよくなりますよ」マクナブが言った。「ヘイ、バクスター、外に出新しい機器を運びこもうぜ」

ロークはつかの間イヴの手をとり、握った。「それじゃ、こちらが何をつかんでいるかみてみよう」そしてスーツの上着を脱ぐと、eチームに加わりにいった。

イヴはトゥルーハートとの通信を切り、性能を増幅したマシンを手にとった。風にあたりたかったし、歩きたかった。

寒い、と風にキックを食らって思った。日がどんどん寒く、短くなっている。今日という日もじきに終わりに入るだろう。

彼女は暗闇のなか、寒さのなか、子どもがひとり不安でいるのがどんなものか知っていた。

イヤフォンを使って、状況を知ろうとティーズデールに連絡した。

「まだ連絡なしよ」

「両親はどんなふうに持ちこたえてる？」

「いまは細い糸一本で。あなたがヘンリーからの発信をとらえたと教えてあげられたのが助けになったの。わたしは……ええ、トーシャ、ダラス警部補ですよ。彼女があなたと話したがっています、警部補」

「わかった。彼女を出して」

「警部補、お願いです、その後何か聞こえましたか？」

「いまはまだ。ですがわたしはいま外にいて、次の発信が出されていないかスキャンしているところです。われわれ全員でこの件にかかっています」

「ガーラは。ヘンリーは彼女が無事だと言っていました？　彼は――」

「無事でないとは言いませんでした。警官たちに半径一キロ半以内で聞きこみをさせています。お子さんたちはそのエリアにいると確信していますし、二人とも生きていて元気です」

「ロスとわたしが家に戻れば、わたしたちが直接あの子たちに連絡できれば――」

「あなた方はいまいるところにいたほうがいいんです。ティーズデールとスラタリーの両捜査官は経験豊富です」すぐ後ろでおびえた両親が震え上がっているなど、イヴがもっとも避けたいことだった。「お姉さんはどこかの時点であなたに連絡してきます。準備をしておいてください。両捜査官の言うとおりのことをやり、言っていただかなければなりません。それから、わたしたちを信じていただかないと」

「あの子たちはほんの子どもなんです。まだおとぎ話を信じているし、父親が怪物を追い払ってくれると信じているんです。姉に手を出させないでください。お願い、あの子たちに手を出させないで」

「お子さんたちを無事に取り戻す以上に重要なことはありません。信じてください。約束します、もっと情報をつかんだら、必ずお知らせしますから。決してお子さんたちを探すのをあきらめたりしません」

　イヴはポケットにコミュニケーターを戻し、長い距離を歩き、ぐるりとまわり、また戻った。そして立ち止まっては建物を調べていくうちに昼間が終わり、長い夜が始まった。

　チームに再合流すると、ライネケにあとを引き継いだ。家から転じて犯罪現場、さらに転じて臨時の作戦本部は、コーヒーとピザと、ジェンキンソンが持ってきたドーナッツに大盤振る舞いされた砂糖のにおいがした。

　警官のにおいだ、とイヴは思った。

「ピーボディ、ラインホールド事件（第三十八作『パーティーは復讐とともに』参照）で役に立った手を使ってみましょう。地図を作るの、ターゲットエリアを使って。まず高層建築ははずしていい。一戸建てか、地下のあるもっと小さな建物を探しましょう」

「それはわたしがやりますよ」ピーボディはコーヒーを一杯いれた。イヴが外を歩いていたあいだに、彼女は褐色の髪を後ろで太いしっぽにまとめていた。「ラインホールドのときには、彼が居場所の守りを固めるのに二日間しかなかったとわかっていました。でも今回の彼女のほうは一年かもっとあったんですよね」

「そしてラインホールドは警察に追われるまで何日もあったけど」イヴはパートナーに思い出させた。「彼女はほんの数時間だけよ。あの子は部屋に二つベッドがあって、窓はないと言っていた。窓が閉められているとか、板が張られているとか、シールドされているとかじゃなかった。窓はなし。それにちくしょう、彼がほんの子どもで情報が間違っているかもしれないってことはわかってるのよ、でもそれでいくわ」

「オーケイ。わかりました」

ロークが歩いてきて、ピザをひときれさしだした。「食べて」

「あとでね」

「一日じゅうこの件にかかりきりだったんだろう。食べるんだ。休憩をとって」

「あの子たちは休憩なんかとれないのよ」それでもイヴはピザを受け取った。「あの女は彼らが、両親が出かけているのを知っていた。子守が自分をトーシャだと思って、中へ入れることもわかっていた。子守を殺す必要はなかった。彼女を失神させ、縛って、子どもたちをつかまえ、外へ出れば。子守を殺したのは、そうすれば妹がもっと苦しむからよ、それに自分も殺しが好きだから」

イヴはピザにかぶりつき、考えに考えた。「あのシンボル——父親に、それからのちに彼女が殺した医師にやったように、子守に刻みつけた五芒星。あれには何か意味がある」

イヴはぐるぐる歩きまわった。「トーシャは——母親は——子どもたちがまだおとぎ話を信じていると言っていた。マイ・ボルグストロームも、彼女なりの流儀で信じている。彼女の刻印なのよ、自分でやった殺しにおいての。妹を消し去りたいという欲求、そうすれば自分が……力を得られるから？　たぶんそれが、唯一の存在になりたいというのと同じくらい強い妄執ね。

彼女はあの一家、彼らの関係を観察する時間がじゅうぶんあった。妹と子守に強い絆があったことには気づいたでしょう。たぶん……姉妹的な？　わからない。これまで死んだ子守のことは考える時間がなかったから。これはよくないわ。礼を欠いてる」

「ナンセンスだね」

「そんなこと——」

「あるさ」彼がさえぎった。「彼女が子どもたちを世話するようになってどれくらいなんだ？」

「六年以上。二人が生まれてからとほぼ同じ長さ」

「で、きみは彼女と母親に――それにたぶん父親にも――強い個人的な絆があったというんだね」

「ええ、彼女が死んだことに対する彼らの反応からそう思ったの。大きな打撃だったのよ」

「きみの考えだと子守は――名前は何だっけ？」

「ダーシア・ジョーダン。二十九歳だった。両親、祖父母、曽祖父母がいた。姉妹も二人。姪がひとりに甥が二人」

そして彼女は死者に目を向けなかったことで自分を責めているのだろうか？　とロークは思った。

「ダーシアは子どもたちを愛していたと思うかい、それとも単なる仕事だった？」

「愛していたのよ。発見者――彼女の友人よ――その証言もあるし、近所の人の証言もある、両親のも。ええ、彼女は子どもたちを愛してた」

憤懣と心配が見てとれたので、ロークはイヴの髪を撫でた。「だったら彼女はきみの時間とエネルギー、能力のすべてを、二人を無事に家に戻すことにそそいでほしいんじゃないか？」

「頭ではそうわかってるのよ、でも――」

イヴがかわす前に、そして彼女が反対するとわかっていたので、ロークは彼女に唇を重ねた。「きみは彼女の側に立っているじゃないか、イヴ。そして彼女が愛していた子どもたちをもう一度家に連れ戻せば、彼女に正義をもたらすことになる」

「公務中にキスはなしよ」

「僕は公務中じゃないんでね。民間人なんだ」彼はほほえんだ。「でも室内の警官たちがこういうものを見せられて、どんなにショックを受けるかはよーくわかっている」

作業がとどこおりなく――もしくはにやにや笑いもなく――進んでいたので、彼女には文句をつける口実がなかった。とはいえいちばん重要なことが残っている。「あなたはオタク仕事をしているはずじゃないの？」

「もうやったし、あとでもやるよ。いまはみんな交代制で、あの少年がもう一度発信するのを待っているんだ。発信を増幅して、ノイズをとりのぞけるはずだよ」

「逆探知できないの、ふつうのリンクでやってるみたいに？」

「でもあれはふつうのリンクじゃないだろう？」ロークも自分自身の憤懣を抑えようとしていた。「あの子はちょうどその年齢グループなんだ、ヘンリーがということだよ、あのおもちゃの対象の。リンクを使うには幼すぎるし、音を出すだけ、録音を作動させるだけのマシンで満足するには大人すぎる。あれがあれば、彼はリアルタイムで通りの先にいる仲間とおしゃべりしたり、ゲーム——リアルタイムでそういう友達とゲームもできるし、自分の得点を上げて、彼らが挑戦してくるのを待ったりできる」

「フィーニーがあれをひとつ分解したのは知ってるけど、あなたもやってみたら。あなたのところの製品なんでしょ」

「僕はあのおもちゃを設計したんじゃない。生産しているんだ。彼ならあれの仕組みを調べるのは朝飯前だし、設計チームにも合流してもらったよ。僕にできるのは、手を貸したり、もう少しハイパワーの機器を提供したりすることだけだ」

いらだっている、とイヴは思った。彼もわたしと同じくらいいらだっている。みんな見当をつけた地域内をしらみつぶしに探し、一歩ごとに調べている。地図を作り、データや時系列を読みこんでいる。

それでも最大の手がかりは、おもちゃを持った七歳児なのだ。

「あれはほかに何ができるの？　録音はできるのよね？　あの子はディスクを残していったし」

「できるよ、うん。それも制限つきだけどね。あれで宿題もできただろうな、算数や文字を調べたり、対戦ゲームや単純なクイズや、アドベンチャーゲームやそういったものをしたり。撮影もできるし――」

「写真を撮れるの？」

「撮れるよ。わりとちゃんとしたものが」

「あの子はそれを発信できる？」

「ああ」彼の目にぴんときた表情が浮かんだ。「やり方をおぼえていれば、できるだろうね」

「オーケイ、オーケイ、その線をためしてみるわ。ピーボディ、地図はどう？」

「じきにできます」

「トゥルーハート、ピーボディと一緒に作業して」イヴはロークに顔を向け、声を低めた。

「あなたとマクナブでしばらくあのハードウェアを操作できる？」

「もちろん」

「よかった。フィーニー、カレンダー、あなたたちは聞きこみのシフトについて」

「あの子が発信してから二時間近くなるね」カレンダーは目をこすった。「すぐにでもまた発信してくるかも」

「そっちはマクナブとロークがここからやる。オタクさんたちも足を動かしてらっしゃい。このブロックの南西の角のそばに年中無休のマーケットがあるから」クレジットとキャッシュを出そうとポケットに手を入れた。出てきた額に眉根を寄せる。

ロークはもう少しでため息をつきそうになった。「いくらだい？」

「わからない。ボトル入りの水と、缶の――」

「チェリーフィジー！」マクナブが叫んだ。

「自分もそういうのをいただけませんか」トゥルーハートも言った。

「わかった、わかった、フィジーをいっぱい。もう一度写真を見せるのよ。電波を拾って、糧食を持って戻って」リンクが鳴ると、イヴはそれを出して、ロークに目をやった。「ありがとう。経費の伝票を提出してね」

「必ずそうするよ」彼はさらりと言い、カレンダーに現金を渡した。

イヴはリンクの表示を見て、マイラの名前に気づいた。「ダラスです」

「イヴ、時間がとれたからマイ・ボルグストロームの記録にもう少し目を通して、あの施設や中間施設のスタッフ何人かとも話をしたの」マイラの声ににじんだ懸念に、イヴは下腹がこわばった。

「それで？」

「言うまでもないけれど、彼女は高レベルのセキュリティを解かれるべきじゃなかったわ。スタッフの何名かが、彼女には暴力的な行動があったと報告し、苦情を申し立てていたの。彼女は二度、性的な接触をしているところを見られていた、一度は警備員とで、もう一度は医療員とよ。どちらも彼女は無理じいされたと主張した。反証はされなかった、そして関係したスタッフは解雇された」

「特権と引き換えにセックスですか。檻の中でも外でも珍しいことじゃありませんね」

「二度めのときには、医療員が悲鳴をあげて、診療室から血を流して飛び出してきたので、警戒態勢がとられたの。報告書によれば、彼女はオーラルセックスをしていて、彼を嚙んだそうよ」

「なるほど」

「嚙みついたのよ、イヴ。彼のペニスの先を食いちぎって、食べたの」

「いたたた、オエー」

「報告書には、彼女は見つかったとき、顔を血まみれにして、高笑いしていたとあるわ。あとになって彼女は強制され、パニックを起こして、自分を守ろうとしていたのだと主張した。施設がこの件を、完全に隠しおおせたとは言えないわね。彼らは医療員を解雇し、ボルグストロームの特権を取り消して、一週間ひとり部屋に閉じこめ、薬とセラピーを増やした。彼女はみじんも主張を変えなかった。そして弁護士を雇い、訴訟するとおどした」

「それで彼らはその件を打ち切ったんですね」イヴは推測した。「もし彼女がとがったものやカミソリを手に入れられていたら、フェラチオ男はナニの先っぽをなくすだけじゃすまなかったでしょう」

「わたしも同意見よ。彼女はほかの患者たちと口論になると、噛みつくので有名だったの——凶暴に」

少し憤懣を発散しようと、イヴは椅子を蹴った。「エドクウィストはいったいどうやって彼女を外に出してやったんです？」

「三年近くのあいだ、彼女は治療が功を奏しているふりをしていたのよ。以前より激情的にならず、協力的になったの。いくつか事件はあったけれど、どのケースでも彼女がそのかしたか、彼女の責任であるのがたしかだと証明するのはむずかしかった。移されたあとでさえ、バランスを保っているようにみえた。彼女は後悔を、つぐないをしたいという熱心さをみせたの。とはいえ、彼女が脱走したあと、別の収容者の話では、ボルグストロームが夜にこっそり出ていったり、こっそり戻ってきたりしたとき、顔や手に血がついていたのを見たそうよ。その収容者が言うには、話せなかったのはボルグストロームが彼女を殺すとおどしたからだと。彼女を食べてやる、とも」

「あの子もそんなようなことを言っていましたね。ヴァンパイアがどうとか。彼女が本当に人間を食べるなんて、あなたは本気で信じていませんよね」

「彼女は妹が存在することによって、自分の居場所を、人生を、生存を奪われていると信じているわ。その考えを逆転して、完全かつ自由になるためには、自分自身が奪う側にならなければと思っているのかも」

「ドクター・マイラ、わたしはこっちの両親に言う気はありませんよ、頭のイカレた姉が彼らの子どもを殺して、朝食に食べたなんて」

ナイフをなめた、とイヴは思い出した。ナイフについた子どもの血をなめた。父親の血をぺろぺろ、ぴちゃぴちゃとなめた。

「手に入ったものをすべて送ってください。報告書すべて、聞き取りしたこともすべて。思いつくものは全部」とイヴは頼んだ。

「もうそのためにまとめているところよ。子どもたちにあとどれくらい時間があるのかわからないわ、イヴ」

「必ず間に合わせます」

7

イヴはマイラの送ってきたデータをじっくり読み、エドクゥイスト殺害捜査の事件ファイルを別によりわけ、マイ・ボルグストロームが関係した施設内での事件に関する報告書に目を通した。

マイラのデータと分析は詳細で洞察に富み、対象者の人物像をよりはっきりと浮かび上がらせてくれた。性悪でイカレた美女というのがぴったりの要約だったが、そこには人肉食嗜好というきわめて危険な要素が加わっていた。

警察の報告書は翻訳で少々飛んでしまった部分があったかもしれないが、スウェーデンの警官たちがちゃんと仕事をやらなかったと思える箇所はなかった。

これとは逆に、施設の内部および外部報告書はむらがあり、かすかに隠蔽のにおいがした。

とはいえ、全体的にはどれも役に立った。

イヴは自分の覚え書きに要点を加え、整理しなおした。ボルグストロームは刑務所内の図書室、洗濯室、厨房、診療室で働いていた。代替療法を学び、何かを手に入れるときには引き換えにセックスをした。

彼女がそうした経験や好みのどれかを利用して、いまの身分、居場所、収入の道を作り上げたということはありうるだろうか？

彼女は医療、教育、食品、または家事サーヴィス業で働き、いまの身分を作り上げ、住む場所の家賃を払えるだけのものを得たのだろうか？　二人の幼い子どもを入れておける場所の？

「オカルトへの興味があるわね、暗くて胸くそ悪いたぐいの」イヴはピーボディがしゃかりきになって地図に取り組みつづけているあいだに、ロークに言った。「それに彼女の暴力は相手かまわずとか衝動とかでふるわれるのではなく、計画され目的があるようにみえる」

電子ワークから短い休憩中のロークは、水を飲んで、スクリーンにあるイヴのデータをじっくり見た。「彼女は医療の分野を選ぶかもしれないね。薬品に接触できるし、痛みを与えたり抑えたりすることができる」

「そうね、そこを見てみるわ。あるいは、魔術ナントカ店みたいなやつ。ハーブとか、儀式とか。伝統的なものと、非伝統的なものの組み合わせかも。ピーボディ！　いまの作業エリアで、小さなクリニックと魔女っぽい店を探して。代替医療かも。そういうものを」

「追加しときます」

「僕は思うんだが……」

イヴは目を上げ、ロークを見た。「声に出して思ってみて。何でもありがたいわ」

「今回のことにオカルトの影響があり、儀式に関連しているなら、彼女が子守を殺すのに使ったナイフは儀式用のナイフなんじゃないか？」

「それはいい意見ね。いい線。トゥルーハート！　いまの作業エリア内でオカルト関係の小売店を探して、それとどれかこの時間でもあいているかどうか調べて」

「わかりました、警部補」

「彼女はセックスを利用してほしいものを得ていた。そのパターンを続けているかも。公認コンパニオンライセンスとか？　それがあれば彼女には無限の機会が与えられるわ。でなければ、共犯者がいるのかもね、セックスでつながった――自分からすすんで、情報も得ているのか、あるいは違うのか。利用して、そのあとは捨てたのかも」

「その線は僕がやるよ」フィーニーが声をあげた。「国際犯罪情報センターは僕のベイビーだからな。掘ってみて、類似犯罪を探してみよう」

「オーケイ。オーケイ。バクスター、カレンダーが戻ったら彼女のあとを引き継いで。マクナブ、ヘンリーからの通信のスキャンを続けて。きっとまた連絡してくるから」

イヴはその場を離れ、キッチンへ入っていった。多少なりとも静けさが、多少なりとも考えるスペースが必要だったのだ。ただデスクにブーツの足をのせてボードに目を凝らし、ひとつのことから別のことへ思考が移っていくのにまかせることは、ここの環境ではできなかった。

でもコーヒーをプログラムして、それをみんなにまわし、新しい出発点を見つけようとすることはできた。

ロークが入ってきて、自分用にコーヒーをそそいだ。「この家のどこか別の場所にきみ用の設備を整えようか」

「ううん、ただああいうおしゃべりなしで、ちょっと考えたかっただけ。それからあのはずんだり揺れたりも。電子オタクたちは何であああいうことをするのかしら、それにあのひっきりなしの——」イヴがはずんだり体を揺らしたりしてみせると、ロークは噴き出した。

「フィーニーもなのよ、ちょっとだけど。彼、のってくると頭をはずませたり、肩をはずませたりするの」彼女はコーヒーをとり、ロークを見て顔をしかめた。「あなたはしないのね。どうして作業しているとき、あのオタク・ブギを踊らないの？」

「英雄のごとき自制心さ」彼は答え、イヴの顎の浅いくぼみを指でなぞった。「心の中では踊りくるっているんだ」

「ふーん」イヴは言い、もと来たほうへ戻っていった。「マイは計画をたてる。そして前に言われていたように彼女は性悪だけど、ものごとを徹底して考え抜く。彼女には予定、ゴール、目的、それからあきらかに人間の血肉に対する嗜好がある」

「ボーナスがあるに越したことはないからね」

「彼女は子どもたちを入れておく一種の閉鎖空間用に、いろいろなものを買ったんじゃないかしら。ベッド――ヘンリーはベッドが二つあると言ってた。マイは錠やドアを取り付けたり、バスルームを設置するために人を雇ったかもしれない。そばにバスルームがなければ、自分がたいへんな面倒を抱えこむことになるとわかっていたはず。彼女は考え、計画をたて、実行する。いま言ったことはあしたになればたくさん調べられる」

ロークはキッチンを見まわした。その家庭的な雰囲気、あざやかな子どもらしい絵でおおわれた壁のボード。「彼女はあの子たちを殺すつもりだね」

「もちろんよ。彼女はあの子たちを解放する気はない。でもしばらくは妹を苦しめ、金を奪い、ある時点ではそれだけじゃなく、妹を誘い出そうと計画しているかも。そうすればすべて手に入れられる。自分のパワーを吸いとっていると思いこんでいる妹、それにマイの理屈からすれば、同じことをするであろう妹の子どもたち。彼女が今夜子どもたちを殺すことは心配してないわ。それほどは」

「それじゃ何を?」

イヴはしばしば自分のコーヒーに、その漆黒の深みに目を落とした。「人は人間の心身に、それを破壊することなくいろいろなことができるでしょ。わたしたち二人とも、殺さなくてもどれだけ子どもを傷つけることができるか知っている」

「彼女が次に何をするか? きみは彼女の頭の中に入ろうとしているんだね」ロークはイヴが返事をするより早く言った。「これからのステップはどんなものか、自分自身に尋ねている。彼女は次に何をすると思うんだい?」

「二人をさいなむ――いまはただ精神的、感情的にだろうけどね。それでもじゅうぶん悪いわ、それに彼女はそれを楽しむでしょう。いつかは妹に連絡してくる。早ければ早いほどいい。ねちねち責めて、恐怖や苦痛を耳にするの。思いえがくだけでは足りない。彼女はそれから交渉を始めるかもしれない、でも……わたしなら最大の苦痛を引き出すために長引かせるでしょうね。それにちょっと睡眠を、というか、少なくとも休憩時間をとりたくなる、だから子どもたちに薬を与えるわ。自分が眠っているあいだに、子どもたちが何かしないように。二人を動けないようにして、またあした始めるほうがいいでしょう。朝早く。妹が眠れないのをわかっていて、睡眠をとる。だから彼女は連絡してくるはず」

ロークは彼女の推理の流れをたどり、うなずいた。「彼らは生きている証拠を要求するだろう、ＦＢＩは」

「ええ。マイがそれを予想していなかったら馬鹿よ。彼女は馬鹿じゃない。何か用意するでしょう」

「彼女が通信してきたらどんなものでも追跡できるし、するつもりだよ」

「ええ、それに彼女がそれをわかっていなかったら馬鹿よ。その点でも計画をたてているでしょうね。連絡してくるときには、子どもたちのいる場所にはいないでしょう。そんな間抜けなはずある？　でもこっちはどんな追跡手段でも使って、つながりを見つけるわ。手に入ったものは全部積み上げる」

歩きだそうとしたとき、ピーボディが走ってきた。「ヘンリーから何か受信してます」

「大丈夫かい、ヘンリー？」イヴが駆けこんだとき、フィーニーがそう尋ねていた。

「うちに帰りたい。あなたはいい魔女じゃないよね」

「ああ、でも僕は彼女の友達だ。彼女はここにいるよ」

彼がイヴに合図するあいだに、カレンダーとマクナブの両方がシグナルを増幅し安定させようと、しゃかりきになって作業していた。

「ヘイ、ヘンリー、いまどこにいるの？」

「隠れてる……バスルーム。ガーラが見張ってるんだ……魔女を」

「ヘンリー、あなたのジャンボリーで写真をとるやり方を知っている？」

「うん……」静電気がブブブと音をたて、ヘンリーの声が消え、また揺らぎながら戻ってきた。「……上手に撮れる」

「オーケイ、バスルームと、それからもしできれば、彼女があなたたちを入れた部屋のドアの写真を何枚か撮ってもらえる？　壁のも。それがあればあなたたちを見つけやすくなるの」

「バッテリーのパワーが食われてしまうよ」ロークが耳元でささやいた。

「ドアだけでいいわ、ヘンリー、それとバスルームの、すぐ外からのとか。いまは二枚だけでいい。ガーラをドアの横に立たせて、一枚撮って。いそいでね、わかった？」

「わかった」

「そこの壁はどんな感じか教えて？」

「ええと……歩道みたい」

「床は？」

「ええと……壁みたい。ラグが一枚。おもちゃ」

「どうやってそこへ行ったか、何かおぼえている？　何でもいいから」

「寒かった、それから……」彼の声が消え、またふっと戻ってきた。「……窓。僕たち、チャイルドシートがなかったの……停まって、僕たちに飲ませたんだ。まずくて……眠い」

「彼女はどこで停まったの？　そこのことを何かおぼえている？」

「……塔がいくつもあって、星がひとつ」

「塔と星のある建物ってこと？」

「うーん……そこには行かなかった。彼女が飲めって言ったんだ……また車で走って、僕は寝ちゃったの。僕……写真」

「わかった。送り方は知ってる？」

「写真はよく送るんだ……それからおじいちゃんとおばあちゃんに、それから――」

「オーケイ、わかったわ。これから言うところへ送ってちょうだい」イヴはヘンリーに自分のリンク番号を、ゆっくりと教えた。

「まだだ」ロークがイヴに言った。

「でもまだやらないで。どうして？」彼女は声を低くしてロークに言った。

「彼はほかのファンクションをいくつかシャットダウン、できれば消去する必要があるんだ。そうすればじゅうぶんなだけシグナルを強くできるかもしれない」

「くそっ。ヘンリー、いまから別の人と話してちょうだい、その人があなたにどうすればいいのか言うから」

イヴは通信機をロークに押しやり、移動してマクナブの肩の上から身を乗り出した。「彼をつかめた？」

「シグナルがじゅうぶんじゃないんですよ、ダラス。抜けたりすべったりで」

「わたしには彼の声がよく聞こえるけど。だいたいは」

「こっちで音声を増幅してるからです、それとできるだけノイズを消去してるんで。問題は発信源なんです」

「彼女が戻ってきた！」ヘンリーの取り乱したささやきが、こちらの室内ではとどろくばかりに響いた。「すぐ外にいる……バスルームの。僕——」

「ヘンリー！　何を……そこでして……太った子豚ちゃん？」

「僕は……トイレに行こうとして。僕……手を洗うんだ。……ジャンボリーを隠すよ」彼が小さな声で言った。

「……あんたったらマスをかいてるの、このみっともない……」

イヴはガーラが悲鳴をあげるのを耳にした。**手を出さないで。お兄ちゃんに手を出さないで。**それから何かがぶつかる音、泣き声がしてすぐさま、通信はとだえた。

いいんだけど」

「切れた」カレンダーが告げた。「自分で切ったのよ、賢かった。隠すのが間に合ったなら
「アッパー・イースト・サイドのビルで、複数の塔と星がひとつついているもの」イヴは振り返り、命令を出そうとした。

「僕がもう探している」ロークが携帯コンピューターにかがみこんで言った。

「オカルトショップを二つ見つけました、警部補」トゥルーハートがスクリーンを叩いた。

「ひとつは午前二時まであいています」

「バクスター」

彼はコートをつかんだ。「すぐ向から。行くぞ、トゥルーハート」

「彼のシグナルをたどる方法が何かあるはずよ」

フィーニーが目をこすってから、椅子をまわしてイヴのほうを向いた。「あれはおもちゃなんだよ、ダラス。すてきな、よくできたおもちゃだが、ただのおもちゃなんだ。動かせない限界がある。それにむこうのバッテリーが弱くなってる。ほかのファンクションをシャットダウンするのはいい考えだったよ。バッテリーを長持ちさせてくれるだろう。それにもし僕らがもっと近づいたときに彼が通信してきたら、もっとうまく追跡できると思う」

「七十二丁目の南のようです」マクナブが割りこんできた。「いちばんありそうなのは六十

一丁目の北。たぶん二番街の西。五番街の東——九十九パーセントそうです」

「オーケイ。ピーボディ、さっきの外観に合うもの、もしかしたらってもの、たぶんってものからとりかかりましょう。いま言ったエリアにハイライトをかけて」

「かなり確率の高いのがあるよ、六十八丁目のユダヤ教会堂(シナゴーグ)だ、三番街とレキシントン(レックス)街のあいだの」

　イヴはロークのところへ歩いていって、その画像をじっと見た。塔が二つ、それからユダヤの星がその建物についていた。「ええ、これかもしれない。ここからだと、彼女は二番街を渡ったでしょう——ヘンリーの言っていた〝二番〟よ。それから三番街を南へ進んだ。その建物の近くで停車し、兄妹に目覚まし薬を与え、彼らが中で、施錠されて隔離された状態で目をさますようにした。ピーボディ、壁面スクリーンに地図を出して」

「まだ終わってないんです——」

「そのままでいいから」とイヴは指示した。「その状態で作業を続ければいいわ。ほら、これが彼女のルート」イヴはレーザーポインターをとり、ルートをなぞった。「マクナブの言った範囲にそって、六十一丁目の北に限定するわ、それにここでの停止を考えて、六十八丁目の南側に集中しましょう。二番街の西で、五番街の東。そこにあるのは何？」

「ブラウンストーンの家、タウンハウス、高級な店舗が死ぬほどたくさん」

イヴはピーボディの意見に顔がひきつったが、反論はできなかった。「そういうのの画像を手に入れられれば、二人が地下室か、何らかの屋根裏みたいなものか、作業部屋か何かにいるのかどうか、調べられるかも。建物の築年数を判断できるかもしれない。とはいっても、エリアの絞りこみは続けましょう」

イヴは髪をかきあげ、新しい思いつきを呼び起こそうとするかのように、両手でぎゅっと頭をはさんだ。

「マイだって食べたり、買い物をしたり、たぶん仕事だってしなきゃならない。あれだけ何年も閉じこめられたあとで、自分から閉じこもるわけがないわ。やっぱり彼女にとっては近いほどいいと思う。あの子はすぐ眠くなったと言っていた、彼女がそうさせたかったんでしょう。彼女は六十八丁目で停まった、だから六十五丁目より北から始めましょう。彼女はたぶんマディソン街の東側にいる。セントラルパークも可能性はある、でもレックスか三番街なら彼女はいつでも歩いて簡単にこの家に来られる。その線で行きましょう。レキシントン街を見てみて、三番街を見てみて」

「パンくずをたどっていくみたいだな」ロークはピーボディの補助をするために座りながらつぶやいた。「ある地点から別の地点へ、そしてどこかの鳥が少々食べてしまったかどうかもわからない」

「あー、ほんとですね」ピーボディはぶるっと震えた。「いなくなった二人の子ども、悪い魔女。ヘンリーとガーラ。ヘンゼルとグレーテル。パンくずですよ」イヴがぽかんとしているので、彼女はそう繰り返した。

「それってどこから出てきたの？　その子たちはどうなったの？」

「魔女を出しぬいたんだ」ロークが教えた。「そして魔女は最後にはオーブンの中で、生きたまま焼かれた」

「幼児番組にうってつけの話ね」

「民話はしばしば残虐なものだったんだ」

「でも……」ピーボディが褐色の目を茫然とさせて二人を見た。「たしか二人は逃げて、両親と一緒に戻ってきたんですよ、体にいいお料理を魔女に持ってきて。みんなの優しさで、魔女はおばあちゃん的なタイプに変わり、ベーカリーを開いたんです」

イヴはロークににやりと笑った。「フリーエイジャー版ね。嘘っぱち」

「でも――」ピーボディはロークに肩を叩かれ、ただため息をついた。

「その話には別の、気になる参照事項がある」と彼は付け加えた。「ジンジャーブレッドの家にいる悪い魔女は、子どもたちを太らせて、夕食に食べるつもりだったんだ」

「うわ」イヴは髪をかきあげた。「ちょっと、それじゃ全然おとぎ話じゃないじゃない」

リンクが鳴りだしたので出した。「ダラスです」

「ティーズデールです。いま彼女が接触してきた」

フィーニーが宙に親指を突き上げた。「こっちでもつかまえた。いけるぞ」

トーシャが応答したが、彼女の声ににじんだ恐怖は鼓動と同じくらいはっきりしていた。

「もしもし」

「久しぶりねえ、妹よ」

「マイ、お願いよ、マイ、あの子たちに手を出さないで。あなたの望むことは何でもするから」

「ええそうよ、もちろんやってもらうわ。息子の血はあんたと同じ味ね、弱くて薄くて。娘のほうもじきに味見してあげる」

「お願い、お願いだからやめて……。あの子たちの無事を知るにはどうすればいいの？　まだ生きていると知るにはどうすればいいの？」

部屋に悲鳴が響きわたった——あの少年が、少女が、来てくれと、自分たちを助けてくれと母親に叫んでいる。映像が、彼らの震え上がった顔に乱暴なほど近いものが、映ったり消えたりし、時刻表示はイヴとヘンリーの通信のほんの数分後を示していた。

「ママー、ママー！」マイはあざ笑った。「あんたは自分の国の言葉も教えてないのね。生きてる値打ちはないわ。この二人も」

「子どもたちはあなたに何もしていないでしょう。わたしに何をしてほしいか言って、そうすればそのとおりにするわ」

「この子たちのためなら死ぬ？」

「ええ！　ええ！　子どもたちを解放して、わたしを連れていって。お願いだから」

「それじゃ全然、全然簡単すぎる。米ドルで五百万払う？」

「ええ、ええ、ええ。お願い。何でもするわ」

「何でもときたか。ひとり選んで」

「何？　どういうこと」

「ひとりが死んで、ひとりが生き残る。あんたが選ぶのよ。息子にする、それとも娘？　家に帰るのはどっちの子豚？」

「マイ、まさか、マイ」

「五百万ドル。どこへ送るかは次に話したときに言うわ。それと、どっちが生き残って、どっちが死ぬかも答えなさい。選ぶのよ、でないと両方とも殺す。二人っていうのはあっちゃいけないのよ、システル。わかってるでしょ。選びなさい、さもないと両方ともなくすわ」

「彼女をつかまえた？　つかまえた？」ボルグストロームの通信が切れると、イヴは問いただした。

「つかまえたよ、もう急行している。ＦＢＩもだ。彼女は移動していた、速度からみてたぶん徒歩だろう」フィーニーが伝えた。「マディソン街と六十一丁目の角で彼女を見つけた。そこで自動追尾をかけた、でも動かない」

「彼女、リンクを捨てたのね」イヴは言った。

「ああ、僕もそう思う」

イヴはフィーニーの通信機がそこにあってつながっていたので、それをつかんだ。「警官たちは最後の位置から扇形に広がって、西は三番街、北は六十八丁目まで」

そして通信機をほうり返すと、歩きはじめた。「よくできた計画だわ。すごくよくできてる計画。いたぶり、苦しめる。ひとりを選ぶか、さもなくば二人とも失うか。もう一度連絡するまでは、どちらも殺さないでしょう。それで時間がいくらか稼げる」

「さっきの悲鳴は録音だった」ロークが言った。「彼女はあの映像を改変したのかもしれない、時刻表示を」

理論的にはイエスだ、とイヴは思ったが、首を振った。「二人は生きてるわ。彼女は妹にひとりを選ばせる必要があるのよ。彼女は妹が選ぶと思っている、トーシャが必ずどちらかを選び、もう片方を犠牲にすると確信している。それでも二人とも殺す確率は高いわ、だけどそのときにはもう選んだことで妹はめちゃくちゃになっているでしょう。そこが天才的。彼女はイカレてる、でもものすごく頭がいい」

　イヴはふたたびリンクを出した。「ダラスです」

「当たりが出た」バクスターが言った。「〈フォー・エレメンツ〉、スーパーナチュラル系の店だ、七十一丁目、レックスと三番街のあいだ。彼女は常連だ。それに二日前も来て、ハーブをいくつかと、睡眠を補助するもの、キャンドルを買っていった。以前、儀式用ナイフも買っていた。店主はシンボルとして使われるものだと言っているが、子守を切り刻むこともじゅうぶんできる」

「店は住所を控えてる？」

「いや。彼女はいつもキャッシュで払ってた、だがここの店主が知るかぎり、いつも徒歩だったそうだ。きっと近いぞ、ダラス」

「もう少し何か掘りだせるかやってみて、それからこっちに戻ってきて。レックスを歩いて、六ブロックくらい進んで、三番街へ渡り、また引き返すの。彼女が連絡をとってきた。詳しく話すわ。でも目をしっかり開いておいて」

8

中へ入ったとたん、マイは白髪のウィッグをはずし、裾がすりきれてポケットも破れている、大きくてパッドの付いたコートを脱いだ。ゆっくり時間をかけて念入りにほどこしたメイクアップの痕跡(こんせき)をすべてとりのぞき、年月が消え去るのを見つめた。十分もしないうちに、彼女は太って貧しい、わずかに背中の曲がった老婆から、若く生き生きした女に変身した。美しく。

しばらく自分の顔をうっとりとながめた。わたしの顔、と自分に言い聞かせた。トーシャは青白く弱々しいコピーにすぎない——徹底的に滅されるべき存在だ。

自分こそが〝本物〟なのだ。ほかにあってはならない。トーシャは、まさに自身の存在によって、自分たちを生んだ女性を死なせた。マイは母親が生きていたら、あの弱々しくて顔色の悪いコピーをベビーベッドの中で窒息させ、真実にして唯一の娘に愛情と、注目と、パワー、ワーを与えてくれただろうということに、何の疑いも持っていなかった。

父親が死んだのもトーシャのせいだ。策略や、嘘や、弱々しい泣き方で、父親を丸めこみ、真実にして唯一の娘にそむかせたのだ。あのコピーは彼女の価値を下げようとするいっぽうで、自分自身の値打ちを上げていた。

これまでの長年にわたる監禁、退屈で無益で頭がおかしくなりそうな対話、対話、対話、投薬、制限が、あの顔色の悪い、弱々しいコピー以外の誰のせいだというのだろう?

罰を与えるときがきた。

ひとり鼻歌をうたいながら、マイは地下に通じるドアの鍵をあけ、かろやかに階段を降りていった。いちばん下に着くと、半年あまり前にこの不動産を買ったとき取りつけた強化扉の鍵をあけた。

中では、醜い子豚たちが眠り、彼女が飲ませたソーダの中に混ぜておいた薬で、悪夢の中へ深く引きこまれていた。おいしい、おいしい、泡と砂糖。彼女はソーダをアイシングがけのカップケーキや、つやつやのタルトみたいに甘く、甘く、甘ーくしておいたのだ。

白くてまざりけがない砂糖は、この子たちの元気のない血を甘くしてくれる。

あのケーキやタルトに毒を入れてもよかったわね、と彼女は思った。あの甘いお菓子を全部、子豚たちの喉に詰めこんでやれば。

でもこの子たちは切り刻んでやるほうがいい。二人の血は弱いかもしれないが、あたたかいだろう。

この子たちが怪物であることは誰でもわかる、ひとつのベッドに一緒におさまっているところは、二つ頭の生きもののようだ。滅ぼされ、食べつくされるべき怪物のようだ。ひとたび食べつくしてしまえば、彼らの若さ、エネルギー、自分たちがまだ理解していないパワーは彼女の中に入る。

そうしたら、そうしたらようやく、妹の血を流して飲もう。深く飲みこもう。

だが今夜は健康のために眠らなければならなかった。あした、と彼女はドアに鍵をかけながら思った。トーシャは選ぶだろう。

どっちになるだろう?とマイは考えた。女の子豚か、男の子豚か? コピーがどちらを選んでも、とマイは階段をのぼりながら思った。そっちを最初に殺してやろう。


彼らは地図、データ、確率精査に取り組んでいた。電子機器を使ってスキャンし、あらゆる音に耳をそばだてた。歩き、いくつもの通りをあたり、たまたま通りかかった通行人にはしらみつぶしにＩＤ写真を見せた。

連絡も、動きも、変化も何ひとつないまま時間がすぎた。

「イヴ」ロークはキッチンでまたコーヒーをプログラムしようとしているイヴを見つけると、その腕に手を置いた。「ヘンリーはもう今夜は連絡してこないだろう。前にきみが言ったとおりだ。彼女は二人に眠らせるものを与えたんだ、それもたぶん、妹に連絡しに外出する前にそうした。もう夜中の一時すぎだよ。子どもたちは眠っている、彼女もだ」

「わかってる」イヴの頭はぐるぐる回っていた。目が疲れでひりひりする。「わかってる」

「きみのチームは、きみも含めて、同じように睡眠が必要だよ。フィーニーはくたくただ。見ればわかるだろう。彼も二時間くらい休まないと、頭が冴えないよ」

イヴはしばし腰をおろし、以前は幸せな家族が天気のいい朝に朝食に集まっただろうと思われる場所に、ただ座っていた。ひとつ息をする。

「あなたの言うとおり。シフト制に移る必要があるわね。わたしもちょうどそれを考えていたところ。半分をうちに移動させて、半分をここに残して、あとで交替させるわ。三時間、かな。三時間半」イヴは訂正した。「オーケイ」立ち上がり、歩きだした。

みんなひと晩じゅう働き、次の日もずっと働いてくれるだろう、と部屋を見まわしながら思った。警官ならそうする。でも休憩があったほうが仕事の質はあがるものだ。

「これからシフト制にする」イヴは声をあげた。「フィーニー、ジェンキンソン、ライネケはわたしの家へ行って、寝てきて。〇五〇〇時にここへ戻ってくること。ロークとわたしもじきに出て、同じようにする。マクナブ、カレンダーは電子ワークを続けて。ピーボディ、トゥルーハート、バクスター、データと外での作業をして。〇五〇〇時に交替よ」

「きみたちの部屋はサマーセットが用意するよ」ロークが言い添えた。「彼にはもう話してある」

「さあもう出て、少し眠ってきて。〇五〇〇時きっかりに最初のシフトを交替する。こっちが休んでいるあいだに何か入ってきたら、どんなものでも、即座に知らせて」

「了解だ、ボス」バクスターが請け合った。

「僕ならここで寝られるよ」フィーニーが言った。

「ここにいたんじゃ眠れないわよ。わたしもだめ。朝までに何か起きる可能性は低いわ。できるあいだに二時間寝ておきましょう。これからちょっと寄って、ティーズデールに状況をきいてくる」とイヴは彼に言った。「そうしたらすぐあとから行くから」

その夜はしんしんとした寒さと静けさがあり、張りこみのときのような気がした。自分のベッドで寝る時間をとったら、あの子たちを見捨てたことになるだろうか？　十分で戻れるけど……。

「ストップ」ロークが指示し、車のハンドルを握った。「きみは目覚まし薬を飲んで起きていることもできるが、意味がないよ。うまく分けたじゃないか——年長の警官三人を先に送りだし、若いほうをバクスターの下に残した、彼ならうまく対処できるとわかっているからね。それにきみは二つめのシフトのほうをとろうとしている、なぜなら、そのときに何かが起きるだろうと思っているから」

「そんなところね」そうは言っても、だが。

ティーズデールがマクダーミト一家を保護している、こぎれいなタウンハウスの一階には明かりがついていた。イヴはまず自分のリンクを使ってティーズデールに連絡したので、ロークと一緒に歩道を横切っていくと、彼女がドアをあけてくれた。

「最初の連絡以降は何もないわ」ティーズデールは言い、二人をリビングエリアに通した。そこでは二つのテーブルがさまざまな機器で占領され、背の高いコーヒーポットが半分中身の入ったまま置かれていた。「スラタリーは二時間の睡眠をとっているところ。彼は児童誘拐の専門家なの、だから何も起きないだろうと思われるいまは休んでもらうことにした」

「わたしたちはシフト制にした。ご両親はどうやって持ちこたえている？」

「ほんの爪の先で。トーシャは姉と話したあと打ちのめされてしまったし、ロスもたいして変わらない。無理もないでしょう。でもスラタリーは有能よ。彼が二人を落ち着かせ、やっとのことでトーシャに軽い鎮静剤を飲んで眠ってみるよう説得したの。二人が歩きまわっているのが聞こえなくなってから一時間くらいたっている、だからたぶん二人とも眠ったんでしょう」

ティーズデールは壁面スクリーンのほうをさした。「あなた方の地図で作業していたの。絞りこまれたあのエリアはかなり有望ね」

「朝になったらあのエリアでもう一度聞きこみをしたいわ、全部の家を訪ねて」

「それなら歩兵を何人かまわせるけど」

「助かるわ。彼女は姉についてほかに何か言った？　もっと詳しいことを？」

「あまり。夕方になりかけた頃、彼女と話をしたの、ただ彼女の記憶を探っただけだけれど。お姉さんは何に興味を持っていたか、何が好きだったか、嫌いだったか、そんなことを。でも二人は十二歳以降はずっと離れていたから、そういうのは人形とか、こっそりお化粧をするとか、クッキーやタルトを焼くとか、音楽を聴くといったことにかぎられてしまって」

ティーズデールは椅子のアームに腰かけ、うなじをさすった。「いま言ったのはふつうのこと。ふつうじゃないことがたくさんあったわ。妹のベッドに虫を入れたり、妹を地下室に閉じこめたり、近所のペットのうさぎを殺して料理したり。トーシャは最後のことを父親に話さなかった、もし話したら次はあんたを殺して料理すると姉に言われたから」

「すてき」

「人肉食嗜好というドクター・マイラの評価とも一致するわね。彼女は何度かトーシャに切りつけたことがあるそうよ、だから昔からナイフで楽しんでいたんでしょう。それから、子どもの頃から魔術系の映画やディスク――ダークな種類のを――こっそり持ちこんで、儀式の練習を始めた、って」

「それも一致するわね」

「彼女は生まれつきのあざがパワーと正統性のサインだと主張していた。それが彼女こそ〝本物〟であることを証明していると――カッコがついているのよ、何かの題みたいに。全体的にみて、トーシャの記憶はおおまかで、気持ちのいいものではない。子どもたちを見つけるのに役立つことを、彼女が提供してくれるかどうかはわからないわ」

「手に入れたもので何とかするわ」そして、とイヴは思った。ヘンリーとパンくずを待つ。「〇五〇〇時に戻る。バクスターが臨時指令本部の責任者よ、だけど何かあればわたしがすぐ代わる」

「彼女は二人とも殺すつもりでしょう、でもトーシャともう一度接触し、彼女の答えをきくまでは動かないはずよ」

「トーシャは答えを出したの?」

「出すわけないでしょう」ティーズデールの声にかすかな哀れみが加わった。「だから次の接触の前に子どもたちを見つけないと」

「こっちはもう一度街をあたる、全力で、日の出とともに」

「わたしも部下を連れてきている、いつでも協力するわ」

そしてそれが、いま自分たちにできる最善のことだとイヴは思った。

家までの短いドライブのあいだ彼女は無言で、ロークもそのままにさせておいた。彼が築いた屋敷は黒い空を背に浮かび上がり、周囲の夜のように静まりかえっていた。

しかし彼は車から降りるとき、イヴの手をとった。「きみは必ず二人を見つけるよ」

「もっとパンくずがあればいいんだけど」

「それも追おう。ヘンリーは賢い子だよ、イヴ、それに妹も勇敢で誠実な子のようだ。お兄ちゃんに手を出さないでと叫んだときの声が聞こえただろう。あれには恐怖があった、でも同じように激しさもあった」

イヴはうなずき、二人は家に入って階段をあがりはじめた。マイ・ボルグストロームの声も聞こえた、と彼女は思った。あれには狂気が、そしてぞっとするほどの喜びがあった。

でぶの猫が広いベッドに手足を広げていびきをかいており、それはある意味であたたかい出迎えだった。わたしも横になろう、とイヴは自分に言い聞かせた。頭をすっきりさせて、また最初に戻ろう。始まりからいまにいたるまでのどこかに、答えがあるはずだ。しかしべッドに入り、ギャラハッドがそのなかなかの体重を移動して彼女の足に体を渡し、ロークが彼女の体に腕をまわすと、イヴはすぐさま眠りに落ちた。

そしてたちまち夢の中に入った。

彼女の悪夢に住んでいる、ダラスのあの部屋には窓があった。彼女はそうしたければ外をのぞき、ついては消え、ついては消える汚れた赤いライトを見ることができた。そこは寒さと飢えの場所、恐怖と苦痛の場所だった。

あざやかな赤毛と青白い顔のあの子どもたちが、クッキーやケーキや泡立つ飲み物でいっぱいのテーブルを前に座っていた。そしておびえた目で彼女を見つめた。

「どれも食べちゃだめよ」彼女は二人に言った。

「あの女に食べさせられちゃうよ。あなたにも食べさせるよ、あなたを食べる前に」

「一緒に逃げましょう。わたしが逃がしてあげる」

「ドアに鍵がかかってるんだ」

イヴは鍵を壊そうとしたが、彼女自身もまだ子どもで、たった八歳で、寒くて、空腹で、怖くてたまらなかった。

「ティーパーティーをしなきゃいけないの」あの少女が彼女に言った。「あの女の人はそう言ってた。だからもし全部食べなかったら、あの人にひどい目にあわされる。ダーシアはひどい目にあわされたもの。ダーシアを死なせたもの。ほらね?」

子守は床に横たわり、自分の血にひたっていた。「この人はわたしには目もくれてない」

ダーシアはため息をつき、不満を口にした。「わたしのことなんてどうでもいいのよ」

「そんなことないわ。でもこの子たちを助けるまで、あなたを助けることはできないの」

「わたしはもうとことん死んでいるから助けるのは無理よ。あなたが何かしてくれなければ、じきにみんな死んでしまう」

「いまやってる。でもあの子たちのいる場所がわからないの。きっと鳩がパンくずを食べてしまったのよ」

「あなたはただ、正しい場所を見ればいいのよ」そしてダーシアは頭をまわし、見えてない目をそむけた。

「いい魔女は悪い魔女と戦って勝つはずよ。あたしたちはママとパパのところに帰って、ずっと幸せに暮らすの。あなたがあたしたちを守ってくれるんでしょう」

「そうよ。そうする。そうしようとしているの」

何かがドアを叩いた。何か巨大なものが。

「あの女が来る」涙をぽろぽろ流し、子どもたちは二人ともケーキやクッキーを口に詰めこんだ。「あなたも食べなきゃだめだよ、でないと僕たちが痛い目にあうんだ」

戸口に怪物、とイヴは思った。でもどっちの怪物だろう？ 彼女のか、それとも二人の子どもたちの？ それは大事なことだった。いっぽうは死を運んでくる。

それでも彼女は進み出た、寒さのなかで震えながら、ほかの子どもたちを守り、抵抗するために。

「さあこっちにおいで、こっちだよ、イヴ、体が凍えているじゃないか」

イヴがぶるっと震えて夢からさめると、彼の腕の中だった。「部屋が寒いわ。全然あったかくならない」

「ただの夢だよ、ベイビー。単なる夢だから。火をおこしてこよう」

「いいの、いいの、ただ抱きしめて。どっちかわからない。トロイなのか、ボルグストロームなのか。怪物と戦わなきゃならないの」

「しーっ。夢だよ。もう終わったんだ。僕がここにいる。きみは安全だ」

「わたしじゃない。あの子たちよ。あの子たちはすぐそこにいるのに、どうして見つけられないの？」イヴは彼を強くつかんだ。「わたしを離さないでいてくれるわよね？」

「いつだって」

「怖がったりするもんですか。怖がるわけにはいかない」

イヴが唇を彼の唇へ近づけると、ロークはやさしくキスで出迎え、そのあいだもなだめるようにイヴの背中を上下に撫でていた。そして心の落ち着く言葉をささやいた。

怖がったりしない、とイヴはもう一度思った。子ども時代の苦しみに、ここまでになった自分を損なわせたり、しなければならないことを止めさせたりするつもりはない。わたしがこれからすることを。

そしてここで、彼と一緒にいれば、彼が迷いなく信じてくれることが、彼の愛が、揺るぎない信頼がわかる。

少しずつ体があたたまり、さっきの部屋は――彼女の牢獄、二人の罪もない子どもたちの牢獄は――消えた。

わたしはうちにいる。

ロークにはわかっていた、彼女が人との触れ合いを必要としていると。彼との触れ合いを。彼女がそこに力を見出すことが、彼を謙虚な気持ちにさせた。彼らがおたがいの中に見つけたものが、おたがいを落ち着かせるということが。ここではそっと、そしてやさしく、自分たちが何者なのか、何を克服してきたのかをもう一度確認するのだ。そしてこれからもずっと一緒に克服していくことを。

イヴが息を吐いて彼のほうへ体を起こした、夜のようにひそやかに。彼は彼女を満たし、愛を、約束をささやいた。

二人はかたく抱き合い、なぐさめへと暗闇を進んでいった。

ふたたび静かになったとき、彼女が自分の心臓に打つ彼の心臓の鼓動を数えられるようになったとき、もうドアのむこうにいるものは怖くなかった。

「ひとつの場所を見ればいいだけ。子守がそう言ったの、夢の中で」

「真実だね、だが簡単じゃない」

「ヘンリーは壁と床が歩道みたいだと言っていた。ということはコンクリートみたいなやつ？　それだと地下というふうに聞こえる。マイはほかの人間が入ってこられる場所に二人を閉じこめるわけにはいかなかった、だからそれは彼女が建物を、もしくは少なくともそのエリアに行く唯一の手段を持っているということになる。となると小さな建物ね、入居者は制限されているか、まったくいない状況」

ロークが頭を上げた。「また眠る気はないんだね」

「ごめんなさい」

「シフトにつく用意をするまでにまだ一時間以上あるよ」

「わたし、戻らなきゃ、ローク。シャワーをあびて、コーヒーを飲んで、戻って、歩きまわる。そこを見たときに、ここだとわかるはずだと思いたいの。馬鹿みたいだってわかってる、でもそう思いたいのよ。だから戻って、歩きまわって、パンくずを探さなきゃ」

「それじゃ二人でそうしよう」

9

街灯が舗道に光の水たまりをつくり、キャブがたった一台、低い音をたてて通りを走っていった。そのほかは静まりかえったままで、その薄気味悪いほどの静けさがイヴの肌に悪さをし、神経がおかしくなったような感じがした。

「真夜中というのは魔法の時間かもしれないね」ロークがマクダーミト家の前で車を降りながら言った。「でも僕が思うに、三時から四時のあいだ――昼でもなく夜でもないその範囲――がいちばん暗く、深いんじゃないかな」

「わたしにわかるのは、彼女があの子たちをさらって二十四時間以上たった、っていうことだけよ。二人はそのいちばん暗くて深いところにとらわれている」

イヴは家の中へ、明かりの中へ、勤務についている警官たちの中へ入っていった。ピーボディがコンピューターにかがみこみ、カレンダーは大きなあくびと伸びをやめて、目をぱちくりした。

「もうシフト交替?」

「早く来たのよ」

バクスターがキッチンエリアから、大きなコーヒー入りのポットを持って出てきた。「何だ?」と彼は言った。「ドーナッツはなしか?」

「それと、もっといいものがこっちへ向かっているよ」ロークが答え、それからイヴがとまどって顔をしかめていると、ただ眉を上げた。「もうやっておいた」

「さすがだな」着ているシャツはしわだらけ、いつもなら念入りに整えている髪を乱し、目の下にくまをつくったバクスターは笑みを浮かべた。

「何かわかったことは?」イヴはきいた。

自分の持ち場から、マクナブが頭を振った。「こっちの前線は静まりかえってます。子どもたちからも、EWからも何もなし。悪い魔女(イーヴィル・ウイッチ)ってことです」彼はイヴが尋ねる前に言った。「カレンダーと俺でずっとスキャンプログラムを走らせてます、あのおもちゃからの標準的なシグナルを拾って――当たっては見失うみたいな感じですけど――それから衛星反射用にうちのコードに変換するやつなんです。スキャンからの類似シグナルをふるいおとす作業をしてるんですよ。あのあたりには、子ども用の通信機がわんさかあって」

「それはいい考えだ」ロークが言った。

「当たっては見失ってますよ」マクナブがまた言った。「それにむこうのおもちゃに電源が入っていなきゃならないし、変換はぴったり合わなきゃならない。片手の指の数くらい拾ったんですが、位置の探査をしたんです。こっちの探してる子たちじゃありませんでした――子どものいる昔からの住民の家でした」

「妹のマシンと関連させたらどうかな」ロークが言い、言葉のうえでも位置的にも電子の領域に近づいていった。「二つは同時に同じ場所で購入された、同じ時期・場所・ロットで生産されたものだろう。接続とロックを試して、それから混信音消去でやってみたらいい」

「むずいな」マクナブは言ったが、疲れた目が輝いた。「それにカッコいい」

イヴはそっちは彼にまかせて、ピーボディのほうを向いた。「状況は?」

「地図を絞りこんでました、それからそのあとにそれぞれ分けたセクターごとに建物を探査して、スキャンして。彼女はここ、この六十六丁目から六十八丁目のあいだ、レックスか三番街の区域にいるって気がしてきました」

「なぜ?」

「ただ、わからないんですけど、そこに戻ってばかりなんです、でも確率精査はエリア内のほかのところに比べて少しも高くありません」ピーボディは手首の付け根で目をこすった。

「ただそこに戻ってばかりなだけで」

「それを少しせばめることはできたんです、警部補」トゥルーハートが話に入ってきた。「建物をいくつかはじいたんです――ずっと前からの住民の家庭や、長期所有者や入居者を。ただ……データが改竄(かいざん)されていなければですが。彼女ならデータ上での自分の存在を隠したかもしれません」

「無駄なことをしている気がします」ピーボディも認めた。「わたしがそのより狭いエリアに戻ってばかりということ以外は」

「オーケイ、それはわたしがやるわ。バクスター、少し寝てきなさい。ピーボディ、トゥルーハート、あなたたちもジェンキンソンとライネケが来たらすぐ、仕事はやめ。あなたたちもどっちか行っていいわ」とカレンダーとマクナブに言った。

「俺がやる」マクナブが言った。

「あたしがやるわよ」カレンダーが反論した。

二人はにらみあった。「勝ったほうが残る」マクナブが提案し、こぶしを突き出した。

「やってやろうじゃん」

こぶしを三度振ったのち、マクナブがチョキを出し、カレンダーがパーを出した。「ちくしょう」彼女はぼやいた。「あんたはグーだと思ったんだけどなあ。接続とロックで混信音消去はまだやったことないのよ」

「さあ行って」とイヴは命じた。「何か食べて寝てきなさい。戻りは……」時間を見た。「七時半に戻ってきて。ここでこれまで何がつかめたか見せて。コーヒーを飲みなさい」とピーボディに言った。「少し歩いてきて」

自分のぶんのコーヒーをいれ、イヴは腰をおろして、ピーボディの覚え書きを読み、確率精査をじっくり見た。いくつか少し変更を加えて、再度精査をした。

それから背もたれによりかかり、コーヒーを飲み、スクリーンの地図を検討し、ハイライトのかかっているエリアを頭の中で調整した。

もう一度ボルグストロームのデータと、マイラのプロファイルと意見書を読んだ。立ち上がってボードを、それから地図をじっくり見てみる。

ほかの部下たちが、三人の配達員を従え、船に積むかのような量の食べ物と、さらに大量のコーヒーを持って入ってきたとき、彼女はコンピューターを前に背中を丸めたまま、仮説と確率精査の精度をあげようとしていた。

「トゥルーハート」と目も上げずに言った、「ピーボディを呼んで。少し燃料補給をして、それからあなたたち二人も少し寝てきなさい。戻るのは八時半」

「自分はまだやれます、警部補。体力（セカンド・ウィンド）が回復してきましたから。三度め（サード）かもしれませんが」

イヴは彼に目をやった。寝不足が顔から色を搾りとり、目の下のくまを際立たせている。まだやれるし、やる気もあるだろうが、数時間眠ったほうが頭が冴えるだろう。

「いまはわたしたちが引き受けたから。ベッドを確保して、八時半に戻ってきて」

「ＩＲＣＣＡから少しデータが出たぞ」フィーニーは口に卵を押しこんだ。「ここへ来るときに結果をチェックしたんだ。われらがお嬢さんかもしれないのが二件あったが、僕がつかんだいちばん近いのはパリで死んだ男で、八か月前だ。切り刻まれて――おまけに肝臓と心臓は行方不明――料理された形跡がある、ワインや何かでソテーされてな、現場でだ」彼はベーコンにかぶりついた。「警察は女を探した――参考人ってやつだ――」言葉を切って、さらに卵をぱくり。「目撃者の証言では、彼には愛人がいたんじゃないかとなっている。妻は愛人がいたと断言しているが、二人とも愛人の身元は知らなかった」

「その男は何者？」

「大きな菓子店のシェフ。金持ちたちのためにケーキやら何やらをつくったり、相手に彼の時間を買う金があれば個人レッスンをしたりしてた。彼の豪華な店の厨房で殺したんだ、シ、ヨンデリゼの」とフィーニーは、口いっぱいのハッシュブラウンのせいでよくわからないフランス語で言い足した。「五十万が引き出されてる、現金でだ、彼がそこを買った日に」

「金、内臓。彼にマークはあった？」

「ああ、それでつかめたんだ。五芒星ふうのシンボルだ、心臓のすぐ上に——死後だよ」

「彼女のしわざだわ」イヴはきっぱりと言った。

「どうしてみんな肝臓なんか食うのか理解できないよ、何のレバーだろうと。目撃者のひとりは、彼がブルネットと一緒にいるのを見たといっている、だから髪は違う。でもほかの外見特徴はぴったりだ。百七十三センチ、三十代なかばから後半、白人。あとでフランスと話してみるよ、ほかにも何か引っぱり出せるかやってみる」

「いいわね。それを計算に入れれば、彼女がここへ来た期間をせばめられる。居場所を見つける役に立つかもしれない」イヴはフィーニーがすすめてきたベーコンを一枚とり、考えこみながら食べた。

「ライネケ、居場所の調査をここ八か月にせばめて——賃貸もしくは購入で。このマシンを一台借りるわ、歩いてまわってくる」

「僕も一緒に行くよ」ロークが言った。

「あなたはここにいたほうが役に立つんじゃないの」

「いまの作業はマクナブがやってくれているし、フィーニーもここにいる。二台あれば、カバーできる範囲が広がるよ」彼はイヴに彼女のコートをほうり、自分のをつかんだ。

イヴはコートを着て、それから彼がさしだした揚げパンに顔をしかめた。

「それは何?」

「朝食」彼はイヴにマシンも渡し、もうひとつのマシンと、二つめの揚げパンをとった。

「さあ歩いてこよう、警部補」

「フィーニー、カバーを続けてて」イヴは言い、パンにかぶりついて――熱々の卵、カリッとしたベーコン、ペッパーのきいたチーズ――ドアを出た。

「日が昇るまで二時間ある」イヴは話を始めた。「調べたの。彼女は朝まではあの子たちに手を出さないと思う。わたしはただマイラのプロファイルを考えに入れようとしているの、ほかのことはほとんど知らないでしょ、それだとマイはいまの状況をあと何時間か引き伸ばして、午前中は妹をじらしておくんじゃないかしら。というか、そうするだろうとわたしが願っているだけかもしれないけど」

イヴは手に持った無音のマシンに目を落とした。「たしかにはわかっていないのよね、彼女がゆうべ二人を薬で眠らせたかどうかも。そうだろうとは思っている、確率からいって。彼女はとんでもなくイカレてるわ、ローク。だからいずれにしても子どもたちは震えあがっている。黙らせるためだけに二人を殺したかもしれない」

「でもそうは思っていないんだろう、僕もだよ。二人を黙らせるために、彼女はあの子たちを閉じこめて、薬を与えている、もしくはただほうっておいているんだ。二人が生きているほうが面白いから。それに彼女は妹にひとりを選ばせたいんだ。生かす子と、死なせる子と」

「トーシャが生き残るよう選んだ子がどっちであっても同じよね？　マイはそっちの子を先に殺す。彼女はきっとそっちの子のほうがパワーがあって、より大事なんだと考える、だからそっちの子を殺す」

「母親は選ばないよ。彼らは時間を稼ぐだろう」ロークはイヴのあいているほうの手をとって、自分の手であたためた。「FBIはこの手のことに経験がある、だから時間稼ぎをする方法も持っているだろう。もっと引き延ばす方法を」

「ヘンリーのこのおもちゃに残っているバッテリーはどれくらいだと思う？」

それはきのうの晩からずっと彼の頭を悩ませている懸念だった。「いまの時点では、せいぜい一時間、たぶんもっと少ないだろうね。その点で、彼にはもうあまりチャンスがない、とくにきのう言った写真を送ろうとしたら」

「そこのところ、わたしは間違ってたのかしら？　あの子に残された時間を使って、送ることもできないかもしれない写真を撮らせるなんて？」

「それできみが彼を見つければ、間違いじゃないさ」

「二手に分かれましょうよ、ピーボディのカンに的を絞るの」イヴは角で立ち止まった。どっち、どっち？　パンくずはどこにある？

「パンくず」イヴは声に出して言った。クッキーを焼くのが好きだった、刑務所の厨房、死んだ菓子店のシェフ。「クッキーのくずを探したらどうかしら。彼女はあの子たちにケーキやクッキーを食べさせているのよ」

「子どもの夢を後押しか――このお菓子を全部食べられるかい？って」

「おまえを食べるほうがおいしいよ、マイ・ディア」

「民話をごちゃごちゃにしているよ、警部補さん、でもそれは恐ろしい考えだね。悪い魔女、ジンジャーブレッドの家、子どもたちを太らせて食べる」

「かもしれない、それにクッキーなのかもしれない。ベーカリー。住みこむ、もしくはそこで働く。パリの死んだお菓子屋、それに彼女は目的なしに何かをしたりしない。彼は個人レッスンをしていた。彼女もレッスンを受けたのかもしれない、いつもの誘惑って手を使って、彼を殺して肝臓を食べたのかも」

「ソラマメとおいしいキャンティ・ワインと一緒に（トマス・ハリス『羊たちの沈黙』のレクター博士の有名なセリフ）」

「何？」イヴは一瞬、目をぱちくりさせた。「何なの？」

「あるすばらしい映画の古典といえるセリフだ。ちょっと待って」ロークはＰＰＣを出し、操作しはじめた。「三番街、六十六丁目と六十七丁目のあいだにベーカリーがある。〈インダルジ・ユアセルフ〉。それからレックスと六十五丁目の角にも小さな菓子店――〈マジック・スイーツ〉」

「ひとつめを調べて」イヴはすぐさま言った。「わたしは二つめをやる」

「きみは二つめだと思っているんだろう。〝魔法の（マジック）〟――お菓子だ、ふつうのベーカリーではなく。きみの直感はそっちだ」

「両方とも調べなきゃだめよ、それにこの全部が間違いかもしれないんだし」イヴはコミュニケーターを出し、ライネケに二つの建物のデータを出すよう指示しようと考えたが、リンクが鳴ったのでそちらを手にとった。ぐっとロークの腕をつかむ。

「写真よ。ヘンリーが写真を送ってきてる」

「もしもし？」イヴのマシンに、それからロークのマシンにも、彼の声が流れてきた。「誰か聞こえますか？　僕……よくない。ガーラが……起きないんだ。気持ちが悪いよ」

「みんなで聞いてるわよ、ヘンリー。写真を受け取ったわ――ドアと、トイレね。本当によくやってくれた」

「気持ちが悪い。吐きそうなんだ、でも吐けない。ガー……起きないんだ」

「彼をしゃべらせておいてくれ」ロークが耳打ちし、自分のイヤフォンをタップした。「そうだ、信号を受け取ったよ」

彼はイヴに話を続けるよう指をまわしてみせ、一歩離れ、それから早口の抑えた声で電子オタクの会話を始めた。

「ヘンリー、わたしの声以外に何か聞こえる？」

「んー」

「何かにおいがする？」

「バスルームは……よくない」

「何かほかには？」イヴは小さなトイレ、幅の狭い壁かけ式の洗面台の写真を見ながら問いかけた。安っぽい、でも新しい、と彼女は思った。それにドアは――これも新しくて、強化されている――ざらざらしたグレーの壁に対してくっきりみえている。

地下だ、ちくしょう。地下だ。

「クッキー。あの女が作った……クッキーを食べる。ほしくないんだ……クッキー……ママ」

「オーケイ、ヘンリー、このまま待って。彼を見失いそうよ」イヴはロークにささやいた。「彼、前より頻繁に、前より長く、通信がとぎれだしてる」

ロークは指を立ててイヴを黙らせ、早口の会話を続けながら、小さなおもちゃと自分のPPCを操作した。

「ヘンリー、壁を見て。窓がないって言ってたわよね、でも以前には窓があって、それをふさいだようにみえる?」

「ううん、僕には……わからない。湿った……おばあちゃんちの地下のにおいがする」

やった! とイヴは思い、これで裏づけがとれたと思った。「いいわ、いまのはいい。いまのは役に立つわ」

「南だ、南へ動いて」ロークは声をひそめて言った。「彼をしゃべらせつづけて」

イヴは質問せず、ただロークと並んで小走りになった。「ヘンリー、悪い魔女がドアをあける前には音が聞こえる? 彼女がやってくるのが聞こえる?」

「ガーラは……パパが言うんだ……こうもりみたいな耳だって。ガーラが彼女の音に耳をすませて……話しかける……起きないんだ!」彼の声が割れて、震えるすすり泣きになった。

「……殺した……」

「西だ」ロークが言い、角を曲がった。

「がんばって、ヘンリー。彼の声がとだえそうよ、ローク」

「まだだ」ロークがつぶやいた。「まだだ」

イヴは通りの標識を見上げた。「さっき言った菓子店ってことね」

「かもしれない。トレースが弱い、かろうじてあるだけなんだ。彼がしゃべっているともう少し強くなるんだが」

「ヘンリー、あなたのフルネーム、誕生日、妹さんのも教えて」

ロークはヘンリーがそらんじているあいだに、イヴをちらっと見て、彼女が肩をすくめると頭を振った。

「あの子に話してよ」彼女はロークに迫り、それからコミュニケーターを出した。

「〈マジック・スイーツ〉、六十五丁目のレキシントン街のところ。応援を送って、チームの残りの連中も呼んできて、FBIたちにも伝えて。こっちは待たないから」

イヴは足を速め、少年が魔法の呪文や勇敢な王子、しゃべるドラゴンのことを話す声に耳をすませていた。耳をすませているあいだにその声はどんどん小さく、小さくなって、消えた。

「むこうのバッテリーが切れたんだ。しまった」

「かまわないわ」イヴは立ち止まり、武器を抜いて、その細長い、三階建てのビルを見た。正面にある菓子店のディスプレーウインドーはからっぽで暗く、アパートメントとおぼしき上の階も同様だった。

しかし店の奥に、かすかに反射して広がる光が見えた。

「これから踏みこむわ、すばやく静かにやる。彼女は上の階にいて、眠っているかもしれない。あるいはあの奥にいて、あの子たちに無理やり食べさせるものを焼いてるかも」

「改装のため休業中」ロークはドアにかかった札を読んだ。「偶然ってやつについて世間でどう言われているかは知っているだろう。そんなものはたわごとだ」

「アラームは？　カメラは？」

「両方ある。僕に何ができるか見てみよう」

「何でもいいから、早くして」

10

「フィーニー」イヴは声をひそめてコミュニケーターに言った。「この建物の見取り図を引っぱり出せる？　地下室はある？」

「やってみるよ」

「時間がないの。ロークがセキュリティを破ってるところ。これから踏みこむ」

「ライネケ、ジェンキンソン、マクナブがそっちに向かってる。ＦＢＩも部下たちを送ってるよ。チームも全員が戻ってくるところだ」

「待ってられないわ。女の子の状態がわからないの。行ける？」彼女はロークにきいた。

「行けるよ」

「まっすぐ奥へ向かうわ」と彼に言った。「進みながら突破していって。ドアを探して。彼女は錠をおろしてあるはずよ。それでもしわたしたちが間違っていて、やさしいおばあちゃんみたいな人が奥にいたら、謝る」

「それでいいよ。三で行くね？」

「一、二——」イヴは低く、左側へ入った。ロークは高く、右側へ。小さなテーブル二つ、それから長いディスプレーカウンターをまわり、イヴはまっすぐ奥の、さっきの光へ進んだ。そして音楽だ、と気づいた。

あの女が歌っている。

砂糖のにおいもした——何か焼きたての、あたたかくて心なごむ香り。

イヴがドアまで行く直前、ロークが彼女の腕をつかみ、上を指さした。

屋内用カメラが、その小さな赤い目が見えた。イヴは毒づき、カメラの捕捉範囲から下がろうとした。

もう遅かった。

厨房とショールームのあいだのドアがバタンと閉まった。

イヴは足を引き、ドアを蹴り、また足を引いた。それからロークと一緒に蹴った。ちらりと見えた——肩がほんの少しと、ブロンドのポニーテールがはずむのと、そして右側のドアが閉まり、カチッと音をたてた。

イヴはまた蹴りはじめた。

「待って。一分だ、一分」ロークが錠にかがみこんだ。「このドアは強化されている。きみが足を折るだけだ」

「早く、早く、早く」

「のんびりやっているようにみえるか？　さあできた」

ロークがドアを引きあけ、二人は一緒に階段を駆けおりた。イヴは武器をかまえて左右に動かした。

じめじめして、寒く、暗かったが、階段の終わりにあるドアからかすかな光が見えた。イヴは何か罠（わな）があるかもしれないと用心深く進んでいき、武器を左右に動かしつづけ、やがていちばん下に着いた。ロークは次のドアにとりかかり始めた。

「あの子たちの声が聞こえる」全身を張りつめ、イヴは分厚い壁とドアのむこうのくぐもった音を聞きとった。叫んでいる。

ドアのむこうからやってくるのはあの子たちの怪物だ、わたしのじゃない。

イヴは以前、遅すぎたときのことを思い出した――子どもで、まだほんの幼い女の子と、ゼウスでハイになってナイフを持っていた男。数秒遅かったせいで、男があのやわらかい肉を切り刻むのを止められなかった。

今度は違う、今度は違う。お願い、神様、早く。

そしてロークがうなずき、二人は一緒にドアを破った。

マイは少女の喉に儀式用のナイフを押しつけ、少年の喉に腕をまわしていた。

この女は自分で自分の罠にかかってしまった、とイヴは思った。出口のない部屋に。血を流すことがいちばんの望みだったばっかりに。

「撃ってみなさいよ。あたしの手がびくっとなったら、この子は死ぬ。可愛い小さな女の子の可愛い小さな喉が切られてぱっくりよ」

生まれつきのあざ以外はうりふたつなんです、とトーシャは言っていた。しかしイヴには微妙な違いがわかった。こちらの顔のほうが肉が薄く、少し長くて、アイスブルーの目には理性を失った光がある。

「ここは踏みとどまるわ」イヴはマイを見たまま言ったが、言葉はロークに向けたものだった。「そのままとどまって。もう逃げ場がないじゃない、マイ。その子に切りつけたら、あなたを撃つわ」

「あたしを撃ったら、この子を切る。この子を殺すわよ。それに、こっちのチビのろくでなしの首をねじる時間もあるかもね。その麻痺銃を捨てな、あんたたち二人とも。それを捨てて、横にやって。あたしは歩いてここから出ていく」

「それはないわね」頭を撃てばいい、とイヴは計算した、でもマイの体が痙攣すれば、ナイフがガーラの喉を切り裂いてしまう。それを避ける手段はない。

「あなたは子どもたちを殺すかもしれない、殺さないかもしれない。でもあなたの負けはたしかよ」イヴは自分の声の冷静さが子どもたちを落ち着け、おとなしくさせておくことを願って、二人を見た。すると彼らの目がたがいの目を追ったり、見つめたりしているのがわかった。恐怖、そう、恐怖で涙が光っている、でもほかにも何かある、何か真剣なものが。

　この二人は……意志を通じ合わせているの？

「この子たちをトーシャ、妹（システル）と交換するわ。彼女をここに連れてきなさい、そうすれば二人を放す。早く、早く、でないと子豚みたいにこの子に血を流させるわよ」

「なぜ女の子のほうなの？」気をそらせるのよ、とイヴは思った。気をそらせられれば、あのナイフをほんのちょっと遠ざけるだけでいい、そうすればいちかばちかやれる、撃つことができる。「どうして男の子じゃないの？」

「女の子のほうがやわらかいもの。お砂糖とスパイス（シュガー・アンド・スパイス）（マザーグースの一節）」マイはそう言いながら笑い、狂った笑みを浮かべた。「お砂糖とスパイスと血。男の子は蛇とかたつむり（スネイク・アンド・スネイルズ）（同じマザーグースの一節）」

「トーシャがどっちを選んだか知りたくないの？」

「選んだのね」マイの顔は輝き、熱狂的な喜びを浮かべた。「言って、言って！　あいつはどっちを愛してるの？」

「ずいぶん熱心に知りたいのね？　あなたはもう自分で選んだじゃない」イヴはわざとガーラに目をやった。「でもそれはトーシャと同じかしらね？」

「言いなさいってば！」ほんの一瞬、マイの体が前へ動いた。ナイフがわずかに離れて、脅すようにイヴのほうへ向かったとき、イヴは危険を冒す用意をした。

　しかし子どもたちのほうが早かった。

　二人の両方がマイの前腕のむきだしになった肌に嚙みつき、小さな歯を思いきり食いこませた。マイは驚きと痛みでわめいた。ナイフがガーラの喉の横をかすってからそれた。

　イヴは撃った、するとマイの体は痙攣し、ナイフがその震える手の中で揺れた。

「伏せて！」イヴは子どもたちに叫び、前へ飛んだ。まず左で一発お見舞いし、マイの顔にこぶしを叩きこんで、さっと体をまわし、ナイフを持った手をつかんでひねると、マイは壁に叩きつけられ、ずるずると、震えながら床へくずれた。

「容疑者を制圧！　容疑者を制圧。入って！」イヴはナイフを蹴って遠くへやり、いまや意識を失った女の背中をブーツで押さえた。そして振り返ると、ロークが子どもたちを両方とも抱えているのが見えた。彼らの高さまでしゃがみこんで、左右の腕の下にひとりずつかばっていた。

「女の子の傷はひどい?」

「ただの引っかき傷だ。そうだね、スイートハート? もうすっかり安全だし無事だよ」

ガーラはロークの肩に顔をつけ、兄にかたく腕をまわした。

「僕が二人を上へ連れていってここから出すよ、それでいいかい?」

「ええ。ピーボディにご両親に連絡するよう言っておいて」

イヴは拘束具に手を伸ばそうとしたが、バクスターが入ってきた。

「ここは俺たちが片づけるよ、ボス」彼はマイにかがみこみ、彼女の両腕を後ろへ引っぱって手錠をかけ、両方の前腕に血のにじんだ歯形がついているのに気がついた。「おっと、何だ、彼女に嚙みついたのかい?」

「わたしじゃなくて、あの子たちがね」イヴが子どもたちのほうを顎で示したとき、ロークはガーラを腕に抱き、ヘンリーに手をつなぐよう片手をさしだしていた。

「よかったなあ。本当によかった」

「彼女をセントラルに運んで、それから少し眠ってきなさい——あなたもトゥルーハートも。あなたもよ」ピーボディが入ってきたので彼女にそう言った。

「わかってます」

「ライネケ、あなたとジェンキンソンで、彼女が目をさましだい、勾留課の手続きをすませて。彼女の頭がはっきりしたらすぐにミランダ準則を言って聞かせてよ。わたしはあとで署に行って、彼女の聴取をする」

「わたしも一緒に行けます、ダラス」ピーボディが言った。

「わたしだけでやれるわ。シーツに飛びこんできなさい。その前に遺留物採取班に連絡しておいて。この家の捜査にかかるとするか。何から何まできちんと片づいてるわね」

イヴがまずあたりを見まわしているあいだに、おおぜいの人間が出たり入ったりした。小さな、窓のない部屋にはオープンクローゼット式のトイレがついている。色あざやかなおもちゃ、甘い菓子のかけらだらけのテーブル。

ダラスのあの部屋とは違う、とイヴは思ったが、目的は同じだった。恐怖を与え、さいなみ、閉じこめる。

彼女はその部屋を出て、そこから遠ざかり――そしてさらわれて閉じこめられていたあの二人の子どもは、いつまで悪夢に悩まされるのだろう、と思った。

イヴの目に、二人が静けさと寒さのなか、夜明け前の暗闇のなかで、誰か警官がトランクから持ってきた毛布にくるまり、ロークの横で丸くなっているのが見えた。

彼女は警官のひとりに話をしようとしたが、ヘンリーと目が合い、彼がロークから離れてこちらへ歩いてくるのを見守った。

「あの女の人は死んだの?」

「いいえ、でももうあなたたちに手は出せない。もう閉じこめられているでしょう。その腕の具合はどう?」

「ガーラが手当てしてくれたんだ」ヘンリーは手をさしだし、すると兄妹は言葉をかわさず、妹はロークの胸に顔をつけていたのに、離れてヘンリーのところへ来た。そして兄の手をとり、イヴを見上げた。

「あなたがいい魔女なのね」ガーラは言った。

「おちびさん、わたしは警官よ」

「あたしたちを助けてくれたでしょう」

「おおかたはあなたたち自身がやったのよ。あなたたちは本当に賢かった——あの女より賢かった。それに本当にタフだった」

ヘンリーは震える唇をぎゅっと結んだ。「どっちを選んだの? ママはどっちを選んだ?」

「選んでないわ。わたしが嘘をついたの」このことのほうが怖かったんだろうか? とイヴは思った。どんな刃物より大きく、深い恐怖だったの? イヴはもう一度しゃがんだ。「あの女にほかのことを考えさせるために嘘をついたの。あなたたちのママは選んだりしなかったし、これからも選ぶことはないでしょう」

「嘘をついちゃいけないんだよ」そう言いながらもヘンリーは笑った。目がうるんでいたが、彼は笑い、イヴは思った。これこそ勇気ってものだ。本物の。「でも嘘をついてくれてよかった。僕はヘンリーだよ、こっちはガーラ」

「ええ、知ってる。わたしはダラス」

「あなたは〝いい魔女ダラス〟なんだね」

ヘンリーは小さな音を、つまったすすり泣きをもらし、それからイヴが驚いたことに、彼女に飛びついて、震える体で抱きしめてきた。すぐにガーラも同じことをした。

「オーケイ、オーケイ」二人をぽんぽんとやったほうがいいのか、どこをやればいいのかわからなかった。「もう全部終わったの。家へ送っていくわ、何か食べるものをあげるから」

「クッキーはいやよ」ガーラの声がイヴの肩にうずまってくぐもった。

「ええ、クッキーはなし」イヴはもう一度立ち上がろうとしたが、少女が首にぎゅっと抱きついているので、彼女を抱き上げるしかなく、ヘンリーのほうは脚にしがみついていた。

「ええと……」助けを求めてロークのほうを見たが、彼はただ笑って、首を振った。

車が悲鳴をあげて走ってきた。完全に止まる前に、トーシャがドアから、もう片方のドアからロスが飛び出してきた。

「ヘンリー！　ガーラ！」

少女は飛び降り、少年も両親のほうへ駆けだして、彼の毛布がケープのように後ろへ飛んだ。

イヴは心から安堵（あんど）のため息をついたが、ロークがやってきて、肩に腕をまわしてきても反対はしなかった。

「寒い朝のすてきな光景だね」彼はつぶやいた。

たしかにそうだ、四人がからまりあってひとつになっている。

「あの子たちは大丈夫ね」イヴは言った。「マイはあの子たちを、ええと、三十時間くらい手元に置いていたし、そういうのは一生みたいに感じられるけれど、あの子たちはきっと大丈夫。それに二人にはおたがいがいた、あの子たちにはってことよ、最悪のときも。思うんだけど……あの子たちはおたがいに話ができるんじゃないかしら、ほら、しゃべらなくても」

「たぶんね。双子の絆（きずな）、それからちょっとした魔法――いいほうのだよ、それも入っているんだろう」

ティーズデールが近づいてきた。「スラタリーとわたしはセントラルで合流するわ。彼女がこの先の一生をどこで過ごすかは、偉い人たちに議論してもらいましょう、でもわたしたちで――わたしたち三人で――きっちり彼女を終わりにしてやりましょう」

「いいわね」

ティーズデールはマクダーミト一家に目をやった。「すてきな光景。ああいうののおかげで、長くてつらい夜も乗り越えられるのよね。いい仕事ができたわ、わたしたち全員」

満足げにうなずき、ティーズデールは遠ざかっていった。イヴはロークのほうへ行こうとしたが、一家がこちらへ歩いてきたので立ち止まった。ロスが息子を、トーシャは娘を抱いていた。

「この人が〝いい魔女のダラス〟だよ」ヘンリーが言った。

「警部補よ」

「〝いい魔女のダラスけいぶほ〟だね」

そして彼はにっこり笑い、それがとても可愛かったので、イヴはそれ以上言わずにおいた。

「ありがとう。うちの子たちをありがとう」ロスが詰まった、震える声で言った。「一生忘れません。ご恩は返しきれませんが……」

「悪いやつらを倒すのは警官といい魔女の仕事ですよ、そうだろう、ヘンリー?」ロークがきいた。

トーシャが前へ身を寄せてきたので、イヴは仕方なく、両方の頬に軽いキスを受けた。

「毎日、この先一生、あなたの安全と、あなたの幸せを祈ります。毎日、うちの子たちの目を見たら、あなたを思い出します。あなたたちみんなを」

彼らは去っていき、イヴはポケットに両手を突っこんだ。すると、ぴったり同時に、ヘンリーとガーラが頭を上げ、両親の肩のむこうから笑い、揃(そろ)って手を振った。

「やっぱりそうよ、あの子たちは何か頭の中で話をしてるんだわ。変わってるわよね。ともあれ」イヴは息を吐いた。「署に行って、あの女をぐうの音も出ないくらい押さえこんでやらなくちゃ」そう思うと元気が湧いてきて、イヴは肩をぐるぐるまわした。「あなたは宇宙の経済支配に戻らなきゃいけないんでしょ」

「それにはうってつけの日になるな。署に行く前に一か所寄っていくんだろう。僕も一緒に行くよ、そのあとはひとりで行く」

彼女はまた息を吐いた。「わたしたちも頭の中で会話してるの?」

「きみがどう考えるか、何を感じるかはわかっているからね。いくつかのことについても同じだよ。車できみをそこまで送っていく、そのあと僕の足を取り返すよ」

「オーケイ」イヴは指先で彼の指先に触れた。「ありがとう」

そういうわけで彼は彼女と一緒に、モルグの冷たい空気の中に立って、ダーシア・ジョーダンの遺体を見おろした。

「彼女のことは、見て、袋に入れて、タグをつける時間しかなかったの。それが気になっていて」

「きみは彼女を救えなかった、でも彼女の味方になったんだ、イヴ、あの子たちの味方になることで、あの子たちを取り戻そうと仕事をすることで」

「それがやるべきことだったからよ」

「彼女に言うべきことを言うといい」

奇妙な気がした、彼がそばにいてさえ。でもこれをやりとげなければ、言わなければならなかった。「子どもたちは無事よ、家に帰ったわ。わたしにできることは何でもやるつもりよ――それに後ろ盾もたくさんある――あの女が檻の中で狂った一生を終えるように。地球の外でね、うまくいけば。遠いほどいいわ。あなたのことを忘れてたわけじゃないの。あの子たちを優先しなきゃならなかっただけ。だから……そういうこと」

イヴはロークを見て、肩をすくめた。「そういうこと」

「それじゃいま言ったことをやりにいこう」彼はイヴの手をとってモルグを出て、長く白いトンネルを進んだ。「彼女が檻の中で狂った一生を終えるようにしよう」

外へ出ると、太陽はすでに昇って空を照らし、静けさはほんのかすかに雪のにおいをさせたそよ風に吹き上げられていた。

彼女は深々とニューヨークを吸いこんだ。「ねえ、あなたの言うとおりよ。今日はいい日になりそう」

誰もそばにいなかったので、それに、そうだとも、自分はそれだけのことをしたのだからと、イヴは彼の腕に飛びこんですばやくキスをした。「それじゃまたね、相棒」

「僕のお巡りさんの面倒を頼むよ――〝いい魔女の警部補〟さん」

笑いながら――ああ、本当にいい日だ――イヴは仕事を終わらせるために車に乗った。

マッド・ハッターの死のお茶会

わたしは自分が説明できないことすべてを詐欺だとみなすような、
いま流行りの愚かしさには与しない。
——カール・ユング

ここではみんな狂ってるんだ。
——ルイス・キャロル

1

死者は彼のビジネスだった。

長年にわたり、彼はかなりの資産を築きあげてきた――とはいってもいつだって足りない、足りることなど決してない――死者と彼らを愛する人々を利用して。

彼は自分の仕事を愛し、楽しんだし、努力の成果で集めたキラキラピカピカするものすべてを愛し、楽しんだ。だが儲(もう)けに加えて、というか少なくともそのドルやユーロやポンドを使いまくるのは、純粋な喜びだった。

一日に七度、体がおかしくなるほど笑わない人間は、生きるということをわかっちゃいないのだ。

彼の大いなる楽しみのひとつは――ひとつどころか、楽しみはたくさんあるが――けれどもその大いなるもののひとつは、生者を死者に変える時間がめぐってくるときだった。

ダーリーン・フィッツウィリアムズにとってその時間はすでに訪れていた。黒檀色の髪と、憑かれたような青い目の彼女には。何と可愛らしい生きものだ。はじめて会ったとき彼はそう思い、この五か月あまりに何度も同じことを思った。

もっと長く残しておいてもよかった、彼は可愛いものが好きだから。だが彼女は大いなる罪を犯した。

彼を退屈させはじめたのだ。

いまダーリーンは彼のいろいろなものが置かれた色とりどりな家の、いろいろなものが置かれた色とりどりな客間に座っていた。この四か月半のあいだ、週に一度そうしていたように。彼のことはドクター・ブライトと呼んでいた。彼の数ある名前のひとつで、ほかのと同様に偽物の名前。

「ドクター・ブライト」ダーリーンは彼がいつも出すお茶を飲んでから言った。「今日の午後、兄とひどい言い争いをしました。わたしが悪かったんです――遺産のことで弁護士たちと会う大事な約束をすっぽかしてしまって。すっかり忘れていました。うわのそらになっていたんです、ここに来ることが頭にあって、それで忘れてしまったんです。マーカスはひどく気分を害して、わたしに対していらだっていました。兄はわかっていないんです、ドクター・ブライト。わたしが説明できれば……」

ブライトは黒い、芝居に出てくるような眉を上げた。「お父様は何とおっしゃっていましたか?」

「まだその時期ではないと言っていました」ダーリーンは身を乗り出し、その顔には希望と信頼(それがどんなに飽き飽きするものになってしまったか)がいっぱいに輝いていた。「でももう一度パパとママと話をしたいんです」

「できますとも、もちろん」

彼はお茶を飲み、ダーリーンにほほえんだ。「お茶をお飲みなさい。あなたを開放して交信する助けになりますよ」

彼女は言われたとおりにした。柔順で、退屈な娘。

「兄に言わずにいるのがつらいんです。ヘンリーにも」

お茶のせいで彼女はおしゃべりになり、少々舞い上がっていた。はじめは彼もその効果が面白かった。いまの彼には、ダーリーンが興奮しやすい小さなネズミで、いますぐどこへでも走っていこうとしているようにみえていた。そしてハンマーで叩きつぶしたくなった。

「今夜ヘンリーに会うんです」彼女は続けた。「彼は日どりを決めたがっていて、それもママとパパに話したいんです。ヘンリーと婚約したとき、本当に喜んでくれましたから。なのにそのあと……」

「移動、ただの旅です」彼は話しながら空中で指をひらひらさせ、ダーリーンがそのダンスを見つめる姿を見つめた。「それだけのことですよ」

「ええ、いまではそうだとわかります。ただ……それをマーカスに話したいんです、ヘンリーにも」

「でもまだ話していない」

「ええ。先生にお約束しましたでしょう、それに父にも。そのときが来たらわかるとおっしゃいましたよね、いまがそのときだと感じるんです。自分の愛する人たちに対して正直でないのはいやなんです、たとえ愛する人たちのためでも。もしヘンリーとわたしが今夜、日どりを決めるなら——それもある意味、旅でしょう？　結婚は」

「その旅に出る用意はできていると感じますか？」

「感じます。ここへ来たこと、学んだことすべて、それが終わりなどない、ただほかの道があるだけだと教えてくれたんです。先生にお会いする前は、何もかもが本当に暗くて、動かしようもなくみえました。でもいまは……」

ダーリーンは彼ににっこり笑い、その目は見開かれて輝き、ぼうっとしはじめていた。

「先生にはいろいろなものをいただいて、お礼のしようもありません」

「与えるのがわたしの才能なのですよ。残念ながら、値段はつきますが」

「あら、当然です」ダーリーンは笑った――舞い上がっている、そう、舞い上がっているのだ、彼のお茶会（ティーパーティー）でできあがって。彼女はバッグをあけ、ぶあつい赤の封筒を出した。ミズ・フィッツウィリアムズの割り当てはいつも赤、キャッシュで（彼はキャッシュしか受け取らない）九千九百九十九ドルを封入させる。彼は赤がその捧げものを守ってくれる、そして九はパワーの数だと言ってきた。

実際には、赤は彼がいま気に入っている色で（じきに紫にとってかわられるところだが）、九が並ぶと面白いと思っただけだった。

ダーリーンはそれを、指示されたとおり、ティーテーブルの銀のトレーに置いた。

「それで形見のほうは？」と彼はうながした。金（かね）にはさわらないし、数えもしない。そっちはみんな、愛らしいミズ・マーチがやってくれる。だが柔順な娘がバッグから二つの赤い小袋を出すと、ブライトは指がむずむずした。

彼はそれを受け取り、さわり、撫（な）でた。

そのデスク用時計は古く、ずっしりとしたクリスタル製で、彼の手のひらにおさまる小ささだった。ブライトはその価値を数千ドルと見積もったが、彼にとってはそれよりはるかに価値があった。

そこにガレス・フィッツウィリアムズの、彼の前にはその父親の、そしてそう、その前の何世代ものエネルギーがきらめいているのを感じられたのだ。この時計に触れたたくさんの手、時刻を見たたくさんの目。

ブライトは二つめの小袋をあけ、細身のアンティークの婦人用腕時計をとりだした。十二時の上に小さなダイヤモンドの蝶(ちょう)がとまっており、美しいダイヤモンドの小さな粒が文字盤をぐるりとかこんでいた。

そう、ブリア・フィッツウィリアムズはたびたびこれをつけていた。もっとスタイリッシュで実用的な腕時計のかわりにこれを選び、自分の母親を、母親の母親を、そして五世代も前へさかのぼって思いながら、これをはめた。

ここでも誕生から死へ、死から誕生へとぐるぐるめぐりながら、時刻が見られていったのだ。

「あなたの選択はすばらしいですね」

「いちばん気に入っているものなんです」

「強いエネルギー。強いつながり。用意はいいですか？」

ブライトは彼女の手をとり、部屋から連れ出せるように、両方の小袋をポケットに入れた。波動が感じられた――興奮、恐れか？　すべてがあまりにおいしすぎないか？

ジグザグなのぼりが気に入っている階段を、彼女を連れてあがっていき、みずから考えた塗料や羽目板が、斜めに傾(かし)いでいる錯覚を起こさせて楽しい廊下を進んだ。ダーリーンは酔っぱらいのようにふらつき、彼はクックと笑いたくなるのを抑えなければならなかった。

彼がダーリーンを〝通路部屋〟と呼んでいるところへ連れて入ると、明かりが青く光った。ダーリーンは高くなっている台の上にある、ハイバックの肘掛け椅子に座った——いい子だ。その高さのおかげで二人の目の高さは同じになる。次の段階に大事な要素だ。

「深く息をして」ブライトが彼女に言っているあいだに、青い靄(もや)が椅子のまわりに渦を巻いた。「ゆっくり深く。わたしの声を聞いて」

彼の後ろで壁に白いらせんが形をなし、回転しはじめた。ライトがひらめき、さまざまな色の閃光(せんこう)を放つ。

「心を開いて」

帽子がふわふわと降りてきて、ダーリーンの頭にかぶさると、その長く赤い羽根が揺れた。しばらく帽子は彼女の頭の骨をぐっとしめつけ、痛みを生じさせたが、やがてゆるみ、さまざまな色が部屋をひたした。ダーリーンは花の香りを、それから母親の香水をかぎとった。

「ママ」

「もう少しです」彼女がすぐ反応したことに満足し、ブライトは食器戸棚のところへ行って、扉をあけ、中にしまってある何十もの帽子のうちからひとつを自分用に選んだ。若きミズ・フィッツウィリアムズのためには、真っ赤なシルクハット。

「わたしの目を見て、わたしの声を聞いて。目と声についていって入口へ行きなさい」

ダーリーンの目はぼやけ、彼の目から動かなかった。無力だな、と彼は思い、今度は本当にククッと笑った。

彼はダーリーンの心の中へ入り――いまでは実に簡単で、氷の上をすべるようなものだった――そして彼女の見ているものを見た。

完璧な青空の下の、さんさんと陽光ふりそそぐ牧草地。鳥たちがさえずっている。あたたかい風が、地面をおおいつくして広がる花々をそよがせる。

そら、美しい丘にまだらの影を広げている高い木の下、ガレスとブリアのフィッツウィリアムズ夫妻がいる。若く、ほほえんでいて、父親は白いスーツで凜々しく、母親のほうは揺れる白いワンピース姿が愛らしい。

うれしげな声をあげ、ダーリーンは死んだ両親に駆けより、二人を抱きしめた。

泣けるねえ、とブライトは思った。実に泣ける。彼は目の端の空涙をふき、二十分近くも彼女に草地を歩かせてやった。

もちろん、足りることなどない、だから青い靄が花の上に渦を巻くと彼女は抗議し、手を伸ばした。だが彼女に今回割いてやれる時間はこれだけだった——この最後の回は。

ブライトは彼女に指示を出し、二度繰り返させてから帽子を脱がせ、自分の帽子もとった。彼女を下の階へ送っていくと、比類なきミズ・マーチが彼女のコートとバッグを——それにいまはバッグの中に入っているものも——持って待っていた。

彼はダーリーンがコートを着るのを手伝ってやり、小型カメラがちゃんと装着されているかたしかめた。これだけ時間と手間をかけてきたのだから、別れのパーティーに参加する権利はある。

「車に乗って、走りだしたら、きみはわたしのことも、この家のことも、われわれが話したこともいっさい思い出さない。思い出すのはご両親のことだ、もちろん、それから彼らと話したこともみんな」彼はダーリーンの手に、優雅にキスをした。「楽しかったよ、マイ・ディア」

「ありがとう、ドクター」

「きみはこれからどこへ行くんだっけね？」

「兄に会いに。わたしたちは言い争いをしたんです。兄にすべてを話して、プレゼントをあげなければなりません」

「たいへんけっこう。さようなら、ミズ・フィッツウィリアムズ」

「さようなら、ドクター・ブライト」

ダーリーンが家を出て縁石のほうへ歩いていくと、そこで彼の運転手がタウンカーのドアをあけていた。ブライトは陽気に彼女に手を振り、後ろにさがって、ドアを閉めた。

そして頭がおかしくなったように笑い、ホワイエをジグで踊ってまわった。

「ああ、いまのは凝りすぎだったかな？」

彼はマーチの両手をつかみ、彼女も実用的な黒いパンプスを蹴り捨てて、一緒に踊った。

彼と一緒に笑い、飾り気のないお団子にした髪のピンを抜くと、長いブラウンの髪がころがるように流れ落ちて渦を巻いた。

「パーティータイムよ、ブライト！」

「いつだってパーティータイムさ、マーチ！」

二人はがっちり抱き合い、ひと息いれながら体を揺らした。「サプライズパーティーだよ」と彼は言った。「だから遅れちゃならない。さあ見物だ、マーチ、ポップコーンを山盛りで！」

二人はそろってショーを見に走りだした。

車の中で、ダーリーンはエネルギーが満ちているのを感じ、至福といってもいい気分だった。街の明かりが氷のようにきらめいている。車の中はあたたかく、あたたかすぎるほどで、彼女は透明な液体の入っている〝わたしを飲んで〟とラベルのついた細長いガラス壜に手を伸ばした。

それは舌にひんやりと軽く、ダーリーンはほほえんだ。

これからマーカスに会いにいくつもりだった。彼と言い争いをしたのだが、理由はほとんど思い出せなかった。けれども理由などどうでもいい。兄と仲直りし、ずっと見ていた夢のことを兄に話すつもりだった。二人の両親の夢、そして両親がその突然の悲しい死を受け入れられるよう手を貸してくれたことも。

両親は一緒にいるのだ、あらゆる苦しみ、あらゆる心配、あらゆる悲しみから逃れて。ダーリーンも同じ気持ちだった、いまこのときは。ヘンリーに連絡して、マーカスも連れていくと言わなければ。みんなで結婚式の日を決めよう。

しかしリンクをとろうとすると、腕に痛みが走った。

なぜなら、そんなことをしてはいけないから、と彼女は思い出した。まだヘンリーに話してはいけない。マーカス。マーカスに会わなければいけないのだ。

車がマーカスのいる建物から一ブロック先に停まったときも、ダーリーンは文句も言わず、車を降りて、歩きだした。凍えるような一月の風が耳のまわりでヒューヒューと音をたてた。まるで何人もの声のようでもあった。

新年だ、と彼女はヘッドライトを目に受けて思い出した。わたしとヘンリー・ボイルが結婚する年。二〇六一年。

両親は二〇六〇年の六月に亡くなった。ダーリーンは二人にも結婚式に出てもらいたかった。夢の中で出てもらおう、と彼女は思った。ヘンリーにすべて説明しよう——いえ、マーカスに。マーカスが先だ。そうすればみんなまた幸せになれる。

「今晩は、ミス・フィッツウィリアムズ」

ダーリーンはしばらくドアマンを見ていた。胸に大きな赤いハートをつけ、チェリータルトらしきものをぱくついている。

そこで彼女がまばたきすると、相手はただのフィリップ、ぶあつい紺色のコートを着た夜勤のドアマンになった。

「大丈夫ですか、ミス?」

「ええ、ええ。ごめんなさい。ちょっとぼうっとしていたの。兄に会いにいきたいんだけれど」

フィリップがドアをあけてくれると、うぅ、ロビーがひどく長く、ひどく細く、ひどくまぶしく(ブライト)みえた。「兄はいまひとり?」

「わたしの知るかぎりでは。二時間前に帰ってらっしゃいましたよ。あなたがいらしたとお伝えしておきましょうか?」

「ああ、それがいいわね」エレベーターのドアもひどくピカピカしていた。ダーリーンはそこに世界が映りこんでいるのが見えた。中に入り、かなり骨を折って思い出した。「五十二階のイースト」

エレベーターが上昇していくと少し酔ったような気分になった。何か食べなければだめね、と彼女は思った。夕食は食べたっけ? おかしなことだけれど思い出せない。

降りるときにカップルが乗ってきて、彼女に名前で呼びかけた。

「あ、こんにちは」ダーリーンは二人に笑いかけた。男はにたにた笑う猫の顔をしていて、女のほうは王冠をかぶっていた。「マーカスに会うんです。兄にあげたいものがあって」

兄の玄関でベルを鳴らし、笑みを浮かべて待っていると、やがて兄がドアをあけた。

「来るとは思ってなかったよ」

「わかっているわ」思ったとおり、兄はまだ怒っていた。ダーリーンは彼に手をさしだした。「本当にごめんなさい、マーカス」

彼はため息をつき、頭を振った。彼女の後ろでドアを閉める。「僕だって二人がいなくて寂しいさ、ダーリ、でも二人のためにもすべてが正しく処理されるようにしなくちゃならないんだよ、財産も、事業も、ほかの親族のことも」

「わかってる」

「おまえもずっと殻に閉じこもって、何もしないわけにはいかないんだ」

「わかってる。わかってるわ。本当につらかったのよ、マーカス、あんなふうにママとパパを失って。それにわたしはまだうまく対処できていない。自分の役目を果たせていない」

「仕事のことじゃないよ」マーカスは言いかけ、そこで彼女の顔をじっと見た。「飲んでいるのか？」

「えっ？　違うわ！」ダーリーンは笑いだした。「お茶だけよ、お茶をいっぱい、それに話したいことがたくさんあるの。まずあの人たちに話さなければならなかったのよ」

「誰に？」

「ママとパパよ、もちろん」

「ダーリーン」

「二人が安らいでいるとわかる必要があったの。もっといい場所で。二人がそこにいるのが見えるのよ、美しいところなの。〝不思議の国〟よ！」

「オーケイ」マーカスは彼女の肩に手を置いた。「オーケイ」

「兄さんに持ってきたものがあるの、仲直りの贈り物というか」

「いいね。コートを脱いで、一緒に座ろうじゃないか。話をしよう」

「ちょっと待って」ダーリーンは小さな声で言った。バッグをあけ、赤いスカーフを見る。指がその上を動き、中へ入り、下へもぐってあざやかな赤の薔薇にたどりついた。

「兄さんによ」とダーリーンは言ってそれを彼に突き出した。彼の体の中へ。

マーカスはひどく奇妙な目で彼女を見たが、それを言うなら、彼は花をもらうタイプではない。楽しくなり、ダーリーンはそれを引き戻し、もう一度突き出した。

そしてもう一度、彼が赤い薔薇におおわれて、草地に手足を投げ出すまで。

「すぐにママとパパを連れてくるわ、そうしたら兄さんも二人と話ができる。そこに座っていてね！」ダーリーンは草地を走っていき、視界をふさぐ何本もの長い、花の咲いている蔓植物を押しのけて進んだ。それから丘の頂上へのぼった。

銀色の湖のそばで両親が踊っているのが見え、笑い声をあげて二人のほうへ飛び出した。

そして宙を飛んだ。自分が落ちていくことにはまったく気づかないまま。

2

とんでもなくセクシーな夫と一緒に寝そべって、大量のものが吹っ飛ばされる映画を見るという希少な非番の夜を楽しむはずだったが、イヴ・ダラスは死を見おろしていた。

彼女が特権を利用し——友人の頼みで——捜査主任になった事件は、一見したところでは殺人／自殺にみえた。兄妹間のライヴァル意識が暴走したものに。

その友人はいま現場——亡きマーカス・エリオット・フィッツウィリアムズの、しゃれたアッパー・イースト・サイドのペントハウス——のキッチンエリアに、彼女のほうのすこぶるセクシーな夫と一緒にいた。そして彼らをそこに留め置いている制服警官も。

イヴは被害者の胸に深く刺さった銀色の大ばさみをじっくり見た。死因は明白かもしれないが、捜査キットをあけ、しゃがんで仕事にかかった。

「目視による身元確認はフィッツウィリアムズ、マーカス、現場の指紋との一致により追認。被害者は三十六歳、独身の白人男性、この住居の所有者であり、登録されている唯一の居住者。〈フィッツウィリアムズ・ワールドワイド〉のＣＥＯ兼社長」

顕微（マイクロ）ゴーグルを出し、コートした両手で被害者の片手を持ち上げた。「防御創なし、争った形跡なし。死因、胸部への三つの刺し傷。検死官に確認のこと」

この場所で出血している、とイヴは思った。

「被害者を蘇生（そせい）しようとしたため、現場は少々荒らされている」

立ち上がって、あけっぱなしのテラスドアへ行き、ガラスについた血まみれの掌紋を検分した。それを読み取り、被害者の妹だと身元確認をした。彼女はいま下の歩道でつぶれている。

イヴは寒さの中へ出て、通りと、警察の封鎖テープと、そのむこうに列をなす群衆を見おろした。

氷のような風が彼女の短く不揃（ふぞろ）いな茶色の髪を引っぱり、イヴは長い革のコートのポケットに両手を突っこんであたためようとした。

「長い落下ね」そうつぶやいた。

それに、最初に現場に到着した警官の報告は聞いていたので、ダーリーン・フィッツウィリアムズがドアマンに建物に入れてもらったあと、十分足らずでその長い落下をしたことはわかっていた。

直接そのドアマンに話を聞こう、でもいまは……。

中へ戻った。「彼女が入ってくる。言い争ったり、かっかするほどの時間はない。プラス、ハンドバッグにあんな大きさのはさみを入れて持ち歩く人間なんている？　兄の心臓を刺す、三回、歩いていく、外に出る、ジャンプする」

イヴは部屋を見まわした。

裕福で、趣味がよく、ユーモラスな味つけもしてある、あの王冠をかぶったカエルの鉛筆画みたいに。

ピーボディが来たら、両方の死者と一家の事業について、しっかり調べてもらおう。でもさしあたっては、ドクター・ルイーズ・ディマットとチャールズ・モンローから状況の感触をつかんでおこう。

キッチンは――スチールとガラスだらけで――ラウンジエリアにつながっており――そちらは革と木だらけだった。チャールズとルイーズは霧の色をした長く低いソファにぴったり腰をつけあって座っていた。彼はルイーズの肩に腕をまわし、彼女はチャールズのほうへ頭を傾けている。

ルイーズは髪型を変えた、とイヴは気づいた。やわらかいブロンドをストレートの、顎までの長さにして、シャープな角度をつけている。

そして彼女は泣いており、イヴは落ち着かない気持ちになった。

ルイーズはかよわく見えるが、イヴは彼女がとびきりタフで、金持ちで保守的な家族に反抗してみずからのクリニックを開業し、市内でもっとも危険な地域のいくつかで移動診察をおこなうほど強いことを知っていた。

だがいまのルイーズは青ざめて目を腫らし、エレガントな青いセーターには真新しい血がついていた。

彼女の、ソファとほぼ同じ色の目が、イヴの目を見た。

「ダラス。彼を助けられなかったわ。マーカスを。彼を助けられなかった」

イヴは立っていた制服警官にうなずいて退室させ、それから木の玉が入った浅い鉢をどけ、友人と向き合ってテーブルに腰をかけた。

「残念だわ。マーカス・フィッツウィリアムズと知り合いだったのね」

「どちらも子どもの頃からの付き合いよ。しばらくデートもしていたの。おたがいの家族は……わたしたちが一緒になればいいと思うむきもあったけれど、そうはならなかった。これまで生きてきてほぼずっと友達同士だったの。あなたたちも彼に会っているのよ――マーカスとダーリーンとご両親にも――結婚式で会っているの」

「オーケイ」イヴはたったいま検分した男がルイーズと踊り、笑いながら彼女を宙に持ち上げ、くるくる回していたのをぼんやり思い出した。

「ほんの何週間かあとだったわ――ハネムーンから戻ってきたばかりだったの、チャールズとわたしがよ――マーカスの両親のガレスとブリアが亡くなったのは」

「どうして？」

「事故だったんだ」今度はチャールズが話し、あいているほうの手でルイーズの手をぎゅっと握った。「雨ですべる道路、セミトレーラーがコントロールを失い、横転した。八人が亡くなって、フィッツウィリアムズ夫妻もその中にいた」

「本当に仲のいいご夫婦だったの」ルイーズがつぶやいた。「マーカスとダーリーンは打ちひしがれてしまった」

「今夜のことを話して」

「わたしたちはここへ来ることになっていたの、一杯やりに。近況を話し合いに。みんなずっととても忙しかったから、おたがいにどうしているか知りたかったのよ」ルイーズは目をつぶった。「それにマーカスはダーリーンのことを相談したがっていた――医者としてのわたしに」

「なぜ？」

「ダーリーンのことを心配していたから。彼女はうまく対処できていなかった。友達からも離れて自分の中に閉じこもって――わたしもこの二、三か月というもの、何度彼女から会うのを断られたかわからないくらい。対処しなければならないことがたくさんあるのよ、事業、遺産、でもマーカスはダーリーンがいつも腰を上げないんだと言っていたわ。彼女は婚約していたの――すばらしい男性よ――なのにヘンリーからも遠ざかってしまって。秘密主義にもなった。ダーリーンは昔からとてもオープンな人だったのよ――世間知らずなくらいオープンだった、本当に――でも変わってしまった」

「それが二人のあいだの、つまり兄妹のあいだの不和になったわけ？」

「いくらかは、そうね。でも――」ルイーズは頭を振り、落ち着こうと息をした。「二人はおたがいを愛していたわ、ダラス、彼らは家族であり友達でもあったの。ダーリーンはつらい時期のさなかだった。二人は言い争いをした。マーカスの話ではまさに今日、怒鳴りあいの喧嘩(けんか)をしたと――」

「今日？」

「ダーリーンが約束をすっぽかしたのよ、遺産についての話し合いの。それにこれがはじめてじゃないの。遺産というものは複雑で広域にわたっていて、対処するには時間も労力もかかるわ。マーカスが思うに、それにわたしも賛成だけれど、その処理をして、切りをつけることが、ダーリーンにとっては大事だった。そうすれば彼女がいくらかでも気持ちに切りをつける助けになるだろうって。でもダーリーンはあれやこれやと防壁を建ててね。彼女が言うには……」

「何て言ってたの？」

「何であれサインする前に、両親と話をしなければならないって言っていたわ」

「死んだ両親と」少し椅子に寄りかかり、イヴは腿に両手を置いた。「彼女、使ってたの？」

ルイーズはため息をついた。「使っているのを見たことはないわ、それに彼女のことは生まれてこのかたほぼずっと知っている。ヘンリーの――彼女のフィアンセの――話では、睡眠補助薬を使っていたそうよ。ハーブがベースで、強いものではないって」

現場も――とイヴは思った――そこのプレイヤーたちも明々白々だ。「彼女は日中に兄と口論し、夜にここへ来た。あなたたちは来ることになっていた。でもあなたたちの知るかぎりでは、ダーリーンは来る予定じゃなかった」

「ええそう。ダーリーンはヘンリーと会ってディナーをとるはずだったの、八時ごろ。こんなことは聞こえが悪いけれど、彼がわたしに連絡して、彼女の様子を知らせてくれることになっていたのよ。一種の調停を考えていたの。もし大丈夫そうなら、ヘンリーが彼女をここへ連れてきて、みんなで一緒に彼女と話すつもりだった。わたしたちみんな、彼女が大好きだったの」

「ヘンリー・ボイル。彼はいまどこにいるの？」

「あなたから誰にも連絡しないように言われたでしょう、だから……」ルイーズの目にまた涙がこみあげた。「きっとダーリーンを待っているわ。彼は知らないんだもの、彼女が——状況がどうみえるかはわかるわ」ルイーズが身を乗り出してイヴの両手を握ると、いつものタフさがいくぶんのぞいた。「ダーリーンがここへ来てマーカスを殺し、それから自殺したようにみえることはわかっている。でも問題はどうみえるかじゃない。わたしは二人を知っ、ていいたの、ダラス。この事件には何かある」

「あなたたちがここへ来たのは何時？」

「だいたい……八時十五分か、八時二十分？」彼女は確認を求めてチャールズを見た。

「うん、それくらいだったよ。僕たちのキャブがそこに着いたときには、もう人だかりができて、みんな叫んでいた。ドアマンがたったいま起きたことだと言っていた。ほんの何分か前だと。彼は震え上がっていて、十分ほど前にダーリーンと話をしたばかりで、彼女はマーカスに会いに上へ行ったと話していた」

「彼女には手のほどこしようがなかった」ルイーズは息を吸った。「何もできなかった」

「僕たちは走って中へ入った」チャールズが続けた。「二人ともマーカスのことを考えていたんだ。警備員が上へ通してくれて——僕たちとは顔なじみなんだ、それで一緒に来た。マーカスは返事をしなかった、だから警備員がロックをあけた」

「彼は床に倒れていた。やってはみたんだけど——わたしが医療バッグを持っていれば、もしかしたら」

「ルイーズ」チャールズが彼女の髪に唇をつけた。

彼のほうへ体を向け、ルイーズはきつく目を閉じた。「そうね、彼を生き返らせることはできなかったでしょう。彼はもう亡くなっていた、でもやらなければならなかった」彼女は自分のセーターについた血を見おろした。「マーカスはわたしにとって家族だったの。二人とも家族だった」

「僕たちはあなたに連絡した」チャールズが言った。「すぐに。何にもさわらなかった……マーカスをのぞいてはね、それからあなたに連絡した」

「マーカスは誰かと付き合っていた?」

「いいえ、いまは誰とも。この何か月か、彼は一族の事業、遺産、フィッツウィリアムズ財団にかかりきりだったわ」

「これで金が入るのは誰?」

「わからない」声がつまったので、ルイーズは咳払いをした。「おばさんたち、おじさんたち、いとこたちはいるわ。その多くが事業や財団に関係している」

「わたしがそれについて誰と話すべきかわかる？」

「ええと、たぶんジア・グレッグね——あの家の弁護士の。うちの弁護士でもあるの。彼女なら知っているでしょう」

「敵は？」

ルイーズは首を振った。「友人や親族のリストはあげられるわ。でも敵は知らない——マーカスに何人かいたのはたしかだけど。彼はタフで厳しいビジネスマンだったから。一族の帝国を運営していくよう育てられてきたし、愚かな人間は許さなかった。この件は誰かが仕組んだのよ、ダラス。ダーリーンがマーカスを殺し、それから自殺したかのように誰かが仕組んだんだわ。本気で言ってるのよ、そんなことありえない」

イヴは立ち上がった。「リストを作って。友人、元恋人、親族、同僚。思いつく人間は全員、それからその人たちとマーカスやダーリーンとの関係。あなたたちはもう家まで送らせる」

「家に？　でも——」

「あなたたちがここでやれることはない」厳しい言葉だったが、事実だった。「わたしに連絡してきたのは理由があるからでしょう、だったらわたしを信じて、友達のことはまかせて」

「そうするわ」チャールズの手につかまり、ルイーズも立ち上がった。「あなたなら、ここで起きたことが誰のしわざなのか突き止めてくれると信じている。あなたもわたしを信じてくれなければだめよ。ここで目に映るものは見せかけ」

イヴは一緒に降りていき、パトカーを手配して二人を送らせた。

それから封鎖テープの下をくぐった。遺体に近づいていくと、ピーボディが野次馬たちの群れを抜けてきた。

「すみません、ダラス。地下鉄が二十分遅れで」ピーボディはピンクとグリーンの帽子――はずむポンポン付き――を褐色の外巻きの髪にさらに引きおろしながら、ダーリーン・フィッツウィリアムズの残骸（ざんがい）を見た。「ワォ。長い落下だったんですね」

「五十二階よ」

「それは長い」

「現場に来たときにざっと見ただけだから、彼女はわたしがやっておくわ。上にいるほう――彼女の兄はもうやった。複数の刺し傷、心臓の部分。大きなはさみ。もう一度ドアマンと話をして、彼の証言がぶれるかどうかみて。ここで妹のほうと話して、兄に会いに上へ行かせたそうよ。十分くらいして、彼女は降りてきた、むごい方法で。セキュリティは――チャールズとルイーズも――」

ピーボディの頭がぱっと振り返った。「チャールズとルイーズ?」

「兄のほうに会いにくるところだったのよ――ルイーズと昔から家族ぐるみの友達なんだって。彼らが中へ入ったときには彼はもう死んでいた」

「ひどい」ピーボディの褐色の目に同情が浮かんだ。「二人はまだいるんですか?」

「いま家に帰らせたところ。この女性にはフィアンセがいて、彼女を待っているらしいから連絡してあげないと。彼女、ディナーにはそうとう遅れそうだし」

「わたしがみたところでは」ピーボディは頭を後ろにそらし、上に目を向けた。「殺人と自殺事件でしょう」

「たしかにそうみえる。でもルイーズはそんなことありえないと考えてるの。ドアマンと話をしてきてちょうだい、ほかにも目撃者を見つけられたら誰とでも。違うとわかるまでは、この件は未確定のものとして扱いましょう」

捜査キットをあけ、イヴはつぶれた遺体の横に膝をつき、事件のあらましらしく思えるものはいったん棚上げにした。

3

イヴは正式に死体の身元を確認し、死亡時刻を測定した——最初の被害者と二分も違わなかった。死因は情け容赦ないまでにあきらかだったが、もしほかにも傷があるなら、検死官が特定してくれるだろう。肉と骨がコンクリートにぶつかる前に負った傷を。

争った形跡なし、誰かが無理に押し入ってもいない、とイヴは思った。もしドアマンの証言が変わらなければ、彼がマーカスを建物に入れたのは死亡のほぼ二時間前ということになる。

妹以外に訪れた人間はいない。

アパートメントの防犯カメラは、玄関に来たのは妹だけ、中へ入ったのも彼女だけだと示していた。

深くしゃがみこむと、イヴはその状況を頭の中で再現してみた。

妹、気持ちがふさいでいる、両親の突然の死に対処できない、兄と不和。たびたびの言い争い、事件当日にも一度。神経衰弱にかかっている、兄のアパートメントへ行く、彼を刺す、テラスのドアまで行って――血まみれの掌紋を残し――歩いて外へ出る、柵をのぼる、ジャンプ。

イヴには目にみえるようだった、それくらいはっきりと。それに、そんなことはありえないと言うルイーズの声も聞こえた。

「オーケイ、ルイーズ」

ほかに動機があるのは誰だろう？　賭けられているのは莫大な金と力だ。凶器。あのはさみが妹、兄、またはほかの誰かのものか突き止めること。毒物検査報告。もしかしたら、ルイーズが信じていることとは別に、妹は生きていくために違法ドラッグに頼っていたのかも。

ほかにこのペントハウスに出入りできた人間は誰か？

「彼女を袋に入れて」待機していたモルグの係員に指示し、立ち上がりかけたとき、血だまりの中の何かが目に入った。

「ちょっと待って」ピンセットを取り出して、砕けたプラスチックのかけらを複数つまみあげてみると、割れた小型レンズだとわかった。

ダーリーン・フィッツウィリアムズは何だってカメラをつけたりしていたのだろう？　イヴは考えながらその血まみれの破片を証拠袋に入れた。

密封した袋を手に、立ち上がった。「彼女にはモリス行きのタグをつけて――毒物検査を最優先とするフラッグも。中の被害者にも同じようにして」

ピーボディが小走りに戻ってきた。「ドアマンは証言を変えませんでしたよ。彼女が少しぼうっとしていたと――うわのそらにみえたと言っていました。それから五十二階で彼女がエレベーターを降りたとき、乗ったというカップルに話をききました。その二人もあのフロアに住んでいて、死亡者の両方と知り合いです。彼らが言うには、自分たちが話しかけたときも、彼女は二人が目に入っていないみたいだったそうです。トランス状態にあるかのようだったと」

「彼女は小型カメラをつけていた」イヴは証拠品袋を持ち上げてみせた。

「そんなものをつけていたって、落ちるのはどうしようもなかったでしょうに。彼女、どうしてカメラをつけたりしたんです？」

「いい質問だわ。その目撃者たちが彼女を見たのはいつ？」

「二人とすれちがってほんの数分後に彼女は下へ降りてます――エレベーターなしでですよ。二人は一ブロックほど歩いたところで、女性のほうがこれから会うことになっている友達への、ちょっとしたプレゼントを忘れてきたのを思い出した。それで二人は引き返した。彼らがロビーに着いたのは、彼女が舗道に激突したのと同じ頃です」

「彼女の遺体に毒物検査をするようフラッグをつけておいたわ、毒物が引き金になったかもしれないから。電子探査課（EDD）に、セキュリティも含めて、電子機器をすべて調べてもらって。もう一度上の階を見てみましょう、それに彼女が玄関に来たときの、兄のところの画像データももう一度見てみたい」

ロビーへ歩きだしたとき、叫び声が聞こえ、イヴがそちらへ顔を向けると、男が彼を制止しようとする制服警官二人ともみ合っているのが見えた。

証拠品袋をピーボディに渡すと、イヴは封鎖テープのところへ行った。「何かあったの？」

「警部補、この男が――」

「ダーリーン！　通してくれ、こんちくしょう、ダーリーンに会わなきゃならないんだ。ニュース速報で言っていた――ダーリ！」

「あなたは誰ですか？」

男は息をつくあいだだけ争うのをやめたが、その目は猛（たけ）り狂ったままだった。「僕はヘンリー・ボイル。ダーリーン・フィッツウィリアムズのフィアンセです。通してほしい」

「ミスター・ボイル、わたしはダラス警部補です。気を静めて、一緒に来てください」

イヴは制服たちにうなずき、ヘンリーを通らせた。

「どういうことなのか知りたいんです。どうしても――」遺体搬送車の後部に遺体袋が運びこまれるのを見るや、彼はぎくりと立ち止まり、顔からは血の気が引いた。「あれは誰です？何があったんですか？」

イヴは彼の腕をぐっとつかみ、ロビーのドアのほうへ引っぱり、中へ入れた。そして奥へ連れていき、座るように言った。

「上に行って、始めてて」彼女はピーボディに言った。「彼はわたしが引き受ける。遺留物採取班が到着したら、彼らに必ずあのカメラを渡して、鑑識に持っていかせて」

「本当に引き受ける気ですか？　彼、じきに打ちひしがれてしまいますよ」

「そうね。わかってる」イヴはもうひとつ椅子を引っぱってきて、ヘンリー・ボイルと向き合って座った。

彼はもうわかっている。いまにもすり抜けていきそうな否定の糸にしがみついているけど、とイヴは思った。でももうわかっているのだ。彼女はその糸を一気に断ち切った。

「ミスター・ボイル、残念ですがダーリーンおよびマーカス・フィッツウィリアムズは亡くなりました」

「そんなはずはない。ダーリーンとディナーで会うことになっているんだ。彼女は遅刻していて、そうしたらニュース速報が言って……」

ヘンリーはドアへ、ライトへ、封鎖テープへ、遺体袋へ目を向けた。

「そんな」彼は立ち上がろうとした。「ダーリーン」

「座って」イヴはもう一度彼を引っぱって座らせた。

「ニュース速報は殺人と自殺だと言っていた。馬鹿げている。そんなの絶対に馬鹿げている」

いまいましいリークめ、とイヴは思った。「まだ殺人とも自殺とも断定していません。八時から八時半のあいだどこにいましたか？」

「えっ？　わからない。いま何時ですか？」ヘンリーは腕時計（リスト・ユニット）を見て、震えだした。「レストランにいました。〈キキズ〉に——三番街の店です。ダーリーンは来なくて、リンクにも出なくて。マーカスも出なかった。ダーリーン……」

「最後に彼女と話をしたのはいつでした？」

「今朝です、僕が出勤する前に。一緒に住んでいるんです。結婚することになっています。まだ日どりは決めていませんが……」

涙が流れた。彼はまだショックが大きすぎて泣いていることに気づいておらず、それで涙はただ頬を流れ落ちているんだ、とイヴは思った。

「彼女はどんな気分でいるようにみえました？」

「彼女はずっと苦しんでいるんです——ご両親の死で。でも今朝はいつもより少ししっかりしているようでした。けれどあとで、リンクで話をしたら、うろたえていました。マーカスと言い争いをしたんです。彼女、遺産のことで話し合いがあったのに、弁護士の事務所に行かなかったんですよ。マーカスに行くと約束したのに、行かなかったんです。サインしなければならない書類があって、それでマーカスは怒っていました。僕は彼とも話をしたんです。仲裁みたいなものですね。二人はおたがいを傷つけたことなんかなかったんです、こんなふうには」

ヘンリーはとうとう体を揺らしはじめ、それから頭を両手にがっくり落として泣いた。

イヴは立ち上がり、制服にどこかでコーヒーを調達してくるように言って、ヘンリーに気持ちを静める時間を与えた。

そして五十二階から遺体収容袋が運ばれてきたときには、できるだけ彼に見えないようにした。

ドアマンが従業員用の休憩室から使い捨てカップでコーヒーを持ってきた。

ヘンリーは震える両手でカップを抱えるように持った。「僕にはわからない。さっきからずっと考えているんです、違う、これは現実じゃないって。今朝彼女に行ってくるよとキスをしたのに。彼女はここのところぼんやりしていてうわのそらだったけれど、キスを返してくれました。僕に抱きついて、愛していると言ってくれたんです。つい今朝のことですよ」

「彼女は何か薬を摂取していましたか？　薬物療法は？　違法ドラッグは？」

「睡眠補助薬は使っていました——自然のハーブのブレンドを。それと、ご両親が亡くなってすぐの頃は、しばらく抗鬱（こううつ）薬を飲んでいましたが、夏に捨ててしまいました。飲んだときの気分がいやだからと。知り合って五年、一緒に住んで二年になります。違法ドラッグは使っていません」

ヘンリーはコーヒーを少し飲んで、横へ置いた。「あなたが誰だか知っていますよ。つまり、会ったことがありますよね。チャールズとルイーズの結婚式で。二人の式をあなたのお屋敷でやったでしょう」

「ええ、おぼえています」

「僕はロークの下で働いているんです」

それはイヴもおぼえていなかった——もしくは知らなかった。「お仕事は？」

「建築工学者、修復専門家。ニューヨーク支社の。ダラス警部補、メディア報道で何と言われていようと、それは事実じゃありません。ダーリーンとマーカスはどこの兄妹でもやるように喧嘩をしました、でもおたがいを愛していたんです。それにダーリーンは、彼女はやさしい人です。やさしくて、愛情深くて、思いやりがあって。誰かが二人をこんな目にあわせたんだ。二人にこんなことをしたやつを探し出してください」

「もうとりかかっています。彼女は衿につける小型カメラを使っていましたか？」

「は？　いいえ。そういうのは持っていませんでした。なぜです？」

「ちょっとしたことです」妙なことだけど、とイヴは思った。「誰かこちらから連絡してほしい人はいますか？」

「この世でいちばん大事な二人はもういなくなってしまいました」

「ルイーズは？」イヴは言ってみた。

「僕は――そうですね」ヘンリーは目をぬぐった。「二人は知っているんですか？　僕から話さなければいけないんでしょうね。僕から――」

「二人は知っています」もう一度立ち上がり、イヴはルイーズに連絡して、了解を得た。「これからあなたをダウンタウンへ、ルイーズのところへ送らせます。ルイーズが今晩は自分たちのところへ泊まってほしいそうです」

「彼女も二人が大好きだったんです」

「そうでない人は誰でした？」

ヘンリーは頭を振った。「マーカスは厳しい経営者でした、僕が聞いた話からするとね、それに莫大な富を持つ人間は妬みや侮蔑を招くものでしょう。でも危害を加えようとするほど二人を嫌っていた人間は知りません」

「今後は誰が厳しい経営者になるんですか？」

「わかりません。たぶん二人のおじさんでしょう――ガレスの弟、ショーンです。彼と奥さんは――二番めの奥さんは――だいたいヨーロッパにいるんです。むこうでリゾート会社を経営しているんですよ。よくは知りませんが。ダーリーンはおもに財団の仕事にたずさわっています。事業のほうの手綱はマーカスが握っていました」

「なるほど。彼女の遺品を調べたいのですが」

ヘンリーは縁が赤くなった目をぼうぜんと見開いた。「彼女の遺品？」

「一緒に暮らしていたとおっしゃったでしょう。あなた方のお宅に行って、彼女の持っていたものを調べたいんです。お二人の電子機器も」

「僕たちの家は一番街です。お連れしますよ」

「自分で行けますから。あなたの許可があれば、ことがスムーズになります」

「必要なら何でもやってください。僕のスワイプキー、アクセスコードもお渡しします」

「マスターがありますので。ほかに何か思い出したら、わたしに知らせてください。連絡方法はルイーズが知っています」

「いつ彼女に会えますか？　お願いします。いつダーリーンに会わせてもらえるんですか？」

「あとでお知らせします」

「今朝行ってくるよってキスをしたんです。あれが最後になるなんて思わなかった」ヘンリーはポケットに手を入れて、ダークグレーの女性用手袋を出した。「ダーリーンのです。今朝、ドア横のテーブルに置いていってしまって。今夜ディナーのために着替えに帰ったとき、見つけたんです。彼女、いつもそうなんですよ。渡そうと思ってポケットに入れておいたんです。外は寒いから」

イヴは彼の悲しみを背負って上の階へ行った。ペントハウスの床の血を検分しているあいだも、その重みがのしかかっていた。

「電子機器にはみんなタグをつけました」ピーボディが言った。「ざっと調べてみたんです――そうしたら男性被害者とルイーズが、今晩来ることと、二人が妹とのちょっとした仲裁と言っていたもののおぜんだてのことを話していました。フィアンセとの会話が二回――彼は九時ごろにもヴォイスメールを残していて、ダーリーンが遅刻していて、リンクに出ないと言っています」

「彼の供述と一致するわね」

「ハンドバッグにあった彼女のリンクは証拠品に入れますね。兄から彼女が遅刻していることと、それから話し合いに来なかったことについてのヴォイスメールとテキストメッセージがいくつか。フィアンセとの会話がひとつ、彼から彼女がどこにいるのか尋ね、返信してくれるよう頼むヴォイスメールとメールが各二つ。取引にかんするものらしいメールが複数――例の財団がらみですね。

違法ドラッグなし」ピーボディは続けた。「ほかの居住者の形跡なし。遺留物採取班がセキュリティを念入りに見ていきましたが、警部補と同意見ですよ。押し入りはなし。でもEDDがあとで調べるでしょう。男性被害者はなかなかの現金を持っていましたし、ここには簡単に運べる金目のものがたくさんあります――電子機器、アート、宝石。金庫も二つ見つけましたよ。ひとつは寝室、もうひとつはホームオフィス。EDDに調べてもらいます」

「オーケイ。玄関のセキュリティ映像をもう一度見たいわ」

「わたしも見てみましたよ」

イヴはメインドアのわきのパネルを使って、ビュースクリーンにアクセスした。

「今朝被害者が出かけたところまでさかのぼってみたんです――〇七三八時まで」とピーボディが言った。「彼のカレンダーによると、本社で八時に会議がありました。中に入った人間も、玄関まで来た人間もいないまま、本人が一八一六時に帰宅しました。ひとりで。そのあとは妹が来るまで誰もあらわれませんでした。ここです。二〇〇三時」

イヴはダーリーンが玄関に近づき、ブザーを押すのを見つめた。ほほえんでいる。ドアが開いて彼女の口が動き、それから彼女が中へ入ってカメラの視界から消えるのを見守った。

映像を戻し、もう一度見た。

「違法ドラッグはない。みんな口を揃えて絶対ない、彼女が違法ドラッグを使ったことはないと言っている。彼女の目を見てごらんなさい、まったく」

「ハイになってますね」

「いまにも飛びそうだし、実際に飛んだんでしょうよ。推理してみて、ピーボディ」

「まだデータが出揃っていません」

「手持ちのもので推理して。あなたの直感はどう?」

ピーボディはため息をついた。「わたしの直感では、ダーリーン・フィッツウィリアムズはノイローゼになっていた、たぶん自分で治療をしていたんでしょう。罪悪感、悲嘆、いま言ったような治療が、死んだ両親をめぐる兄との口論によって悪いほうへ進み、ノイローゼが暴力化した。まだ特定されていない単数もしくは複数のドラッグでハイになり、兄を刺し、テラスから飛び降りた。悲惨さに胸が痛みます」

「すじは通ってるわね」

「でも?」

イヴは部屋の中を歩いた――金があって、特権階級らしくて、それでいてごてごてしていない、と思った。そう、友達や家族が心地よくいられる場所だ。

「現在のデータを考えると、頭ではあなたの見立てに賛成している。直感は……直感は、信頼し敬意を払っている人から、頭は間違ってると断言されたことに影響されすぎているかも」イヴはもう一度振り返った。「でもわたしが間違えているのでなければ、証拠品袋に入れたあの壊れた、血まみれの破片は衿につける小型カメラだったはず。誰が見ていたの?」

「薄気味悪いですね」

「遺留物採取班を待ってここにいて――それからあの証拠品袋を必ず鑑識へ持っていかせて。今夜じゅうに。それから帰る途中でセントラルに寄って、報告書を書いて。ありのままに書いてよ。わたしはダーリーンの家に行って、彼女の持っていたもの、ライフスタイルを見てみる。フィアンセが立ち入り許可をくれたから」

「わたしも一緒に行かなくていいんですか?」

「報告書を出してほしいの。状況はくそったれなほどはっきりしていてシンプル。それが文書にされたのを見て、つつく穴があるかどうか知りたい。自分で書いたらできないでしょ。そのあとは家に帰って、少し寝ておいて。朝いちばんに弁護士、ジア・グレッグにあたってみましょう。場所と時間はあとで知らせる。〇八〇〇時になるかな」

「わかりました」

イヴはロビーへ歩きながらリンクを出した。

ロークがスクリーンいっぱいに映り、イヴはいま自分が家にいたのならいいのにと思った。

「まだ寝てないだろうと思ったの」

「妻を待っているんだ」

「もうしばらく待つことになりそうよ」

息を奪うほど青い彼の目は、イヴの目から離れなかった。「彼らのことは少し知っていたんだ」

「フィッツウィリアムズ兄妹ね」

「そうだ――メディアは金と力を持つ人間が贅沢な広間で殺人と自殺という、そそるネタに大騒ぎしているよ」

「メディアなんてくそくらえよ」

「同じ気持ちの人もいるだろう。きみも二人に会ったことがあるんだよ――チャールズとルイーズの結婚式で」

「思い出させてもらったわ。そのそそるネタに対するあなたの意見は？」

「意見を持つほどの知り合いじゃなかったんだ。ルイーズはどうしている？」

「なんとか対処してる。それに彼女も気持ちがまぎれるはずよ、妹のフィアンセを彼女のところへ送りこんだから。ヘンリー・ボイル。あなたの部下なんでしょ」

「そうだよ、もう何年にもなる。頭がよくて、クリエイティヴで、面白い男だ。彼がダーリーンにぞっこんだったのは知っている」

イヴもその愛情は目にしていた。その悲しみも感じていた。「これから彼らの住まいをひっくり返して、この件が殺人と自殺である根拠、もしくはそうでない根拠が見つけられるかどうかやってみる」ロビーに出た。「さっきの映画の残りは見た？」

「いや、見てないよ。きみがいないと全然面白くないからね」

「いずれまた一緒に見ましょう。どっちにしても、寝ずに待ったりしないで」

「わかった」

イヴは通信を切り、外に出て、腕時計（リスト・ユニット）を見た。

じきに真夜中だ、と思った。今日の日は終わり、あしたは殺人で始まることになりそうだった。

4

イヴは二重駐車を考えたが、すぐに通りむかいの場所に狙いを定めた。垂直飛行に切り替え、車の列の上を斜めに短く飛び、さっと半回転して、それから降りる。

悪くない、と車を降りながら思った。なかなかいいわ。

通る車はかなり少なかったので、彼女はタイミングを見はからい、規則を無視して歩いて――というより軽く走って――また通りを渡って戻り、四分の三ブロックを歩いて、被害者／容疑者がヘンリー・ボイルと同棲していた美しい白レンガのタウンハウスへ行った。

その玄関につづく三段の階段のてっぺんに、とんでもなくハンサムなアイルランド人がいるのを見ても、驚くほうがおかしかったのかもしれない。

「たったいま交通法をいくつか破ったね、警部補さん」

「そうかも」

イヴは階段の下に立ってただ彼を見た。風がその黒い絹の髪を吹きぬけるのを、美しく彫りあげられた口が彼女のためだけにカーブをえがくのを。

冷たく風の強い一月の夜に、外で待っていてくれる伴侶（はんりょ）、パートナー、恋人がいると言える人間が何人いるだろう、とイヴは思った。多くはあるまい。それにその伴侶、パートナー、恋人のそうしている姿がどんなにセクシーかということも加えれば、その数は一にまでせばまるだろう。

彼女ひとりに。

「どうしてぬくぬくした家にいて、睡眠をとっていないの？」

「教えてあげよう」彼は言葉に金の糸を織りこんだアイルランド訛（なま）りで答えた。「何を選ぶかじっくり考えたんだ。妻なしでベッドに入るか、外に出て彼女に合流するか」彼は立ち上がった。背が高く、引きしまった体つき。「選ぶのは簡単だとわかったよ、他人の持ち物を探るというおまけの誘惑がなくても」

もちろんこの人ならそれを楽しむだろう、とイヴは思った。ダブリンの街のネズミとして、そうすることで自分の帝国の土台を作り上げたのだから。

イヴはたがいの目の高さが同じになるまで階段をのぼっていった。「錠に手を出したの、大物さん？」

「いや、してないよ。まだ」ほほえんだまま、彼は唇でイヴの唇にそっと触れた。「そうしてほしいかい?」

マスターがあるから中へは入れる。でも彼の腕のほうが早く入れる。それにものすごく寒い。

「どうぞ、楽しんで。ヘンリー・ボイルのことを話して」ロークが仕事にとりかかるとそう言った。

「頭がいいよ、さっきも言ったとおり。有能で、クリエイティヴ。十か月前に昇進した。いい仕事をしたんだ——だから例の若者用シェルターの設計をまかせた。彼のことはすこぶる気に入っている」

そう言いながら、ロークは玄関ドアをあけてイヴに入るよう合図した。ホワイエの薄暗い光の中で、セキュリティパネルが点滅しているのが見えた。

「彼のコードは知らないんだけど」イヴは言った。

「勘弁してくれ」ロークはただ首を振り、何か小さな道具でパネルをスキャンし、すると点滅していたライトが安定したグリーンに変わった。

「これはいいシステムだ」彼はそう言った。

「あなたのところのでしょ」

「そうだよ、おかげでことが簡単だった」

　ロークはホワイエを見まわした。ホワイエはそのままリビングエリアに続いており、そちらには心地よくおしゃべりができそうな家具が置かれ、小さなガラスタイル張りの暖炉や、さまざまなヨーロッパの街をえがいたアートがあった。イヴにもパリ、フィレンツェ、ロンドンはわかった。自分が本当にそうした土地に行っていることが、ちょっと不思議な気持ちになった。

「パワー全開で明かりをつけて」彼女は命じ、リビングエリアへ入っていった。「カジュアルなアーバンふうね」

「そこから何がわかる?」

「ここが都市居住者カップルにとって快適なスペースだってことだけ。アートはたぶんオリジナルだろうし、置物の中には高価そうなものもある。でも〝わたしたちってすっごい金持ちです〟って感じじゃない。それを言うなら、彼は金持ちじゃないでしょうし」

「彼は成功しているよ——そしてそれだけのことはやっている」

　ロークは自分でも周囲を見まわし、アートについてイヴの言葉が正しいのを見てとった。

「でも、ヘンリーは彼女の先祖伝来の財産は受け取らないだろうね。彼女には二度会ったことがある——あの結婚式の前に。慈善事業について話をしたのをおぼえているよ。一族の財団での仕事にとても熱心だったな。それに言わせてもらえば彼女とヘンリーはとても愛し合っていたし、お似合いだった」

「ヘンリーは兄のほうとはどうだったの?」

「とてもうまくいっていたよ、僕の知るかぎりでは。ヘンリーは容疑者なのかい?」

「現時点でわたしがつかんでいるものは殺人と自殺にみえる。彼は現場にいなかった——来る途中でアリバイを調べたの。それにこれといった動機がない」

「でも」

「でも彼もルイーズも——それにチャールズも彼女に賛成なんだけど——見た目どおりのはずがないって譲らないのよ。だから……」イヴはあたりを見まわした。「プラス、遺体の横で粉々になった衿用小型カメラの破片らしいものを見つけたの。殺人と自殺をしようとするときに、カメラをつける人間なんている?」

「誰かが記録しておきたがったんだろうね——最後の言葉や何かを——でも五十二階から飛び降りたんじゃそれも消えてしまうだろう」

「そのとおり。わたしは寝室から始めるわ——きっと上の階でしょう。あなたは電子機器をやってくれる?」

二人は一緒に上へ行き、それからロークのほうはホームオフィスに使われている部屋へ入っていった。ここも居心地がいい、とイヴはざっと見て思った。強迫観念的にはならずに整然としている。デスクにはコーヒーカップが置いたままで、ボードにはスケッチが何枚も留められ、かなり古いスキッズが一足——ヘンリーのものだ——隅にあった。補助コンピューター付きのデータ通信ユニット。大型の壁面スクリーン。

ロークはコートを脱ぎ、イヴはそのまま進んでいった。

客用寝室。やわらかい、気持ちを落ち着かせる色彩、それからおきまりの——どんな理由でかイヴには想像もつかないが——山脈のように積み上げられたクッション。

主寝室を見つけた——ここは少々凝っている。ベッドはそびえ立つような四本の柱があり、アンティーク品にみえたが、くつろぐエリアにある椅子のセットはつややかな青と銀のプリント地で、純然たる現代ふうだ。木の床、銀色のラグマット、さっと刷(は)いた青が——ここもやはりつややかだ——窓を縁どっている。暖炉は長く平べったい四角形で、ベッドのむかいの壁にはめこまれていた。

透明なガラスのランプが、奥行きのある深い彫刻をほどこした、銀の額縁に入った青と白の花の絵と競い合っている。本物の花——白い百合——が、ベッドと同じくらい古くみえる巨大な壺(つぼ)から突き出していた。

イヴはクローゼットをあたってみた。

かつてはもうひとつの寝室だったらしく、内装を取り除いて巨大なクローゼットに改造されていた。ヘンリーの服は片側に並び――ちょっと乱雑で、まだまだスペースに余裕があった。

反対にダーリーンのほうは列が二つもあり、奥の壁には数え切れないほどの靴が収納されていた。イヴはコンピューターがあることに気づいた、前にも似たようなものを見ていたからだ。ダーリーンは着るものを選ぶとき、そのコンピューターに相談し、それを使って昼の服から夜用へ、スポーツ用へと着替えられたわけだ。

彼女がワードローブを慈善事業と同じくらい真剣に考えていたのはあきらかだった。イヴ自身も同じように考える男と結婚しているので、あまり批判する気にはなれなかった。

引き出しがずらりと並んだ大きなカウンターがクローゼットの中心にあった。適当にひとつをあけ、数えてみるとブラジャーが一ダース以上あった。

おっぱいはひと組しかないのに、どうしてこんなにたくさん必要なの？　イヴは首をかしげ、それを調べはじめた。

下の引き出しにはセーターが入っていて――こちらは数えなかった――さらにその下はスタイリッシュなジム用ウェア。いちばん下にはレギンス、スウェットパンツ、Tシャツがあり、ダーリーンにもいくらかは普段着を着ている時間があったことを語っていた。

作業を進めていき、最上段真ん中の引き出しにきた。パンティ、それも布地がほんの少しのもの、レースのもの、カラフルなものとたくさんあり、すべてきちんとたたまれていた。そしてその列の下に——同棲相手の男が見そうにないところに——銀製の名刺入れがあった。

中には霊能者、超常能力者、霊媒、タロット占い師、降霊術師たちの名刺があった。

「面白いわね」イヴはつぶやいた。「どうしてこれをヘンリーから隠すの？」証拠品袋を出し、名刺入れを入れた。

別の列の下には案内書がいくつかあり——同じたぐいのものだ——占いや相談の料金、満足した顧客からの感謝の言葉が記されていた。

ロークが合流する頃には、イヴはクローゼットを調べおえていた。

「これといったものは見つからなかったよ」彼は言った。「彼のオフィスの電子機器、家の電子機器やリンクで関係ありそうなものは何もない。彼女のオフィスは次のフロアで、気になるのはそこにないものだ」

「何がないの？」

「彼女は毎日二度、サーチをすべて自動消去するようセットしている」

「それであなたはそれに阻まれたままでいると？」

ロークは静かな目で彼女を見た。「まさか。サーチの大半は彼女の仕事のための調査の範疇に入るよ。助成金を出願した組織を調べるとか、そういうことだ。でも死後の世界や、死者との交信や、この世とあの世の橋渡しをすると称する人間にかんするサーチにも、かなりの時間を費やしていた」

イヴはうなずいた。「こういうやつ？」そう言って、ベッドの上の証拠品袋をひっくり返した。

ロークは案内書やパンフレット、名刺を見た。

「ああ、そういうものだ」

「彼女はこれを隠していたの——下着用の引き出しや、イヴニングバッグの中に。かなりのコレクションよ。ニューヨーク、ニューオーリンズ、アリゾナ、ヨーロッパ——西欧も東欧も。たぶん彼女は少なくともこのうちのいくつかに連絡をとり、行ってみたでしょうね。そしてそれを隠していたという事実は、彼女がそれを自分の胸におさめておきたがっていたこと、および／または友人親族が快く思っていなかったことを示している」

「彼女は大きな喪失にみまわれた、だから安らぎを求めた」

イヴは案内書をひとつ手にとった。「栄養学霊能者。千ドル出せば一時間の相談ができて、ドクター・——本物じゃないほうに賭けるわ——ヘスターが、死者からのメッセージに心を開くために摂取すべきハーブとベリーを教えます」

イヴは案内書をほうりだし、別のをとった。「こっちはお買い得よ。最初の十五分の相談は無料。その相談のあいだに、レディ・カトリーナとその霊的ガイドのキーが、門を通るために必要なものをあなたが持っているかどうか見ます」

それもほうりだした。

「もう一度賭けるけど、ダーリーンの財務を調べたら、この手のたわごとに大金が流れたのが見つかるはずよ」

「ドクター・ヘスター、レディ・カトリーナとキーについてはきみに同意したいが、僕たち二人とも、本物の超常能力者がいることは知っているだろう」

「死者とお話をする人間がねえ」

ロークは彼女の顎のくぼみをつついた。「きみはやっているじゃないか」

イヴはぐるりと目をまわしてみせた。「夢には見るわよ——別に不思議でもないでしょ」

「その点も同意だ。でもノーだね、僕ならこういう死者との会話に金を払う気はない。死者がしゃべるのは霊が、言うなれば、彼らを動かしたときだ」

「わたし相手にアイルランド流はやめて」

「血にも骨にもしみついてるものでね。それでも」ロークは彼女の肩に手を置き、イヴのいらだちを感じとった。「きみの考えていることはわかるし、完璧にすじが通っている。ダーリーンはこういうものに過剰に入れこみ、おそらくは本物というだけでなく危険でもある人物に影響されていたんだろう。だが、どうやったらその影響力が、彼女の愛していた兄や、自分自身の命を奪うほど強くなるんだい、イヴ?」

「まだわからない。でもそれもひとつの推理。彼女はここで満ち足りた生活をしていた。それは感じられるでしょ」ロークが眉を上げたので、イヴは彼を指で突いた。「それは霊能ナントカじゃない。ただ見まわせばいい、それでわかる。彼女はここで満ち足りた生活をしていた、愛する男、愛する仕事、家族、家。彼女はひどい打撃を受けた、それもわかる。悲嘆のせいで精神を病むところまでゆがんでしまったのか、もしくは誰かが彼女をそこまでゆがめたのか」

「どちらなのかはきみが突き止めるよ」

「ええ。いずれにしても、彼女はわたしに話をするために、橋を渡ったり門を通ったりしてくれないでしょうし。こっちで何とかする」

イヴは証拠品を袋に戻した。

「もう一時間とれる?」目を上げてきいた。

「何をするつもりかな?」

「ヘンリーが戻ってくる前に、ここの残りを調べてしまいたいの。プラス、しゃれたアクセサリー類がひとつもなかった、でも彼女が持っていないはずはない、となれば金庫があるってこと。あなたはその金庫を見つけて、わたしはこの家のほかの部分を調べてしまうから」

「それで見つけたら、あけてもいいかい？」

「ええ、あけてちょうだい」

ロークがぱっと笑顔になった。「ひとりで寝るよりこっちのほうがずっと楽しいよ」

5

イヴは午前二時にベッドに倒れこみ、もし目をさまさなかったら六時に起こしてと、つぶやくようにロークに頼んだ。彼はどんな目覚ましよりも有能なのだ。

炉火がちろちろと燃え、背中のくぼみには猫が丸まり、体にはロークの腕を巻きつけて、イヴはまっしぐらに眠りに落ちた。

死者は言いたいことがたくさんあった。夢の中だ、とイヴは夢を見ながら思った。そしてそれは、魔法の金の橋を渡って死後の世界へ行き、被害者と話ができるなどと信じることとは別だった。

彼女には金の橋などなかった。聴取室Aに座り、マーカスとダーリーンのフィッツウィリアムズ兄妹が傷だらけのテーブルの反対側に座っていた。

「何があったの？」イヴは尋ねた。

「兄を愛しているんです。絶対に危害を加えたりしません」

「加えたのはあきらかよ」

「生まれてこのかた誰かに害を及ぼしたことはありません、故意には。わたしの家に入ったでしょう。何を見てきたんです？」

「もういいよ、ダーリーン」マーカスが妹の肩に腕をまわし、彼女の額に唇をつけた。

その光景を見たことがある、とイヴは思い出した。まさにその光景の写真だ、額に入っていた。別の写真は二人がティーンエイジャーだった頃ので――ダーリーンはマーカスに肩車され、彼はおおげさにそれをやって笑わそうとしていた。彼女はビキニ、と記憶をたぐった。彼は水泳用トランクスで腰まで青い海につかっている。

ほかの写真、たくさんの写真。兄妹、両親、ダーリーンとヘンリー、マーカスとヘンリー。休暇の写真、ふだんの写真、よそいきの写真。

いくつもの額の中の人生。

「あなたには秘密があった」イヴは言った。

「誰にでも秘密はあります」

「そしてそれを守るために殺す人もいる」

「わたしが人殺しにみえますか？」

「人殺しはたいていほかの人と同じようにみえる。あなたはお兄さんの心臓にはさみを刺したのよ」

「そんなはずありません」ダーリーンは兄の胸に深々と埋まった裁ちばさみの取っ手を握った。それを引き抜く。「それなら先に自分の命を断つわ」

「自分の命を断ったのは二番めだった」イヴは指摘した。「悲嘆のあまり混乱していたんでしょう」

「あなたにわかるんですか？　誰も失ったことがないのに。わたしの嘆きはわからないわ、わたしの悲しみもわからない。うちの両親は天使だったんです。あなたの親たちはモンスターだったじゃない」

ダーリーンは血まみれの切っ先をテーブルに突き刺した。「あなたのまわりは悪だらけだった。そんなところから、何が良いものなのかどうしてわかるんです？」

「ただ懸命に目をこらせばいいのよ」

「だったら見て！　わたしはあなたが持っているものを手にしようとしていたの。答えがほしかっただけ。あなたと何も変わらない。あなたが求めるものをわたしも求めていたんです」

イヴが目をあけると、ロークの目をのぞきこんでいた。「これよ。彼女はこれを求めていたんだわ」

「まだもう少し眠る時間はあるよ、でもきみの見る夢はとてもハードだから」

「彼女はこれを求めていた、だからそれを与えてくれようとした人間を手に入れた。なぜすべてを終わりにするの？　もっと深く調べてみないと」

「わかったよ」ロークはイヴの皺を寄せた額にキスをした。

イヴは彼の頰に手をやった。「懸命に目をこらさなくていいときもあるわ」

「何に？」

「何が良いものなのか、に。あなたはここにいるんだもの」イヴは顔を少し持ち上げ、やさしく唇を触れ合わせた。「状況がそんなによくないときも、あなたはここにいてくれる」

「いつだって」

イヴは心臓が彼の心臓に重なるように、唇が唇に重なるように体をずらした。わたしに必要なたったひとつの橋は——と思った——彼につながる橋だ。

彼女の体はあたたかく、なめらかで、彼の体とぴったり合った。やせっぽちで脚の長い、彼のお巡りさん。二人はたがいを愛で、光で、満たすことができる。長く暗い夜のあとの、目覚めにも似たもの。

それが彼の心を打った。頰に置かれた彼女の手のやさしさ、髪を梳く彼女の指の甘やかさが。あおる行為と同じくらい心が高揚する。彼もイヴに同じものを与えた。欲望が高まるにつれて、そっとゆったり、ゆっくりとした、夢のようなキスを。

彼は姿勢を変えた。おおいかぶさると、彼女が体を開く。招き入れる。包みこむ。

二人の唇がもう一度、またもう一度出会い、たがいの体がともに動き、のぼっては降り、のぼっては降りて、やがて最後の頂へ着いた。

そしてあの静かな、ため息の出る下り坂がそのあとにやってきた。

イヴはしばらくしてから自分の仕事部屋で、設置した事件ボードを見ながら、そのことを思い出した。

ダーリーンはあれを求めていたのだ——単なるセックスではない。つながり、続くこと。

そしてあのタウンハウスにあった写真にはそのつながりが見えた。

自分とロークの写真に目をやった。どこかの商魂たくましいパパラッチが撮ったものだ。

二人はある悪党をとらえ、揃って少々のあざと血がついていて——きらびやかな夜会服と対照をなしている。おまけにおたがい相手に向かって笑っていた。

つながりがあるのは見ればあきらかだった。

それを投げ出してビルから飛び降りる人間がいるだろうか？　頭がおかしいに違いない

――そしてそれこそが答えなのかも。もしダーリーンが正気だったなら、論理的な答えは彼女がそうさせられたということだ。何らかの方法で。

イヴはピーボディに予定の変更を送信し、〇九〇〇時にモルグで合流するよう伝えた。同時に、評判の高い霊能者のリストを分割し、ピーボディに半分を調べてもらうよう渡した。

自分もあとの半分にとりかかるつもりだが、まずはダーリーンの財務状況を見てみたかった。そっちはそっちで語ってくれるものがあるだろう。

十分後、イヴは立ち上がって、続き部屋になっているロークの仕事部屋へ行った。

「忙しいのはわかってるんだけど」

彼は壁面スクリーンとそこの図表から視線をはずした。「いつも以上に忙しいよ」

「お金の質問なの」

「その手のことならいつでも時間はつくれる」

「ダーリーンの財務状況を調べてるところでね。ここ十八週間――死んだ日の朝も含めて――彼女は個人口座から九千九百九十九ドルを引き出しているの。わたしの読みではキャッシュ」

ロークは椅子にもたれた。「面白いじゃないか」

「ほかにも動きはあるのよ。預金、送金、ほかの引き出し――毎月五、六千のもある。でもさっきの金額を週ごとに十八回というのは気になるわ」

「あと一ドル増えれば、一万ドルになって国税局が嗅ぎつけるかもしれないね。浮かんでくるのはゆすりだが、きみがゆうべ見つけたものを考えると、別の線が思い浮かぶな」

「四か月半、誰かがトリップの代金を彼女からだましとっていた。両親が死んだのは七か月前。彼女がいつ霊能者を探しはじめたのか突き止めなきゃならないけど、これだって気がする。彼女はほかにも個人口座を持っている――昔からの。でもこっちは？　約五か月前に開設してるのよ、しかもいつも使っている銀行じゃない。たぶん彼女はその口座のことを隠していた、名刺やパンフレットを隠していたのと同じように」

「そうだろうね、でもきみがそこから、彼女が金を払っていた相手が、どうやってか彼女に殺人と自殺をさせたと考えているなら、なぜなんだ？　どうやって、はしばらく忘れよう。なぜなのか？　一万ドルまであと一ドルというのは、一か所からにしてはかなりいい収入だよ」

「彼女はもう終わりと決めたのかも」それを表現しようと、イヴは指でさっと宙を切った。

「自分が金を払っている相手が一から十まで嘘ばかりと気づいて、言い争ったか、おどすかしたのかも。その嘘つきペテン師が、彼女を、それから兄を消せば、もっと儲けられる方法を見つけたってこともありうる。たぐるロープがたくさんあるわ」イヴはポケットに手を突っこんだ。「彼女の毒物検査結果がいる」まだモリスにじゅうぶんな時間をあげられていなかったし、それが歯がゆかった。「どうやって、を突き止めないと。彼女はハイになってた、そしてみんなは彼女が使ってなかったと言ってるけど、ちくしょう、彼女はハイになってたのよ。だから彼女は自分が使っていたのを知らなかったのかもしれない。それでもなぜ兄を殺したのかはわからないけどね。思考操作にまで推理を広げるとしても――前にも扱ったことはあるから、それほどの飛躍でもないか――それでも〝なぜ〟は説明できない」イヴは彼の仕事部屋を一周してからわれに返った。「ごめんなさい」

「きみが仕事をしている姿は見飽きないよ」

「いまの線で仕事を進めているのは、ダーリーンを愛していた二人の人間が、彼女が実際にした行為をするなんてありえないと言って譲らないからなの」

「それだけじゃないだろう」

イヴはふーっと息を吐いた。自分の内も外も知っている人間がいるというのは、いらつくことでもある。

「ええ、それだけじゃない」と認めた。「彼女に対するわたしの印象もある。金は動機の一部ね。ジア・グレッグ――弁護士よ。彼女のことは知ってる？」

「個人的には知らないが、評判はいいよ。財産法が専門で、顧客は一流」

「彼女に会うにも時間が早すぎるわね。もうあなたの邪魔はやめて、署に行くわ。途中でリストの調査を始めて、運が向けばモリスに解剖をいそいでもらえるかも」

「僕ももう少し見てみようか？」

「何をもう少し？」

「金だよ、ダーリン」

「時間があったら見てみて。ありがとう。わたしは……しばらく死者と話をしてくる、どうにかして」

「彼らによろしく、もしくはよろしくなく伝えてくれ、状況しだいで。それから僕のお巡りさんの面倒を頼むよ」

「全部引き受けたわ。またあとで」

イヴはダウンタウンへ車を走らせながら、ダッシュボードのコンピューターに仕事をさせ、リストの上にいる霊能者たちを調べはじめた。ひとりはすぐに消去した、詐欺でおつとめ中だったのだ。

ほかにも二人に入所歴があった。イヴはダーリーンなら同じ情報を手に入れるだけの頭があり、手段も確実にあったと考えて、その二人をリストの下へ移した。ダーリーンはだまされやすかったかもしれないが、まるっきりの馬鹿ではないとイヴには思われた。

それをダーリーンの旅行歴と並行して見てみた。この六か月にヨーロッパへ二度飛んでいたが、ここ十八週間は何もない。

リストの中で国外にいる者はすべて下へ移した。だがヘンリー・ボイルと、ダーリーンの事務所にあとで問い合わせるつもりだった。その期間に記録されていない旅をこっそりしていなかったか確認するだけだが。

イヴはモルグの白いトンネルを歩きながら調査を続け――そして一日の大半を、うるさく勧誘する大言壮語な人間たちとの話についやすべく観念しようとつとめた。

モリスはダーリーンのつぶれた遺体にかかっていて、兄のほうは二つめの台に横たえられていた。

「飛び降りか溺死か」と彼女は話しかけた。「どっちのほうがひどい？」

「溺死体は変動制なんだ。水の中にある時間が長いほど、ひどさの順位が上になる」

今日の彼はスチールグレーのスーツを着て、エレクトリックブルーのタイを合わせていた。一本の太い三つ編みに編みこんだ紐は銀にしている。

それに気力が充実して注意怠りなくみえる、とイヴは思った。

「飛び降りのほうは」彼は続けた。「やはり変動制で判断できる。高いところからになるほど、順位も上がる」

「五十二階よ。彼女はそうとう上の順位ね」

「そうだな。ずっと前に飛び降りを扱ったことがあるよ——文字どおりの。スカイダイバーだった」

「何でそういうことをする人間がいるのかしら？」イヴにはまったくわからなかった。「みんな本当にお金を払ってそうするんでしょ」

「スカッとするからね」

「あなたも？」驚いて、イヴはまじまじと彼を見た。「飛行機から飛び降りたの？　わざわざ？」

「すばらしい感覚を味わったよ。わたしはいろいろな感覚を体験するのが大好きなんだ」

「飛行機から飛び出したら、わたしが感じるのは精神錯乱の感覚でしょうね」

「パラシュートなしでやった場合はね。でもわたしのスカイダイバーは、ビジネスパートナーと仲違いして、その人物が彼のパラシュートを壊していたんだ。四千七百メートルの落下は、わたしが扱ったなかではトップになる。彼女はそれほどじゃないが、結果は……」彼は下へ目を向け、その目には静かな哀れみがあった。「その最後の一歩の前までは、愛らしい若い女性だったのに」

「ええ、それに愛らしい若い女性っていうのは、自殺するなら薬のほうを選ぶものよ。彼女について何か言えることはある？」

「現時点で最後の一歩より前の傷は見つかっていない、だが確定するにはもっと時間がかかるよ、彼女の状態を考えると」

「いまいちばん興味があるのは毒物検査なの。彼女と兄のことだけど。二人ともルイーズの友達でね」

「ああ、それは気の毒だったね」

「ルイーズ、チャールズ、被害者女性のフィアンセ――第一段階ではシロにみえる――の全員が、彼女はドラッグを使っていなかったと断言している。でも兄の家の入口のセキュリティ映像も、エレベーターから降りる彼女を見た目撃者二人も、何かでハイになっているようだったと言っている」

「最後の一歩の前に、彼女の肝臓、腎臓(じんぞう)、肺、心臓に悪習もしくは疾病の徴候がなかったとは言える。常習者ではなかったよ。胃の中身はどうか？　お茶、シュガークッキー――本物の砂糖だ――それから白ワインが約六十CC」

イヴは彼の声の変化に気づいた。「それから？」

「お茶のブレンドからいこうか」彼はコンピュータースクリーンを手で示し、イヴにはわからない言葉がたくさんある色付きチャートのようなものを呼び出した。「ベースはカモミールだ——ほとんど無害だよ——でもほかの成分が入っている。カノコソウだ、たとえば」

聞きおぼえがあった。「鎮静剤よね、たしか?」

「そうだね、そのように使われることもある。ペヨーテ」

「幻覚剤。くそっ。それって〈赤い馬〉(イヴ&ローク36『呪われた使徒のレシピ』に登場する混合薬物)みたいなもの?」

「いや。わたしもあれはよくよくおぼえているし、これは同じものではなかった。これには暴力を引き起こすものは含まれていない。しかしこれや、胃の中のほかの内容物には、わたしが特定できないものがいくつかある。最優先のフラッグをつけて鑑識に送っておいたよ、ご要望どおり。微細な痕跡だし、衰弱させるものでもない。たぶん組み合わせであういう強烈な効果が生まれたんだろう」

「もし彼女がドラッグを使っていなかったという主張に重きを置くとしたら、薬を盛られたってことになるわよね」イヴは遺体のまわりをまわった。ダーリーンは自分が墜落していくのをわかっていただろうか? イヴはそう思った。地面がせりあがってくるのは見えただろうか?

「彼女はどこであのはさみを手に入れたのか? それが問題。バッグに入れて持ち歩くようなものじゃないもの——ばかでかいし」

「裁ちばさみだね、実際は」モリスはそう言いなおした。「刃渡り二十三センチ。彼の傷をざっと見てみた。だから同感だよ、女性なら誰でも持ち歩くというものじゃない」

「だけど、彼女がつかめるようなところに兄がそれを置いていた理由も、さっぱりわからない」とイヴは言った。「彼はキッチンばさみを持っていたし——ナイフ立てに——ホームオフィスにも、デスクの引き出しに一丁あった。となると前もって計画した可能性が高くなる。誰かが」

イヴはダーリーンから離れ、マーカスのほうへ歩いた。

「彼女はほほえんでいた」モリスが言った。

「えっ？」

「兄の家のブザーを鳴らしたとき。彼女はほほえんでいた——目がぼうっとしていたよ、たしかに、でもほほえみ方は、ねえ、あのことはごめんなさい、と言おうとするときのものだった。それにわたしが知ったかぎりでは、彼女がその種の冷酷さを持っていたとは思えない。あそこに立って、ほほえみながら、バッグの中には刃渡り二十三センチの刃物を入れていて、兄の心臓に突き刺すつもりだとは」

イヴは頭を振った。「二人が深刻な言い争いをするだけの時間はなかったわ。彼女が入って五、六分後に、彼は出血している。それから彼女はまっすぐテラスへ出て飛び降りた。彼女は薬を盛られていた、それがこの件についてのわたしの読み。彼女の死を望んだのは誰か？　彼女と兄の死を」

「彼女は答えられないね」

イヴは苦笑した。「本人は答えられると信じていたわよ。霊能者やら霊媒やら、その手のいかさま連中に会ってたんだから。両親が六月に事故で死んだの、そして彼女は死者との対話に関係する人間の名刺や情報の隠し場所を作ってた」

今度はモリスがほほえんだ。「わたしは年じゅう死者と話しているよ。きみもだろう」

「むこうに返事してもらったことはある？」

「彼らなりのやり方でね」彼はダーリーンの打ち砕かれた肩にそっと手を触れた。「よくアマリリスと話をするよ」

イヴはポケットに両手を入れた。モリスは前の春に、生涯の恋人を失っていた。「ごめんなさい、モリス」

「いや、それが慰めになるんだ。ときどき、とてもはっきり彼女の声が聞こえる。ちょうど今朝は、このネクタイを選んでくれたよ」

何と返事をするべきかわからず、イヴが「オーケイ」と言うと、モリスは笑った。

「わたしはグレーのタイをとろうとしたんだ、今朝の気分に合っていたから。でも彼女がこのブルーにするよう言うのが聞こえた――あざやかなブルーに。だからそうした、するとそれがグレーの気分を追い払ってくれた。若きダーリーンは答えと、それから慰めを求めていたんじゃないかな。その両方を与えられる人間はいる――悲しみと純真さを利用する人間も」

「その点では二流のやつだと思うわ、彼女の訪ねていったそいつが、あの長い墜落をさせたんだから」

6

イヴがトンネルを半分ほど行ったところで、ピーボディが入ってきた。

「遅刻じゃありません！」反射的に、ピンク色ではき口にふわふわのついたブーツの足を速めながら、ピーボディは腕時計を見た。「遅刻してませんよ」

「ええ、わたしが早かったの。女性被害者にドラッグ常用の痕跡はなし。でもカノコソウ、ペヨーテ、それにまだ特定されていない物質が体内にあった——どうやら、お茶とクッキーに混ぜられて」

「誰かが薬を盛ったと思っているんですか？　でも殺人と自殺は——」ピーボディの目が丸くなった。「ちくしょう！　〈赤い馬〉だ」

「モリスの話では違うそうよ。同じものじゃないと」だから二人ともそれには心の底から感謝だ。「飲食物で摂取された、と彼はみている」一緒に車へ歩きながらイヴはそう付け加えた。「これから鑑識の尻を叩いてくれるそうだから、わたしがやるまでもない。その結果を待ちましょ。彼女はどこであのはさみを手に入れたのか——裁ちばさみ、ってモリスは言ってたけど？」

「仕立て屋用の裁ちばさみですよ」ピーボディは助手席に乗り、ベルトを締めた。

「仕立て屋？」

「ざっくりした言い方でしょうね。わたしも一丁持ってます、裁縫や手芸をするときに使いますから」

「彼女の家は調べつくしたわ。手芸をしていた形跡なんか全然なかったことはたしかよ。兄の家にも、その種の道具を持っていた形跡はなかった。そしてはさみがどっちのものでもなかったなら、彼女はどこから持ってきたわけ？」

「はさみって単数、それとも複数ですかね？　裁ちばさみ（シアーズ）、はさみ（シザーズ）——複数みたいですね、たぶん刃が二つあるからでしょうが、でも道具としてはひとつだし、だったら……何でもないです」ピーボディはイヴの冷ややかな視線に気づいてやめた。

「ルイーズとフィアンセに話をききに寄るわ。ダーリーンがあの裁ちばさみを持っていたのかどうか知りたい。彼女にはアシスタントがいたはずよ、仕事の業務管理役が。その人間を探し出して、その人に、彼女があいうものをオフィスに持っていたか、もしくは使うことができたか、確認をとって」

「霊能者のほうはどうでした？」

「まだ残ってる」

「わたしの担当ぶんにあったうちの二人は消えてましたよ。勾引状（こういんじょう）が出てまして――同棲していて、パートナーなんです。詐欺と窃盗。男のほうがバッグや財布をあさって、いただくんですよ、女のほうが交霊会をしているあいだに。二人は約五年、そういった詐欺やら何やらをしています。荷物をまとめてすぐに消えては、また別の場所を選び、新しい名前で似たようなことをやるんです」

「ダーリーンは経歴調査をしていたわ――まったくの馬鹿じゃないのよ――だからその二人のことは浮かんだはず。ドラッグのことを考えに入れて、門を開くためにハーブを使うと宣伝している人間を探しましょう」

「門？」

「案内書のうち二つがその言葉を使ってたの。橋、門、チャネリング。連中は隠語を使う、そしてカモは一秒ごとに生まれてくる」

「分ですよ。一分ごとに生まれるんです」

「わたしの世界では一秒ごとにポンポン出てくるの、それにダーリーン・フィッツウィリアムズはそういう人間みたいだし。彼女は兄の心臓を三回刺した、一分も無駄にしなかったわ、それからまた一分も無駄にせずテラスから飛び降りた」

「彼女はそうするためにあそこに行ったみたいですよね」

「ええ。本人は別のことをしているつもりだったとしたらどう？〈赤い馬〉じゃなく、マインドコントロールVRのジェス・バロウ（イヴ&ローク4『死にゆく者の微笑』参照）版でもないけど、死に至る錯覚なら前にも扱ったことがある。ダーリーンはほほえんでいた」とイヴは付け加えた。「〝ごめんなさい、でも許してくれるってわかってるわ〟ってほほえみ。彼女は怒っても不安がってもいなかったし、びくびくしてもいなかった。一度も犯罪行為をしたことがなく、ちゃんとした人生を送ってきた女が、兄の家に行って彼を殺し、自殺する気でいるのよ？　多少なりとびくついているそぶりがあって当然でしょう。少なくとも、決意している様子ぐらいは」

「誰かが彼女に呪（のろ）いをかけたのでなければ。警部補が何を言いたいかはわかりますよ」ピーボディはいそいで続けた。「呪いなんてない。でもそういうものはありますよ、というかありえますよ、ドラッグを計算に入れれば」

「ドラッグはドラッグよ、呪いじゃない」

「呪いを補助するんです、わたしが言いたいのはそういうことです。彼女をいっそう影響されやすくする。それから？」ピーボディは両手を持ち上げて、ぱっと指を開いた。「呪いです」

イヴは呪いという考えは気に入らなかったが、すじが通ることは認めざるをえなかった。

「それじゃ今回の呪いはどういう形をとったわけ？」

「心理的なＶＲ、または洗脳みたいなものでしょう。洗脳は実際にありますよ。証明もされてますし」

「洗脳はありうるわね」イヴはチャールズとルイーズの住むきれいな通りに駐車スペースを探しながら言った。「心理的ＶＲはナンセンスよ。でも何らかの洗脳がドラッグと組み合わされれば。二年前にセリーズ・ディヴェインがタトラー・ビルディングから飛び降りたとき、わたしはあの出っぱりに座って彼女を説得しようとしてたんだけど、セリーズは完璧に正気だった。わたしが誰だか、自分が何者かちゃんとわかっていた。でもあの出っぱりから飛び降りずにいられなくさせられていた――わたしが喜んで一緒に行くと思っていた。だからあの手のマインドコントロールがドラッグや、洗脳と組み合わされたのかも。人を死なせるための、まったく新しいやり方かもしれないわね」

「でもどうして――そこが鍵ですよ。それが何になるんです？」

「賭けられているのは大金よ」

「そうですね、それに欲は人気のある動機です」

二人は車から降り、イヴはルイーズの家へ続く街並みを見た。

医者と元公認コンパニオンはここで充実した暮らしを築きつつあった。幸せな、落ち着いた暮らしを。一見したところでは、ダーリーンとヘンリーも同じにみえた。居心地がよくて落ち着いた、すてきな家。

いまはダーリーンの骨のように打ち砕かれてしまったが。

「人はときにいろいろなものをめちゃくちゃにするのを楽しむわ。動機としては多くない」イヴは考えながら言った。「でもそうする人間はいる」

「ダーリーンかマーカスかヘンリー・ボイルに恨みを持っていた誰か」ピーボディは考えこんだ。「もしくはフィッツウィリアムズ一族全体に」

「ありうる」イヴは一緒に歩きながら答えた。「両親は――純粋な事故。徹底的に調べてみたの、だから彼らの死は事件と関係がない――はっきりした形では。でもそれから何か月かして彼らの子どもが両方とも死んだ、となると……」

「一族の誰かがより多くを求め、ダーリーンの世間知らずにつけこんだ」

「ええ。あなたはその線を探ってみて」イヴは小さなゲートを通り、夏のあいだは菜園だった短い歩道を進んで、堂々としたブラウンストーンの家の正面玄関へ行った。

ルイーズドアをあけた。レギンスと黒いセーター姿で――目の下に隈(くま)がある。

「ダラス、ピーボディ。何かわかった?」

「あまりないわ、でもいくつかききたいことがあるの」

「みんなで奥にいるところよ。チャールズと今後二日間の予定をあけたの。ヘンリーのためにここにいたくて。マーカスのおじ様がヨーロッパからこちらに向かっているって。あの一家はここにセカンドハウスを持っていて、ロングアイランドにも地所があるの。ガレスとブリアのニューヨークの家よ」とルイーズは説明した。「それはマーカスとダーリーンのものになったの。それも二人が話し合うはずだったもののひとつで……ああ」彼女は両手で顔をぬぐった。「ごめんなさい、どうでもいいことよね。奥へ来て」

「どうでもいいことなんてないわ。二人はロングアイランドの家を売るつもりだったの?」

「ううん、違うと思う。五世代か、もしかしたら六世代も受け継がれてきたものだし」

家の奥にはキッチンと居間が広がっていて、幅広いガラスドアのむこうにはパティオが見えた。

ヘンリーが椅子から立ち上がり、その顔には苦悩と希望がせめぎあっていた。

「何があったかわかったんですか? 誰がこんなことをしたのかわかったんですね?」

「いま捜査中です、ミスター・ボイル。またおききしたいことがあるのですが」

彼は座りなおし、両手で髪をかきあげた。「ヘンリーです、ただのヘンリーで。目がさめたとき、一瞬忘れていたんです。彼女の髪の香りがして。彼女の香りがして。それから思い出しました、するとと消えてしまった。それすら消えてしまった」

ルイーズがかがんで、彼の頭のてっぺんにキスをした。「新しいコーヒーをいれてくるわ」

「僕がやるよ」チャールズが彼女の腕に触れ、キッチンへ行った。

「ヘンリー」イヴは話を始めた。「ダーリーンは仕立て屋用の裁ちばさみを持っていましたか？」

「仕立て屋用の裁ちばさみ？　いいえ。裁縫はしませんでした」

「彼女が――もしくはあなたが――何かほかの用途で一丁持っていたんじゃありませんか。あのお宅は自分たちでかなり改修したんですよね？」

「ええ。僕も設計を手伝いました――ダーリの要望をたくさん入れて。彼女はどんな感じにしたいか、はっきりした考えを持っていたんです。僕たちも塗装をいくらかやって、床の仕上げをして――自分たちらしさを出したかったんです。でも裁ちばさみみたいなものは使いませんでした。うちにある特別な大型ばさみは、鶏をさばくはさみだけです。ダーリが去年、コック・オー・ヴァンを作ろうとしたときに買ったんです」ヘンリーの目がつかのま輝いた。「あれはひどかったな。面白かった、でも……」輝きが消えた。「そのはさみはキッチンのどこかにあるでしょう、たぶん」

イヴもキッチンの引き出しに変わったはさみが一丁あるのは見ていた。

「彼女は仕事で何かそういうものを持っていたんじゃありませんか」

「理由が思いつきませんよ。僕にはわからない……」彼は言葉をとぎらせ、ルイーズがその手を握った。イヴは彼が気づいた瞬間がわかった。「それは……マーカスはそれで殺されたんですね」

「彼は持っていたでしょうか?」

「何のために?」ヘンリーの顔に血色が戻ってきた——今度は怒りで。否定は終わったのだ。「彼は裁縫なんてしませんでした。ものを作ることはしなかった。冗談じゃない、僕は彼にジョークでドライバーのセットを買ってやったくらいですよ、頭はいいくせに電球ひとつ替えられなかったんですから。彼らは器用な人間じゃありませんでした、ダラス。善良な人たちだった。寛容な人たちだった。愛情ゆたかで。もし僕の話を五分でも聞いてくれれば、彼女が今回のようなことをしなかったとわかりますよ。どうしてあなたは——」

「ヘンリー」ルイーズがやさしく言い、つないだ手を自分の頬へ引き寄せた。すると彼は勢いを失った。

「すみません。すみません。あなた方がいろいろきかなければならないのはわかっているんです。ただ……彼女の髪の香りがしたんです。なのにもうしない」

チャールズが背の高い白いポットとかなり大きな白いマグカップが五つのったトレーを運んできた。それをテーブルに置き、ヘンリーの椅子のアームに腰をかけると、ルイーズがコーヒーをそそいだ。

「僕はゆうべこの事件のことは口にしなかった」とチャールズは言った。「だからいま言うよ、ヘンリー。ここにいる二人の女性のことはしばらく前から知っているんだ。もしルイーズに何かあったら、僕はこの二人の女性にまかせたいと思うだろう。彼女たちに答えを探してほしいと思うだろう。なぜなら、この二人なら必ず突き止めるってわかっているから。答えがわかったからって、ダーリーンとマーカスが生き返るわけじゃない、それでも答えを知ることはきみにとって大事なはずだ」

うなずいて、ヘンリーはルイーズからマグカップを受け取り、前の晩そうしたように、両手でそれを持った。「すみませんでした」

「いいんです」イヴは彼に言った。「ダーリーンの遺品を調べました。クローゼットの引き出しにこれが隠してありました」

イヴはファイルバッグをあけ、証拠品袋を出し、名刺とパンフレット類を見せた。

「どういうことですか。隠してあった？」ヘンリーは袋をとり、ビニールごしに読んだ。

「これを全部、彼女が持っていたんですか？　霊能者、タロット占い師？　いったい……霊媒だなんて」彼は目を閉じた。「僕から隠していたんですね。僕にはこういう話ができなかった、だから隠していたんだ」

「彼女はこういう方面に興味を持っていることは言わなかったんですね？」

「何てことだ。彼女のご両親が亡くなってひと月ほどしたあと――彼女とマーカスは悲嘆カウンセリングにかかっていたんですが、彼女は行くのをやめてしまったんです。僕はどうしてやめたのかききました、すると彼女は別の方法を調べてみたいんだと言いました。彼女はさよならを言えなかった、ご両親に尋ねたいことがいくつもあった、だからある超常能力者のところへ行ったんです。友達の友達の友達、そういうやつです。僕は……受け入れました。いかに自分の懐が深いか見せたんだと思います。彼女が会いにいった超常能力者は、死者と交信する能力を持っていませんでした」

ヘンリーはそのフレーズを言いながら耳のそばで手をひらひらさせた。「でも彼女はいくつか助言を受けていました。僕は、水晶玉を持ったロマニーに時間と金を捨てるより、グリーフ・カウンセリングのほうが彼女のためになると思う、みたいなことを言いました。

ああいうものは信じてないんです、だから全部はねつけました。僕は――彼女をはねつけてしまったんですね。それで彼女はこれを全部僕から隠したんだ、僕には理解してもらうことも、認めてもらうこともできないと思ったから」

「彼女は誰かのところへ通っていたの？」ルイーズがきいた。

「いまそれを調べているところよ、でも彼女が何か月か前に開いた新しい個人口座から、毎週現金を引き出していたことはわかっている」

「新しい口座？」

「いままでとは別の銀行の新しい口座。毎週九千九百九十九ドルを引き出していた」

「週に一万ドル？」ヘンリーの顔に浮かんでいた悲しげな罪悪感がとまどいに変わった。

「いつからです？」

「きのうの朝の出金を含めると、十八週。彼女がそれほどの現金をほしがった、もしくは必要とした理由に心当たりはありますか？」

「いいえ。全然。彼女も多少の現金は手元に持っていましたよ、もちろん、でもダーリーンはカードを使うほうが好きでした。そうすれば毎月はっきり記録が残りますから。彼女は物惜しみしなかったし、自分でもそれは否定しませんでしたが、自分の金がどこへ行っているのか把握しておくようしつけられていました」

ヘンリーは証拠品袋を指さした。「そいつらの誰かだ。そいつらの誰かが彼女からだましとっていたんです。彼女からだましとって」彼は椅子から身を乗り出した。「きっとマーカスが気づいて警察に行くとおどしたんです。だから彼は調停をしようとしたんだよ、ルイーズ。どこかの偽霊媒がダーリーンをだましているとわかったから」

「ヘンリー、だったら彼はわたしに話してくれたはずよ」ルイーズは答えた。

「でもそれなら辻褄が合うじゃないか」ヘンリーは譲らなかった。「やっと辻褄が合うよ。その霊媒はどうにかしてマーカスのアパートメントに入り、彼を殺した。ダーリーンがあそこに行くと、そいつは彼女をテラスへ追いつめ、突き落とした。そいつを見つけてください」ヘンリーはイヴに言った。「彼女が金を払っていた相手を見つけてください。そいつが彼女を殺して、マーカスを殺したんだ。そいつらを見つけてください」

「そのつもりです。彼女がここ十八週間で出張か、旅行をしたことがあるかご存じですか？」

「していません。彼女、先月イースト・ワシントンとロンドンへ行くはずだったんです、ええと、六週か、八週くらい前に――どちらの出張もかわりにアシスタントを行かせて、自分がやるべきことはリンク会議で対処していました。家を離れたくないんだと言っていました。離れるわけにはいかないのだと」

「もうひとつ。皆さんは揃って彼女が薬を使っていなかったと言っていましたね――それは裏づけがとれつつあるところです――ですがここ数週間で、彼女の態度に何らかの変化、普通ではなくなっている様子はありませんでしたか？」

「夢中歩行をするようになっていました」

「ヘンリー、わたしには一度も話さなかったじゃない」

彼はルイーズに首を振った。「彼女に何も言わないでくれと頼まれたんだ。最初は――三か月前だったかな――彼女が下の階に、キッチンにいるのを見つけたんだ、真夜中に。何かをつぐような動きをしていた。何をしているのときいたら、こっちを見た。僕のむこう側を、だと思う、そしてお茶会のためにお茶をいれなきゃならないのと言ったんだ。何だかおかしかったよ、本当に、それで僕がさわったら彼女はすぐに目をさました。ベッドを出たことはおぼえていなかった」

ヘンリーは手つかずのコーヒーを置いた。「それから二、三週たった頃、僕は目をさましたんだ、彼女がしゃべっているのが聞こえて。彼女はベッドの下へ這って、誰かに戻ってきてと呼びかけていた。僕は彼女の両親にだと思った――両親のつらい夢を見ているんだろうと。まず彼女をなだめようとしたら、笑ったんです。彼女は笑ったんですよ、そしてウサギの穴へ入りたいんだと言いました。彼がどこへ行ったか見たいんだと。手を握ったらまた目をさましました」

「で、おぼえていなかった？」イヴは先をうながした。

「ええ。彼女はとまどって、少し恥ずかしがっていました。二週間くらい前に、もう一度ありました。僕が目をさますと、彼女はベッドの横に座って僕を見ていました。僕はどうかしたのかとききました。彼女は答えました——謎々みたいでしたよ。ええと、彼女はこう答えたんです、〝どうしてカラスは机に似ているの？〟って、たしか」

「大鴉(おおがらす)じゃない？」ルイーズがきいた。「なぜ大鴉は書き物机に似ているのか？」

「ああ、そうだ。大鴉」

「『不思議の国のアリス』、あのお話の一節よ。それにその謎々には答えがないの。ウサギの穴、それもアリスの引用。それからお茶会というのは、イカレた帽子屋(マッド・ハッター)のお茶会じゃないかしら」

「彼女はその物語の大ファンだったんですか？」イヴはきいた。

「わかりません」ヘンリーは答えた。「僕の知っているかぎりでは、とくには。たぶん彼女が子どもの頃に読んだか、両親が読んでくれたものじゃないでしょうか。だから二人が生きていたときを、みんなが無事だったときを思い出させてくれたとか？　僕にはわかりません」

「けっこうです」マイラにきいてみよう、とイヴは思った。警察のトップ精神科医に。「またご連絡します」そう言って立ち上がった。

「何か手伝えることはありませんか？」

「わたしたちでご遺族に付き添いましょう」ルイーズはヘンリーに答えた。「もう少ししたらご遺族のところへ行きましょう。見送るわ」と今度はイヴとピーボディに言った。

イヴはヘンリーに聞こえないところまで離れてから言った。「彼女の体内に鎮静剤と幻覚剤があったの。長くてややこしい名前のがいろいろね、それからほかにも鑑識の特定待ちのものがいくつか。あなたは医者だから言っておくけど、いま言った部分をつなぎ合わせるのを手伝えると思ったら、モリスやベレンスキーと話をしてもかまわないわ」

「ダーリーンは鎮静剤を飲んでいたかもしれない、でも断言するわ、幻覚剤なんて飲むはずはない、承知のうえでは。夢中歩行は――ヘンリーが知っているのは三度だけれど、彼が目をさまさなかったときがないとはいえないわよね。それが心配。お金のこともそう、それに彼女があの名刺を全部ヘンリーに隠し、マーカスに話していなかったことも。彼には話していないのよ、でなければ彼がわたしたちに家に来て、彼女と話してくれないかと頼んだときに言ってくれたはずだもの」

ルイーズはイヴの手を握り、それからピーボディの手を握った。「誰かが彼女をだまして、ドラッグを飲ませ、マーカスを殺して自殺するようしむけたのよ。なぜ?」

「彼女が何を摂取したのか突き止めて。あとはわたしたちにまかせて」

7

ハーブと睡眠補助薬ということから、イヴは霊能栄養学者を最初にした。ドクター・ヘスターはソーホーの地上階、健康食品店とベーカリーにはさまれて仕事場をかまえていた。きっと食事のたびにベーカリーに行っているのだろう。

受付／販売エリアにある棚は、薬びん、指導や奨励のディスク、キャンドルに水晶でいっぱいだった。

カウンターの若い女性は目立つピアスをいくつもしていた。両耳、眉、鼻。それに右手の甲には羽のあるドラゴンのタトゥー。

「明るくて気持ちのいい朝ですね」彼女は言い、一音一音に強いブロンクス訛りがあった。「どういったものをお探しですか？」

「ドクター・ヘスターに会いたいの」

「ドクター・ヘスターは面談の準備中です。もしご予約を――」

イヴはバッジを出して、持ち上げてみせた。

「うちは市、州、連邦全部の法律にしたがって、完全な認可を得ていますよ」

「いまのところその件は心配してないわ。ボスを呼んできて」

「少々お待ちください」彼女はスツールから降りて、カウンターエリアの後ろのドアへ入っていった。

イヴはピーボディが代謝促進剤のセクションへ近づいていくのを監視した。

「そんなことは考えるのもやめときなさい」

「代謝がウサギみたいだと楽なんですけど、わたしのはゾーナーを使ったナメクジなんですよ。それに、これは全部自然製品です」

「自然なんて意地悪なビッチよ」

女性がひとり出てきた――短いラベンダー色の髪は目と同じで、深い紫色のワンピースが膝まで流れ落ちている。データでは五十歳だった、とイヴは思い出したが、その完璧で皺のない肌が十歳ぶんを減らしていた。

「どういったご用でしょう？」

「ダーリーン・フィッツウィリアムズについてお話ししていただけることは？」

「ああ、悲劇でしたね。メディアの報道を聞きました。人は誰でも答えをさがしています。死を求めることが答えであることはめったにありません」

「彼女はお客だったんですか？」

「おぼえがないですね」

「彼女はあなたの名刺、パンフレット、おたくの〈ナチュラル・レスト〉のボトルを持っていましたよ」

「なるほど。カセオピア？　調べてもらえる？」

カセオピアはまたスツールに座り、カウンターのコンピューターに向いた。「ダーリーン・フィッツウィリアムズ、五十分の入門コンサルティング、去年の八月三日。記録に続きはありません」

「そのときの記録を出してくれる？」ヘスターはイヴに静かな笑みを向けた。「一度きりのコンサルティングですね。細かいことを思い出すのはむずかしいです」

「てっきり……そうしたことは直観でわかるのかと思ったんですが」

ヘスターの笑みはぴくりともしなかった。「わたしの才能は、おっしゃるとおり、内なる人格を直観することです。たとえば……」ピーボディのほうを向いた。「ご自分の体重をあれこれ気にする必要はありませんよ。じゅうぶんな栄養、定期的なエクササイズはもちろん必要ですが、あなたはとても健康な、強い体を持っています。ご自分の体に対する見方が、現実以上に厳しいんですよ」

「ほんとですか？」

「陳皮(ちんぴ)や生姜(しょうが)やシナモンのような自然の代謝促進物が効果があるでしょう。でもお若いし、健康だし、活動的ですよね。原因は甘いもの好き」ヘスターは知っているのよとばかりの笑みを浮かべて付け加えた。「それが邪魔をする」

「記録です」カセオピアがヘスターに小型機器をさしだした。

「ありがとう。ああそうだった、本当に痛ましいわ」ヘスターは読みながらつぶやいた。「ご両親を亡くされた、とても突然に悲惨なかたちで。彼女はよく眠ることも、食べることもできなかった――そうしたストレスや悲しみで。睡眠補助剤を勧めました、それと栄養プランも、それから追加のセッションを受けて、感情的な癒(いや)しと受容にかんするワークをするよう提案しました。でも……」

ヘスターは小型機器をおろした。「やっと彼女を思い出しました。ご両親と交信したがっていました」

「死んだ両親と」

「疑いを持たれるのはわかります。サイクルの中で先に進んだ人たちと交信するのは、わたしの授かった能力にはありません」

「おたくのパンフレットは違うことを言ってるようですが」

ヘスターは首を振った。「手伝うことはできますし、もしその人に授かった能力の根っこがあれば、それを開花させて増幅するハーブや訓練もあります。でも彼女にそういう根っこは感じませんでした、だからやるよう勧めることは倫理的にできなかったんです。彼女は補助剤とプランを受け取りました、けれどまた連絡してくることはありませんでした」

「そのあと二度いらっしゃいましたよ」カセオピアが言った。「調べたんです。十月と十二月に〈ナチュラル・レスト〉をまた買われました。キャンドルとバスソルトも購入しています」

「もっと力になれればよかったんですが、彼女の求める答えをわたしは持っていませんでしたから。あなた方がお探しの答えも持っていないと思います」

「ここにあるもので、幻覚を生じさせるものは？」

「幻覚剤は扱っていません、自然のものであっても。現実を受け入れるべきだと考えていますので」

「〈ナチュラル・レスト〉製品ですが、ほかのハーブと組み合わせた場合に幻覚を生じることはありえますか？」

「彼女には製品を摂取しているあいだは避けるべきハーブ、食品、医薬品のリストを渡したはずです。もし彼女が現実変容物質の支持派だったなら、製品を勧めなかったでしょう。彼女はクリーンでした、警部補、あなた方二人と同じく」

「見ただけでわかるのなら、違法麻薬課で検査係をやっていただきたいですね」

「それはわたしの道ではありません。あなたの道で必要な答えが見つかるよう願っていますよ」

「かなりまっとうな人にみえましたけど」外に出るとピーボディは言った。

「霊能栄養学者にしてはね。ともあれドラッグはなし、でも睡眠補助薬については鑑識が何て言うか待ってみましょう。それまでのあいだ、ちょうどこのエリアにあと二人、イースト・ヴィレッジにひとりいるわ。それに例の弁護士とも話したい。彼女を署に呼んで、こっちがアップタウンまで行かなくてすむかやってみて」

　イヴたちは三人の霊能者に話をきいた——ひとりは寝ているところを起こしてしまい、霊とは真夜中から午前五時のあいだしか交信できないのにと文句を言われた。

「収穫なし」イヴは車に戻り、コップ・セントラルへ向かった。

「二番めに話をしたのは？　ミハイル・ロンブロウスキーのことですよ？　彼はモノホンで

したよ。ほかのは、何がしかのものは持ってるかもしれませんが、ほとんどは儲けようとしていただけです。彼は本物でした」

「どうして彼なの？」

「うちの父は超常能力者ですし、彼を見てたらちょっと父を思い出しました。彼はダーリーンを助けたかった――わたしにはそう思えました――でも彼女が求めているものは与えられなかった、だからダーリーンはヘスターにしたように、つまみ食いして、次へ行ったんです」

「そんな感じね。それはつまり、彼女が例の週ごとの金の引き出しを始める前に、この全部を訪ねたということでもある。彼女が落ち着いた先を突き止めなきゃ」

セントラルの駐車場に車を入れたとき、ピーボディが鳴りはじめたリンクに目をやった。

「おっ。弁護士がこっちへ向かっていますよ。こういう結果は珍しいですねえ」

「会議室をとって、それから毒物検査についてディックヘッドをせかしておいて」

「わたしがディックヘッドをせかすんですか？」

イヴは鑑識のチーフを思い浮かべた。「わたしじゃなくあなたからせかされれば、あいつの不意を突けるでしょ。そのほうがいい結果を得られるかも」

事件ボードと日誌をオフィスに揃えて、すべてを文書にしなければならない。

そして、一時間以内に毒物検査の結果をもらえなければ、じかに鑑識へ乗りこんでいって、ディック・ベレンスキーが結果を出すまであの卵型の頭の上に座りこんでやる。

殺人課に入ると、部下たちは全員在席していた。「今日は犯罪が発生してないの?」

バクスターがデスクに足をのせ、耳にリンクをあてたまま、にやりと笑った。「いま一丁あがりにしてるところだよ、警部補(LT)。トゥルーハートと俺が今朝早くつかまえたやつは、逮捕手続き中だ」

イヴはもうすぐ金(きん)の捜査官バッジを正式に授与されることになっているトゥルーハートに目を向けた。バクスターがパートナーに書類仕事を丸投げしたのはあきらかだった。

大部屋(ブルペン)を見わたすと、サンチャゴが光る銀のバンドのついた大きな黒いカウボーイハットの下で、むっつり座っていた。「あとどれくらいそれをかぶってなきゃならないの?」

「賭けは賭けですよ」彼の後ろで、カーマイケルがすまして笑った。「それに彼は負けたんです」

「彼女と倍ちゃら(賭け事の一種)をやったんです——ホントむかつきますよ」

イヴはジェンキンソンのネクタイには言及しないことにした、放射性廃棄物が爆発したようにみえたからだ。かわりに自分のオフィスへ逃げこみ、ボードを設置した。コーヒーで武装し、デスクの前に座ってこれまでのことをすべて、詳しく書き上げ、マイラへの質問も加えておいた。

それから、さらにコーヒーを飲んだあと、デスクにブーツをのせ、ボードをにらんで脳をさまざまな仮説と遊ばせた。そして、まだ考えつづけながら、モリスからの通信を見た。

「ダラス」

イヴは指を立ててピーボディに黙っていてもらい、読みおえた。「モリスが女性被害者の鼻孔と副鼻腔(ふくびくう)の内部に、ペヨーテ、大麻、合成ヘロイン、ミントの痕跡を見つけたわ」

「彼女はそれを吸入したんですね?」

「吸入したのは——彼は蒸気のかたちでだとみている。液体のかたちでも口から摂取していた。鑑識のほうはどう?」

「ベレンスキーが言うには、最終結果は出るときに出るそうです——それからわたしは純真な部下のカードを切って、あなたがどんなにひどいかをうったえ、彼が最近はやしているへンテコなひげをほめてやりました。あと二十分くれと言ってましたよ」

「うまくやったわね。ダーリーンが自分の意志でこのいんちき薬を摂取していたんじゃないなら、誰かが彼女をだましていたわけよ。モリスが確認してくれるわ、まだ特定できていない成分なしでも、彼女が高揚した異常な状態にあったってことを」

「彼女は自分が何を吸ったり摂取したりしているのか知らなかったのかもしれませんね、もしくはそれを混ぜた人物が、両親と交信するために必要なんだと言ったのかも」

「いずれにしても、彼女にそれを与えた人物は、二つの死に責任がある」

「彼女の弁護士が来ました——一族の弁護士、って意味ですよ。会議室に通しておきました」

「利益を得るのは誰か、突き止めにいきましょ」

ジア・グレッグは背すじをぴんと伸ばして会議室のテーブルを前に座り、イヤーリンクで話をしていた。イヴに会釈し、会話を続ける。着ている黒いスーツは外科メスのようにシャープで、髪はきついカールの褐色の王冠にして、輝く赤のハイライトを入れてあった。それが彼女のレギュラーコーヒー色の肌と、ひんやりした緑の目に似合っていた。

ジアは通話を終えると、イヤーリンクをはずしてジャケットのポケットに入れた。

「すみません。今朝はやっかいなうえに忙しくて」

「来てくださってありがとうございます」

「ショーン・フィッツウィリアムズはもうニューヨークに来ています。ここへ来る前に彼と話をしまして、全面的に協力するよう言われました。親族の方々は、おわかりと思いますが、ひどいショックを受けています。そして答えを求めています、警部補、捜査官。ダーリーンを知っていた者は誰ひとり、メディアが大はしゃぎで言っていることをしたなどと信じていませんから」

ジアは手帳を出し、テーブルに置いた。「いまから話し合うことは詳細にメモをとらせてもらいます、わたしも依頼人の方々も答えを知りたいので。何か手がかりはあるんですか?」

「捜査は全力でおこなわれています」イヴは腰をおろし、弁護士を値踏みした。手堅い評判だ、とロークは言っていたし、彼が言うなら本当にそうなのだろう。イヴが調べたところでは、ジア・グレッグは三十年あまりにわたり、安定した手腕で金持ちや大金持ちの代理人をしていた。

「昨晩八時半ごろ、ダーリーン・フィッツウィリアムズは兄のアパートメントに入りました。数分のうちに、彼女は刃渡り二十三センチの裁ちばさみで兄の胸を三度刺し、直後にアパートメントのテラスへ出て、飛び降りて死亡しました」

「そんなこと信じられません」

「事実です。とはいえ」イヴはジアが抗議する前に付け足した。「われわれが捜査したところ、ミス・フィッツウィリアムズは幻覚剤を混ぜた飲み物の影響下にあったものと思われます」

「ダーリ――ミス・フィッツウィリアムズは薬を使ったりしていませんでした。それどころか、〈フィッツウィリアムズ財団〉における彼女の仕事には、違法ドラッグ濫用者のための治療教育センターの支援も入っていました」

「毒物検査の最終報告書はまだ出ていませんが、初期報告ではすでに彼女の体内にあったいくつかの物質が特定され、その中にはカノコソウ、ジアゼパム、ペヨーテ、合成ヘロイン、大麻が含まれています」

その羅列の長さにジアの目が大きく開いた。「でしたら誰かが彼女に知らせずに、もしくは同意なく摂取させたんです」

「そうかもしれません。もし彼女が同意していたのなら、その物質が両親との交信に役立つと信じてそうした可能性がきわめて高いです。彼女がその目的のために、霊能者や霊媒の助力を求めていたことはご存じでしたか?」

「今朝までは知りませんでした。ヘンリー、つまり彼女のフィアンセとも話をしたんです。あなた方が彼女のクローゼットで見つけたもの、それから銀行口座やお金の引き出しのことも話してくれました。誰かが彼女の悲しみを利用し、彼女とマーカスをこんな目にあわせたんです」

「現時点で、こちらがつかんでいる証拠からみて、わたしも同じ意見です」

つかのま、ジアの肩から緊張がとけた。「共同でメディアリリースを出さなければなりませんね。ダーリーンの名声が――」

「われわれはそうするつもりはありません。わたしが関心を持っているのは彼女の名声ではないんです。彼女に違法ドラッグを与えた人間、彼女にそれを摂取するよう言いくるめた、もしくは彼女の同意なしにそれを与えた人間が誰か、突き止めることです。兄妹の死で利益を得るのは誰ですか？」

「ダーリーンもマーカスもそれぞれの名義でかなりの資産を遺していますし、多くの受益者がいます。どちらも、最大の受益者は財団そのものでしょう」

「いちばん大きなパイを手に入れるのは？」

「ご両親が亡くなる前、わたしたちは話し合いをしました――ご家族四人と――彼らの資産相続、受益者の見直しについて。ダーリーンは自分が死亡した場合、ヘンリーに一千万ドルを遺すことにしました、二人で買った家の彼女の所有ぶんと同様に」

「彼がそれを言わなかったのは妙ですね」

「ヘンリーは知らないんです。ダーリーンはその条項についても譲りませんでした。ヘンリーはプライドの高い男です。シングルマザーに育てられて、お母さんは彼と妹さんを養うために身を粉にして働きました。彼が大学と大学院に行けたのは、お母さんと彼自身のがんばりのおかげです。奨学金、インターン勤務。彼は自分の力でやってきたんです。それに、彼とダーリーンが真剣に付き合っていることがはっきりしたとき、ご両親が彼の経歴を徹底的に調べたことは信じてもらってかまいません」ジアはため息をついた。「彼はいい人です。わたしも彼がとても好きです。ヘンリーは彼女を愛していました。お金？　彼にとって大事なものではありませんでしたよ――それどころか、最初は障害だったんです。彼があなたのご主人のもとで働いているのはわたしも知っています、ご主人も彼の経歴は徹底的に調査なさったでしょう。ヘンリーが倫理的でなく、クリーンでなかったら、ロークのもとでいまのような重要な立場の仕事はしていないはずです」

「彼女はその一千万ドルよりもっとずっと持っていたんでしょう」

「ええ。一族の方々にはそれぞれ個別の遺産が行きます、金銭的というよりはセンチメンタルなものがほとんどですが。たとえばマーカスは、ダーリーンに彼のアパートメントを残しました。むずかしい部分があるんです、彼が先に亡くなっていますから」

「ほんの二分です」

「数秒でも同じことですよ、法的には。彼は所有物のほとんどをダーリーンに残しています、ですから――わたしもじっくり検討しますが――それは彼女の財産になると思われます。さきほど言いましたように、大半は財団、それから財団が支援している個々の組織に行きます。ダーリーンはそのいくつかに、単一の遺贈または継続的な助成金を指定していました」

ジアはバッグからディスクを出して、さしだした。「リストを作ってきました、これがどう役立つのかわかりませんけれど。ダーリーンは大口の助成金要請はすべて調査し吟味していました。彼女と、マーカスと、ショーンと、ほかの財団役員二人がその後そうした助成金について検討し、投票していたんです」

「彼らは――その役員たち、スタッフは――給料をもらっているんですね？」

「ええ」

「いまショーを仕切っているのは誰なんです？」

「事業の社長代理、CEO代理にはショーンがなるでしょう。これも申し上げておきますが、彼はその地位を望んでいるわけではありませんよ。彼と奥さんはヨーロッパで不自由ない暮らしをしています。いちばん下のお子さんはむこうの学校に行っていて、いちばん上のお子さん――ショーンの最初の奥さんとのお子さん――も、ご自分の奥さんお子さんと、ほんの何分かのところに住んでいますし。ダーリーンとマーカスが亡くなったことは衝撃です、しかもガレスとブリアが亡くなってからこんなに間を置かずに。地位や職務を再編成するには時間と労力がかかるでしょう」

「考えつく範囲では？」

「一族の中で引き継ごうとするでしょうね。わたしはマーカスとダーリーンがついていた地位を両方とも分割するよう勧めるつもりです。候補者も何人かいますが、その役職のために人殺しをするような人はいません」

「人間はあらゆる理由で人殺しをしますよ」イヴは言った。「その中の誰かがダーリーンに霊媒のことを話し、自分たちの行かせたいところへ連れていったのかもしれない。彼女が親しかったのは誰です？　彼女がその方法をとると決めたとき、打ち明けそうな相手は？」

「マーカスです、でも彼が知らなかったのはあきらかですね。ヘンリーも同じ。あとはルイーズ・ディマットです、あなた方が家族ぐるみで親しくしているのは知っていますよ。もちろん、ダーリーンにはほかの友人もいました、でも基本はいま言った三人です。もしその人たちに話さなかったのなら、誰にも話さなかったでしょう。話してくれていればよかったのに。わたしに話してくれたらよかったのに。彼女とは個人的にもいい関係だったんです」

ジアの目に涙が湧きあがり、彼女はそれを抑えるまでしばらく間を置いた。

「もしわたしのところに来てくれたら、助けることができたかもしれません。わたしの手づるを使って、彼女にふさわしい人を見つけてあげられたでしょう、能力だけでなくやさしさと思いやりのある人を」

「彼女が死んだ両親と話せるように」

「わたしはそういうことには根深い疑いを持っていますが、何であれ無視はしません。でもこれだけはわかっています――もしダーリーンがご両親と言葉をかわすことができたなら、お二人は自分の人生を歩めと言い、ドラッグの使用など決して勧めなかったはずです。だからダーリーンはご両親とは話せなかったと判断せざるをえません」

「その点は意見が一致しそうですね」

「親族の方たちに、マーカスとダーリーンの遺体をいつ引き取れるのかおききするよう頼まれたのですが」

「ご遺体はできるかぎり早くお渡しします」

「ショーンは――とくに――二人との対面を望んでいます。ヘンリーですが、彼もダーリーンに会う必要があります」

「いいえ、ありません」イヴは声を、ほんの少しだけ、やわらげた。「誰もいまの状態のダーリーンに会う必要はありません。その点はわたしを信用してください」

「彼らは引き下がりませんよ」

「検死官と話をさせてください、何か……ダメージを最小限に抑えるためにできることがあるかどうかやってみます」

「それはありがたいです、本当に助かります」

「あなたは親族の方たちについてあげてください。もし誰かが関係していたと思わせるようなことを感じたり、聞いたりしたら、わたしに話してください」

「必ずそうします。それに、二人の死にかんする情報も提供を拒むつもりはありません。二人はわたしにとって大事な人たちだったんです、警部補、顧客であることよりずっと」

8

ディックヘッドのお粗末なヤギひげをほめたのが効いたらしく、イヴがオフィスに戻ってきたときには受領書類ボックスに彼の報告書が入っていた。

それを読むとすぐ、マイラにコピーを送り、部屋を出た。

「ダラス？」ピーボディが自分のデスクから声をかけてきた。「また一緒に外回りしますか？」

「わたしはまずマイラに会わないと。霊能者リストの残りをあたるのにいちばんいいルートを割り出しておいて。十分で戻る」

マイラの口うるさい業務管理役を突破しなければならないが、答えが必要だった。ルイーズという選択肢もある、とイヴは思いながら、混雑もかまわずエレベーターに飛びのった。ルイーズにデータを渡したのは、おもに忙しくさせておくためだが、彼女もいい助力者になってくれるだろう。

とはいえ、ルイーズはあくまでも内科医であり、マイラのほうは内科医と頭の医者の両方だ。それに、すぐれたプロファイラーでもある。

マイラのオフィスまで行ったときには、イヴは戦闘準備をととのえていた。業務管理役のデスクに誰もおらず、マイラのオフィスのドアがあいているのを見ると、ちょっぴりがっかりした。

「誰かがあのドラゴンを退治したんですか？」

マイラが目を上げた。「彼女はまだランチ中よ。わたしもいま戻ってきたところ。あなたの毒物検査報告書は――」

「もう読んだんですか？」

「目を通したばかり。座って」

「いえ、エンジンがかかってるし、また外回りに戻らなきゃならないんです。彼女の体内にあった組み合わせ――吸入したのと、飲食したのと――あれはそうとうなものですよね」

「ええ。こういう少量でも、それにこの睡眠補助薬の常用と組み合わせるととくに。補助薬自体はまったく無害だし、役に立つかもしれない、でも超常能力者は、本物の能力者は、ここにあるほかの物質と組み合わせたりしないわ、たとえお客がカノコソウベースのホリスティック製品を摂取していると知らなくても」

「彼女は幻覚を見ていたでしょうね」

「かなり見やすくなっていたでしょうね、ええ。お茶をいれるわ」

「いいえ、やめてください。話を進めてくださいってことですよ、でもお茶を飲んでる時間はないんです」

ウィンターホワイトのスーツに完璧な仕上げとなるサファイアブルーのハイヒールという姿で、マイラはオートシェフにお茶をオーダーした。

「彼女は異常な精神状態――極端な幸福感の興奮――だけでなく、一種の空間的混乱のさなかにあったでしょう。兄のアパートメントまで行けたことが驚きだわ」

「ドアマンは彼女が歩いてきたと言っていました。彼女にこのろくでもないものを与えた人間が、建物の近くまで送ってきたのかもしれません」

「その状態で彼女が自分で運転してこられたとは思えないわね。イヴ、このドラッグの組み合わせは見たことがないわ――ハーブと化学薬品よ、でもこの派生物のいくつかについては、催眠術の補助や、患者の緊張緩和、彼らが暗示を受け入れやすくするために使われることがある。開業医の中には、減量やドラッグ濫用の治療、アンガーマネージメントの補助にまで少量を用いる人もいるわ。でもこの組み合わせはどうか？」マイラはいつものきゃしゃな陶器のカップからお茶を飲んだ。「わたしが自分で完全な分析をしてみたいわ、でもこれを与えられたら彼女は、幻覚や変容された知覚のせいで、催眠後の暗示を受け入れやすくなったでしょうね。合成ヘロインが加えられているわね？」

イヴは化学の達人ではないが、警官だった。「ゼウスの主成分です」

「ええ、そしてこの量と組み合わせはゼウスではないけれど、誰かに自分自身を傷つけさせることができるでしょう。自分に火をつけたり――たとえば、炎を花と錯覚させて建物に火をつけさせることも。あるいはナイフを棒形の石鹸だと思わせて、自分に切りつけたり。建物から飛び降りるのを、階段を降りることに思わせて、墜落させたり」

「彼女は兄を三度刺しています。やさしくつついているつもりだったのかもしれませんね。五十二階から落下しましたが、羽が生えて飛ぶんだと思っていたのかも」それならすじが通る、とイヴは思った。それなら納得できた、頭でも感情でも。「われわれには決してわからないのかもしれません、でも誰かが彼女をだましたことはきわめてあきらかです、それに彼女が兄の家に行くために助けが必要だったとしたら、その人間たちは兄にも死んでもらいたかったことも」

うなずいて、マイラは深みのあるブラウンの髪のカールを後ろへはらった。「技術を身につけている人間を探しなさい。この組み合わせを完璧なものにするには時間と実践が必要だったはず。生まれつきの能力も授かっている人間。その人たち自身も超常能力者である可能性が高いわ、今回の被害者の気持ちをこんなに巧みに読んでいるんだから。彼らはダーリーンの信頼も得ていた、それも短期間に得たはずよ。たぶん男性ね――彼女は男性を権威があり、経験ゆたかだとみていたでしょうから。たぶん四十歳から六十歳のあいだ。人生経験があって、学がある、それに彼女は若い男性にはそれほど感化されなかったでしょう」

「父親を恋しがり、兄に頼っている」

「そうよ。あなたの殺人犯は社会病質者(ソシオパス)で、自分自身の能力を利用している。有能で知的で、他者に対して支配力を持っていることを楽しみ、利益を求めるの。いい暮らしが好きね。サイコパスでもあるかもしれないわ、死を生じさせることに快楽を見出している、でも殺しには直接手を出さない」

「彼女の遺体のそばで見つけた破片を、鑑識が衿用の小型カメラだと確認しましたよ」

「まあ」マイラはもう一度うなずいた。「殺しには直接手を出さない、でも観察したいの。殺したいのよ、基本的にね、その場にいたり自分の手を血に染めたりせずに。彼は体を使うタイプじゃなさそうね。操る側よ」

「彼女は夢中歩行をしていました」

マイラはお茶の上で眉を寄せた。「睡眠補助薬が防いだはずだけれど」

「彼女が夢中歩行しているのをフィアンセが三度見つけたんですが、彼女は奇妙なことをやったり言ったりしていたんです。パーティーのために、階下のキッチンでお茶をいれる。ベッドの下に這いこんで、ウサギの穴を降りなければならないと言う。ベッドに座り、彼を起こして大鴉と書き物机の謎かけをしてくる」

「『不思議の国のアリス』ね」

「ルイーズもそう言っていました」

「面白いわ」マイラは青いスクープチェアにもたれ、またお茶を飲んだ。「一種のテストでしょう、たぶん、催眠後の暗示のための土台を設置しているのよ。面白い選択だわ。幼い少女の奇妙な冒険でいっぱいの、ある種の超現実的なお話。ドラッグに影響されていると解釈する人もいる——水煙管(みずぎせる)を吸うイモムシ、アリスを大きくするキノコ、その他いろいろ。犯人自身も依存症なのかもしれない。霊能力と幻覚を組み合わせれば、力を得た気になって舞い上がるでしょう」

「そいつは人を殺す——というか、他人に人殺しをさせる、なぜなら彼にはできるからで、それが自分には力があるという気にさせてくれるから。そして見ている、彼の……客の視点から——そのおかげで特等席で見物できる」

「ええ、そしてそこにもアリスよ。たぶん歓喜。自分が糸を引いた殺人や自殺を見ることで、子どものように大喜びしているの」

「おそらく以前にもやっていますね」

「あまりに手際よく運んでいたものね、本当に、これがはじめてとは考えにくいわ」

「それじゃそいつが次のに取りかかる前に見つけたほうがよさそうです」戻るのにイヴはエレベーターからグライドに乗り換え、勢いよく進んでいき、殺人課へ入った瞬間、ロークに気がついた。ジェンキンソンのデスクの端に腰をかけ、イヴの部下をおしゃべりでにたにたさせている。

イヴに気づくと、彼は立ち上がってやってきた。「警部補」

「犯罪の通報をしにきたの？」

「いや。近くで会議があったから、妻がいるんじゃないかと思ってね。そうしたらいた」

「長くはいないわよ」だがイヴは選択肢を考えた。「時間はどれくらいある？」

「場合によるな」

「一時間、もしくは二時間あるなら、ダーリーンのリストをピーボディと分担するんだけど」

「それなら一時間、もしくは二時間あるよ」

「よかった。ちょっと待ってて」ピーボディのデスクへ行った。「フィーニーにマクナブを貸してもらえるかきいてみて。貸してもらえたら、彼と一緒にダーリーンのリストの後半をチェックしてきて。マクナブがだめだったら、制服のほうのカーマイケルを引っぱってきて。ロークとわたしは前半をやる」

「わかりました。彼に連絡してみます」

「マクナブかカーマイケルよ、ピーボディ。いい目と経験。わたしたちが探しているのはソシオパスで、少なくともいくらかの霊能力があり、依存症かもしれないんだから。『不思議の国のアリス』に興味もしくは執着があるらしいわ、だからその徴候にも目を配って。サイコパス的な異常者である可能性も高いし」

「頼もしい助っ人になりますね、そいつがわたしに呪いをかけようとするかもしれませんから」

「頼もしい助っ人ねえ」イヴはそこまでにしておいて、きびすを返し、ロークが彼女のオフィスに入って出てきたことを察した。彼がイヴのコートを持っていたのだ。

「ありがとう。ひとり会うごとに報告して」ピーボディにそう言い、外へ出て、歩きながらコートをはおった。

「あなたならたぶん、『不思議の国のアリス』ってやつについて、わたしより知ってるわよね」

「あの話は知っている」ロークは答えた。「本も読んだし、いろいろな解釈の映画も見た」

「いま言ったとおり、あなたのほうがわたしよりよく知っているから、あなたがいると助かると思うの。わたしたちが追っている相手も、それについてよく知っているらしいから。わたしが見逃してしまうことも、あなたがつかんでくれるかも」

「白ウサギやイカレた帽子屋（マッド・ハッター）とか？」

「あなたがそう言うなら、そういうものなんでしょう。運転はわたしがする」駐車場に着くと、イヴはそう言った。

「あの話を知らないのかい？」ロークがきいた。

イヴの子ども時代は寝る前にお話を聞くようなものではなかった。それを言うなら、と彼女は思った。ロークだって同じなのだが。

「どこかの子どもがウサギの穴に落ちるんでしょ、おかしな話よね、ウサギは子どもよりずっと小さいんだから。変なことがいろいろ起きる」

「それよりはずっと楽しめる話だよ。子どもむけのお話として書かれたんだが、魅力的なシンボリズム、陰謀、社会的解説も入っている」

「何が入っていようと、霊能力があって幻覚剤の入手ルートも知識も持っているらしい誰かが、その知識と、あるかもしれない能力を使って、人を殺している。それに少なくともダーリーン・フィッツウィリアムズにかんしては、そのアリスがらみのことが関係している。彼女が最初とは思えないわ」イヴは車のあいだを進みながら続けた。「でも類似犯罪を調べることはできない。それが本当は殺人と自殺なのか、ただの殺人、ただの自殺なのか、知りようがないもの。あるいは、白ウサギってやつを追いかけていると思いこんでいたから、大型(マキシ)バスの前に出てしまって、事故だと判断されたのかもしれないし」

「人間はあらゆるものを破壊してしまうね？　愛されてきた物語も人を殺すためにねじまげられてしまう」

「何かアリスっぽいと思ったら教えて」路上の駐車場所を探すのに時間をとられるのがいやで、イヴは駐車場に車を入れた。「歩ける距離内に二人いるの」

　どちらからも収穫はなかったので、駐車場に戻った。イヴはイースト・ヴィレッジに向かった。

「きみの一日のどれくらいが、いつもこういうことに費やされるのかと思うと驚くよ。人と話しては、相手が事件に何の関係もないとわかったり、別の手がかりを出されたり」

「だから仕事っていうんでしょ。次のは誰？　通り名はマダム・デュプレ。名前まで合法的に変えてる。でもスタートはイーヴリン・バセット、ヨンカーズ生まれ、五十四年前に。二十五年ばかり前には、とっても成功したビジネスをしていた」

今度は路上に場所を見つけて突っこみ、その角度とスピードにロークの眉が上がった。

「評判もよく、スクリーンの番組を持ち、大金を稼いだけれど、夫兼ビジネスマネージャーが彼女のアシスタントと駆け落ちして、それをすべて失った。夫はその過程で彼女のたくさんのイヤリングを署名のうえ売却させていった、それで彼は――倫理的ではないとしても、合法的に――たっぷり持って消えることができた」

「彼女の評判は傷ついただろうね」

「そのとおり」イヴは彼と一緒に歩道に降り、北を示した。「連れ合いに愛人と浮気され、無一文で捨てられそうになっていることに気づかない霊能者なんて、誰がお金を払いたがる？　彼女の売りのひとつは人々を愛しい死者とつなぐことだった」

イヴはウクライナ料理店の前で止まり、細い戸口の看板を顎で示した。「いま彼女はこの店の二階にあるアパートメントで特技を披露している」イヴがブザーを押すと、少々意外なことにわずか数秒で返事のブザーが鳴り、細いドアの鍵がはずれた。「問題は」薄暗い階段の吹き抜けに入りながら言った。「彼女はクリーンってこと。見つけられる犯罪歴なし、訴訟もなし。それどころか、全盛期には何度も警察と仕事をしていた。行方不明の子どもを見つけることが得意で――報告書には、彼女が何人もの子どもたちの居場所を特定する助けになったと書かれている。だから思うの、もしダーリーンがいつもどおり念入りな調査をしていたのなら、この人物のもとを訪れただろうって」

アパートメント二〇〇号室への入口は、あざやかな赤のドアと、ドラゴンをかたどった真鍮のノッカーを擁していた。イヴはドラゴンのしっぽをつかんでノックをした。

ドアが開いた。

名前からはターバンと色とりどりのスカーフを想像していたが、マダム・デュプレは百六十五センチほどの背丈で、ドアと同じあざやかな赤のシンプルなワンピースに、黒いカールした髪はたらして何もしていなかった。しかし大きくてきらきらする指輪がいくつも指を飾っており、なかなかの見ものだった。

「ダラス警部補。ローク」

「そうです」

彼女は後ろにさがりながらほほえんだ。「心を読むまでもないわ。あなた方のことは知っています。どうぞ入って」

アパートメントは――意外なほど広く、イヴはそこが下のレストランの幅と奥行きどおりなのを見てとった――静かな洗練とエレガンスがあらわれている。壁のケースに入った水晶玉のコレクションは日の光を受け、魔術的というより魅力的にみえた。

「相手の許可なしに心を読むことはしないの」彼女は言った。「あんまり無作法でしょう。わたしに何をお求めなのかは話してもらわなければならないわ、でもまずは、どうぞ座って。コーヒーのほうがお好きよね？　ごちそうさせてもらえたらうれしいのだけれど」

「おかまいなく」イヴは湾曲した脚つきのハイバックチェアに座り、ロークのほうもそれと同じものにし、マダムは長く低いソファにかけた。

「あなたの――あなた方両方のお仕事の記事は読んだわ――それにアイコーヴ事件の捜査についてのナディーン・ファーストの本は本当に面白かった。でもわたしのカンだと、あなた方はほとんど、こちらで提供しているサーヴィスを求めることはないんじゃないかしら」

「われわれは公務で来たんです。ダーリーン・フィッツウィリアムズをご存じでしたか？」

「フィッツウィリアムズ？」マダム・デュプレの黒い目が細くなった。人差し指が右の額に行き、押しつけられる。「ダーリーン。なぜ？」

「ゆうべ彼女はお兄さんを刺し殺し、そのあと五十二階の彼の家のテラスから飛び降りて、自分も死にました」

「死んだ？　二人も死んだの？」今度は四本の指すべてが押しつけられ、顔から血の気がひいた。「何時に？　二人が何時に死んだのか教えていただける？」

「ゆうべ八時から八時半のあいだです」

「わたしは……瞑想をしていた。気が散って、何か暗いものに取り巻かれるのを感じたわ。ゆうべの八時をすぎてすぐ」

「本当に？」

「死の夢を見たの――白日夢よ――大量の血、深い悲しみ。あんな悲しみをそのままにしておくことはできなかった、だから瞑想に入ったの、光の輪の中へ」

「ダーリーンが兄を殺して自殺した理由に心当たりがあるんですか？」

「フィッツウィリアムズ？」苦痛でマダムの目に暗い影がさしていた。「わたしには……彼女は――ごめんなさい、ひどい頭痛が」彼女は立ち上がった。「きゅうにしてきたの。痛み止めを飲まないと。お役に立ちたいわ、でも……彼女は若かったわよね？　とても美しくて若くて、恋をしていて悲しんでいて――ごめんなさい。ちょっと失礼するわ」

マダムは足早に離れていき、戸口へ向かった。

「瞑想、光の輪」イヴは立ち上がった。「彼女は何かを知っている。あなたの嘘メーターもわたしと同じように調整してあるわよね。どう思った？」

「頭痛は本物だったよ」

「ええ」不満を抱え、イヴはポケットに両手をつっこんだ。「ええ、そうだった。彼女に少し時間をあげましょう。何かあるわ……。彼女はイエスやノーを避けていた。あなたはダーリーンを知っていたか否か？　そして彼女はもちろん知っていた。人は知らない人間の死に青ざめたり、気分が悪くなったりしないものよ」

デュプレとの話に戻りたくてじりじりし、イヴは周囲を見まわした。「ここは普通にみえるわ、落ち着いていて普通に。飾り物はどこにあるの？」

部屋の中をまわり、水晶やキャンドルを見ていき、白いキャビネットのあるきちんと片づいたキッチンをのぞいた。

「彼女、時間がかかりすぎじゃない」

疑念がいらだたしさと一緒に湧き上がってねじれた。戸口へ行くと、むこうのきれいな寝室が目に入った。反対側に別の戸口があり、ドアがあいていて、何十本もの白いキャンドルのある心地よさそうな居間のようなものがあった。

光の輪、とイヴは思い、寝室へ入ってもう一度呼ぼうとしたとき、ガラスの割れる音が聞こえた。

いそいで中へ入り、閉じていたドアをあけようとすると、鍵がかかっていた。ロークが後ろから駆けこんできたとき、イヴはドアを一度蹴り、悪態をつき、もう一度蹴った。

デュプレはバスルームの白いタイル貼りの床に倒れ、腿の深い傷から出た血が周囲に広がっていた。

「救急車(バス)を呼んで！」イヴは叫んだ。

タオルをつかみ、行く手から割れた鏡のかけらを蹴りとばして、しゃがんで傷口にタオルを巻いた。

「大量出血してる――大腿部(だいたい)の動脈を切ったのよ。ああもう」

「いま向かっている」ロークは別のタオルをとり、デュプレの手のほうの深い傷に巻きつけた。

デュプレの目が開き、イヴの目を見つめた。「マッド・ハッターに用心して」

「それは誰？　名前を言って」

「嘘よ、みんな嘘。彼の言葉全部、名前も。暗黒が彼の真実。死が喜び。彼女をあの男のところへ送ってしまった。彼女を死に追いやってしまった。あの男は今度はあなたの死を求めるわ。マッド・ハッターに用心して」彼女はそう繰り返し、そしてイヴを見つめていた目が息絶えた。

9

押さえていた人間を死なせてしまったことで、イヴは怒り狂った。押さえていた人間を、よりによって事情聴取のさいちゅうに死なせてしまったことで、怒りはさらに一段階上がった。

医療員たちがデュプレの死亡を宣告するのを見守り、何かぐちゃぐちゃになるまで蹴とばせるものが手近にあればいいのにと思った。

「きみにはどうしようもなかったよ」ロークが言った。

「彼女を出ていかせたわ、痛み止めなんかを取りに、目の届かないところへ行かせてしまった」

「頭痛は本物だったんだよ」彼は指摘した。「彼女が自殺するつもりだったと気づくには、きみ自身が霊能者でなければだめだったさ」

「そうね」イヴは握ったままポケットに突っこんでいたこぶしをゆるめた。「頭痛は本物だった」そう繰り返し、リンクを出してモリスに連絡した。

「これからそっちに一体送るわ」

「それは残念だ」

「自殺よ――鏡を割って、そのかけらを自分の腿の動脈に突き刺したの」

「それならじゅうぶんだっただろう」

「その一分前に、突然ひどい頭痛になったのよ。事情聴取でわたしがダーリーン・フィッツウィリアムズについて尋ねたときになったの。これも同じ状況だと思う。ドラッグとマインドコントロール。何らかの、催眠後の引き金。ダーリーン・フィッツウィリアムズにも類似点がないか探してもらえる?」

「そうしよう。その点はマイラが助けになってくれるんじゃないか、催眠療法の訓練を積んでいるし」

「もう話したわ、それにまた話すつもり。力を貸してちょうだい、死体運搬車をよこして」

モリスに住所を伝え、通信を切った。それからすぐピーボディに連絡して、彼女とマクナブにこちらに来るよう言った。

「デュプレは鎖の輪だった」イヴはロークに言った。「この家を徹底的に調べて、デュプレがダーリーン・フィッツウィリアムズをどこへ送りこんだのか突き止めるわ。何がマッド・ハッターよ、馬鹿馬鹿しい」

「でもどちらの女性も『不思議の国のアリス』のことを言っていた事実は考慮するんだろう」

「ええ、ええ」

「きみが考えているあいだ、僕は電子機器にとりかかろう」

「それはマクナブがやれるわ。あなたに頼んだ一、二時間より長くかかることになっちゃう」

「彼女は僕にとっても目の前で亡くなったんだよ、イヴ」ロークはつかのま彼女の手をとった。「もう僕もこの件にはどっぷり漬かっている」

彼の気持ちがわかったので、イヴは寝室で捜査を始めた。

デュプレは堅実なワードローブの持ち主だった——贅沢なものはないが、上等な生地、上等な質。宝石類、アクセサリーにも同じことがいえた。死者に語りかける読心霊能者でございますと声高に叫んでいるものはない。

誰かほかの人間が少しでもここにいた形跡はない、とイヴは気づいた——セックス玩具や増強剤もなく、男性の私物もない。女性の持ち物も、デュプレのものと思われるもの以外なし。

おかしなことに、ダーリーンと同じく、下着用の引き出しに小さなノートがあった。紙のノートで上等な革の装丁。ページをめくるにつれてイヴは顔をしかめ、ピーボディが入ってきたときにもまだその場で読みつづけていた。

「モルグの車はすぐあとから来ますよ」ピーボディは言い、バスルームをのぞいた。「ずいぶん血だらけですね」

「腿の動脈を切ると、あっという間に体がからっぽになるのよ」

「彼女が薬でダーリーンに殺人と自殺をさせたのなら、なぜ自殺するんです？　彼女はやろうとしたんでしょうか……ほら？」

「わたしに呪いをかけたのかって？　いいえ。それに彼女が自殺したのは、ダーリーンに人殺しをさせたからだとは思わない。あれをやったのも、これをやったのも同じ人物だと思う」

「でも……警部補はここにいたんですよね。彼女はハイになってたんですか？」

「そうはみえなかったわ、そこが厄介なの。でもすじは通ってると思う」

「それは何です？」

「日誌みたいなものだけど、そうじゃない。ただの観察、考え、ちょっとした詩。悪夢、頭痛、記憶の空白について書いてる。夢中歩行も」

「ダーリーンのような」

「〝マッド・ハッターと三月ウサギはお茶会をする、でもそのお茶は血だ。眠りねずみは一角に座り、金を数えている〟。眠りねずみって何?」

「知りません、正確には。あのお話に出てくる別のキャラクターですよ」

「なるほどね。それにここ、彼女の最後の書きこみ。〝昼に夜に、暗闇は明るく、彼は見る力を持ち、彼らの悲しみがその食べ物となる。ほがらかに狂い、悲しむ者をだまし、彼らの持っていたものを奪い、明日は死をもたらす〟」

イヴは目を上げた。「それから〝どうして思い出せないの?〟と全部大文字で書いて、何度も何度も丸で囲ってる」

「それじゃ犯人は彼女を利用し、おそらくは金持ちの客をまわさせていて――眠りねずみは金を数えている――そしてどうやってか、そのことについて彼女の記憶を封じていた」

「そんなようなことね」イヴはうなずいた。「でもここで肝心なのは〝彼〟よ。つまりそいつは男ってこと、マイラが予言したとおりにね、それからほかにもいる、合計三人。これを文字どおりに受け取るならだけど。マッド・ハッター、三月ウサギ、眠りねずみ。彼ら三人がこの事件にかかわっている」

「超不気味ですね。どこから始めたらいいですか？」

「キッチンをやって」イヴがそう言ったとき、モルグのチームも仕事にかかった。「お茶、コーヒー、ハーブ——ああもう、飲み食いできるものはほぼ全部、サンプルを送るわよ。それからここに遺留物採取班を入れるわ、何かあった場合にそなえて」

マクナブが、サンバースト柄のシャツと腰で揺れる蛍光ブルーの星だらけのヴェストという、ヘンテコ霊能者といっても通りそうな格好で戸口にあらわれたが、すぐに横へどいてモルグのチームと遺体袋を通した。

「何か出たみたいなんですけど」

「どんな何か？」イヴは問いただした。

「廊下のむこうの部屋でメモキューブを見つけたんです。録音がひとつ。ロークは被害者の声だって言ってます。変なんですよ、トランス状態になってたみたいな」

イヴが彼を押しやってその部屋へ行くと、ロークが立ったまま自分のＰＰＣで作業をしていた。

「彼女の光の輪だよ」と彼は言った。

「ええ、わたしも見た。このキューブ？」

彼がうなずいたので、イヴはそれを手にとって稼動させた。

〝わたしの輪の中ではドアは閉じている。何も通ることはできない。安全でおだやかな心、安全でおだやかな心。血が多すぎる！　多すぎる。わたしは何をしてしまったの？　見るのを手伝って。青い煙、青い光。声が多すぎる。静かに、じっとして〟

今度はただ息遣(いきづか)いだ、長く、深く、震える息遣い、そしてそれよりは落ち着いた息遣い。

〝青い煙、青い光。それを通して見るの。真実を見る。まぶしい(ブライト)、まぶしい、まぶしい。真実ではない。嘘、別の嘘。わたしは弱くない〟

今度は泣き声だ、涙でくぐもった言葉。

〝嘘のあとで自分の強さを見つけた。これは嘘が増えただけ。見えなかった。わからなかった。まぶしい。見るのがつらい。知るのがつらい。両手に血が。たくさんの血が。まぶしい血。嘘、嘘を通して真実を見るの。サイモン。ザカリ。ローランド。キャロル、それからもっともっと。嘘の中のひとつの真実。真実はどこ？　すべては死。それが真実。

さあ休んで、ただ休むの、心、体、精神。彼の真実が死なのは知っている、だから追ってはいけない〟

「ピーボディ、いまの名前とその組み合わせすべてを調べて。サイモン、ザカリ、ローランド、キャロル――その中にブライトも入れて。彼女はブライトって繰り返し言ってるから、意味がないとは思えないわ」

「僕がもう調べている」ロークはＰＰＣの作業を続けていた。「もう二、三分くれないか、携帯機だと確度が下がるんだ」

「マクナブ、フィーニーに連絡して。ラボを使いたいって伝えて。セントラルでのほうが早いでしょう」

「かなりね」ロークも同意した。

「彼女の電子機器を積んで、一緒に運んでいく。さあとりかかって。ピーボディ、遺留物採取班はデュプレが飲食したものすべてのサンプルを鑑識に送るよう、ドーソンに伝えて。巡査……」イヴはドアのところにいた制服警官の名札を読んだ。「キンジー。ここで遺留物採取班を待っていて」

「イエス、サー」

一行はデュプレのタブレット、リンク、デスク用コンピューターを下へ運んだ。

「ローク、サーチをせばめて、さっきの名前を霊能者および霊媒の商売やライセンスと照合して」

「僕はこのあいだのにわか雨の中へ出てきたばかりじゃないんだよ（もうじゅうぶん経験を積んでいる、という意味の言い回し）」彼はそう答え、助手席に乗った。

「いまのはいったいどういう意味？」イヴは車の流れを見はからい、それに毒づき、すぐに縁石から猛スピードで車を出した。この事件ではじめて本物の突破口がみえた手ごたえがあり、それを広げなければならなかった――そして行く手のぶあつく厄介な車のかたまりをのしった。

「飛ばすわよ」と宣言すると、ライトとサイレンを稼動した。

バックシートでは、ピーボディが「うわ」と声をあげて、マクナブの手をつかんだ。ロークは仕事に集中したまま、目も上げずにただシートベルトを締めた。

「ザカリで何かつかめたようだ。アントン・ザカリというのが、二〇四九年から二〇五二年までプラハに住んで、スピリチュアル・コンサルタントとして仕事をしていた。店をたたんで、カシミールに移住」

「どこ?」

「ヒマラヤ山脈だよ、ダーリン。それから山を旅していて行方不明になり、死亡したとみられている」

「死人は人を殺したりしないわ」隙間があいたと見るや、イヴはさらにスピードを上げた。

「そいつの画像は見つけた?」

「見つけたよ。彼が消息を絶ったのは四十八歳だ。結婚歴なし、同棲歴なし、犯罪歴なし。ふむ」

「ほかの名前と画像照合をやってみて」と言い、そこでロークの静かなまなざしに気づくと同時に、すばやく垂直飛行に移って、行く手からどこうとしない車を迂回した。「わかったわよ。あなたがそんなに利口なら、どうして警官にならないの?」

「いま自分の質問に自分で答えたじゃないか。画像照合をするならラボでやったほうがスムーズだし早いだろう、でもローランドについても少々つかんだよ。アンガス・ローランド、降霊術師、二〇四五年から二〇四八年までエディンバラ在住。イスタンブールに移住し、マルマラ海で船遊び中に事故で溺死。遺体は発見されていない。面白くないかい?」

「でたらめね、まさにそういうこと。画像は?」

「一見したところでは合わないね、でも……ちょっと手を加えれば。年齢は二、三歳違うけれど、ほんの二、三歳だ」

「外見とIDを変え、移住後に死を擬装する。世界は彼の狂った遊び場なんだわ」イヴはサイレンに対抗しようとした間抜けな歩行者が目を見開くのを無視し、すばやくカーブを切ってその間抜けをすれすれでかわすと、すぐに車線に戻って、迫ってきたラピッドキャブとの衝突を避けた。

「ぶつぶつ言うのをやめなさい、ピーボディ」イヴは命令した。

「お祈りしてるんですよ、ダラス」バックミラーでマクナブが笑っていた。「こいつはかなりイカしたドライブですね」

イヴはもう一度垂直飛行に移り、空中で二輪走行ターンもどきをやってぎりぎりで角を曲がり、そこで商売をしていたグライドカートの店主を飛びのかせた。

「そんなに近くなかったでしょうが」イヴはつぶやいた。「すばらしき詐欺師、それがそいつよ。もしほかの名前にも同じ結果が出なかったら、マクナブのやせた生っちろいお尻にキスしてあげる」

バックシートからマクナブがくすくす笑った。「それは負けられないなあ」

その言葉にイヴも思わず笑いながら、セントラルの駐車場へ矢のような勢いで入った。そしてタイヤの叫びとブレーキの悲鳴とともに、自分の駐車スペースへ突っこんだ。

「ありがとうございます、イエス様、ブッダ様、女神モーガナ様」膝をがくがくさせながら、ピーボディは車を降りた。「一人に全部賭けるのは危険かと思って」

「ラボへ」イヴはエレベーターまで全員を走らせた。「ひとつの土地に三、四年。彼はニューヨークに来てどれくらい？　成功したあとはいつまでいるの？」

警官や署員や民間人が乗り降りするなか、イヴは自分の階まで昇った。「オフィスに五分寄るわ」人をかきわけて降りた。「すぐ行くから」

「事件ボードにデュプレを加えなきゃならないんだろう」ロークが言った。「頭に落としむのさ」

「やつはつかまえるよ」イヴがいなくなったので、マクナブはピーボディの肩に腕をまわし、ぎゅっと力をこめた。「もうにおいは嗅ぎつけたんだから」

一行がエレベーターを降りてラボへ向かうと、電子オタクのカレンダーに出くわした。彼女は雪だるまたちが踊りながらつぼをまわっている帽子と、紫、黄色、緑の稲妻ストライプ柄のマフラーを身につけていた――どちらも毛糸にかんするピーボディの才能のたまものだ。

「よ。ホットな手がかりをつかんだって聞いたけど」

「火傷しそうなのをな。外回り？」

「終わった。火傷しそう？」

「すっごく」マクナブは請け合った。「マルチサーチ、単一の名前照合、全世界規模、ヴァリエーション付きでの画像照合検索。経歴、深いやつ、表向きはでっちあげ――行方不明に死亡推定」

「ほんと？　霊能者がらみのやつね？」

「ほんとさ。解剖台にはできたてほやほやの遺体」

「手伝いはいる？」

「断りはしないな」

「入った」カレンダーはくるりとまわり、一行と一緒にラボへ行った。ロークに輝くばかりの笑みを見せる。「ダラスは？」

「寄らなきゃならないところがあってね。すぐ来るだろう」

「サイコー」

一行がラボに着くと、カレンダーは紫の袖がついた緑のコートを脱ぎ、マフラーをほどいた。その下は、茶褐色のキャップスリーブセーターを、ターコイズ色の長袖Tシャツに重ね、ライムグリーンのバギーパンツ、それにバターカップイエローのニーハイブーツという格好だった。

彼女とマクナブのあいだにいると、この星がネオンに侵略されたような気がしてくる。そこへフィーニーがいつものうんち茶色のジャケットと、しわだらけのベージュのシャツであらわれた。そのコントラストはネオンをいっそうぎらぎらと光らせただけだった。

フィーニーは針金モップのような白髪まじりの赤い髪をかき、バセットハウンドを思わせるたるんだ目で、運びこまれた電子機器をじっくり見た。

「カレンダー、ほかの連中がセットアップにかかっているあいだに、おまえと僕でこの遊び道具にお仕置きをしてやろうじゃないか」

「はいはい、警部どの」

ロークは気がつくと、警官たちのラボとの作業リズムに意外なほどすんなり入っていた。その作業から少しのあいだ離れ、さまざまなトッピングのラージサイズのピザを三枚注文する。妻は文句を言うだろうが、彼女も食べるはずだ。

イヴの目をぼうっとさせる省略だらけのオタク会話で、彼とマクナブは攻撃のプランを練り上げ、それからピーボディを補助マシンに据えて、そのプランにとりかかった。

ラボのガラスの壁を通して、イヴはいかしたカラフルなカレンダーがフィーニーと並んで作業をしながら、チェアダンスをしているのに気がついた。ピーボディはコンピューターにかがみこみ、マクナブは立っていて骨ばった生っちろい尻を振り、ロークは――スーツの上着を脱ぎ、袖をまくりあげ、髪は後ろで革ひもで縛り――スツールに腰かけて、キーボードとタッチスクリーンに指を踊らせていた。

中へ入り、おしゃべりに顔をしかめた。どうしてオタクたちは普通の英語をしゃべってられないのだろう？

「進捗状況は？」

「いま被害者の電子機器を深いところまで調べてる」カレンダーが答えた。「何かが埋められてたり、取り去られたりしてた場合にそなえて」

「経歴と下層データにあたってるところです」ピーボディも答えた。「ロークが引っぱり出した二人について」

「画像照合検索は自動でやってる」ロークは作業の手を止めなかった。「顔の各要素の分析、整形の可能性も含めた確率精査」

「失踪者と死亡推定者の報告書を入手しました」マクナブが付け加えた。「それで残りの名前についてのサーチと相互照会に躍りこんでるところです」

「よし出た。見るかい?」ロークがきいた。

マクナブはロークのほうへ移動した。「ビンゴだね。ぬいぐるみの象はいただきだ」

「キャロル、ナイルズ・ジョージ、認可を受けた霊能者兼催眠療法士、二〇三九年から二〇四四年までロンドン在住。この画像を検索対象に入れてくれ、イアン」

「すぐやるよ」

「これはかなり問題があるな」

「ええ、わかるわ」イヴはスクリーンのデータを読もうと近づいた。「女性の客がこいつの家から出ていったあと、息子の家へ行って、それから、うわ、火をつけるようしむけたのね。息子、その妻、二人の子どもたちは脱出した。客はだめだった」

読み進めるにつれ、パズルのピースがおさまっていくのを感じた。「客の体内から幻覚剤が検出された。当局が彼女の足どりをたどってキャロルに行きついたときには——だいたいファーストネームが三ついた名前のやつなんて怪しいと思うべきなのよ——彼は風にのって消えていた。死んだ客から半年あまりで巻き上げた七十五万ポンドがあれば、さぞかし遠くへ飛んでいけたでしょうね。ほかの顧客たちも五百万ポンドあまり、こいつがロンドン勤務のあいだにくれてやってるし」

「これを見てごらん」ロークが別の報告書を呼び出した。「息子は合法的なステップを踏んで、母親の金を引き継ごうとしていたんだ、精神的・情緒的に不安定である根拠を挙げて」

「それでキャロルには——というか何て名前でもいいけど——自分が詐欺をやってるうちに息子を、それに客も消す動機ができる。彼らから吸い上げ、彼らを消し、逃げる。キャロルはただ逃げるだけじゃなく、ひとりの客からもっと簡単なカモに移るだけでもない、なぜなら客をだまして、その人の愛する人間を殺させることが犯行に欠かせないから。大詰めといっていいのかも」

「彼の名前はキャロルじゃありませんでした」ピーボディがスツールからこちらを向いた。「そのIDナンバーのナイルズ・ジョージ・キャロルは、二〇三八年以前には存在してないんです。よくできた偽データですよ、でも穴はありますし、そこを突くとばらばらになってしまいます」

「こっちでまた名前が出たぞ」フィーニーが椅子にもたれた。「デュプレが暗号化して、ほかのデータのあいだにはさんでた」

「彼女は今朝の三時ごろに入力したみたい」カレンダーが言い足した。「それに見た感じだと、ダラス、これは全部——そのインチキなキャロル野郎よ。全部で六つ」

「それも検索に入れて。いちばん最初はどれ？」

「最初のは、これが時系列順だとすると、レイヴンウッド」

イヴはロークの隣にスツールを引っぱった。

「僕が調べよう」と彼は言った。

「ええ、やって。わたしはブライトをやる。これが時系列順で、ブライトが単に韻を踏んでただけじゃないなら、これがいまの彼かもしれない」

「サイモンでヒットしましたよ」マクナブがいつものささやかなブギを踊った。「おまえのパターンはつかんだぞ、はっきりな。フランソワ・サイモン、霊能アドヴァイザー兼降霊術師、二〇五三年から二〇五七年までニューオーリンズ在住、長期休暇で南アフリカへ行っているあいだに行方不明に。死亡と推定」

「三年から四年ね、どの土地でもそう」イヴは作業しながら言った。「彼はまだここにいる、でもたぶん長くはいない。カレンダー、あなたは——」

「こいつがいなくなる直前に、各地であった殺人と自殺の検索でしょ。もうやってる」

ロークが同じパターンで、さらに二つを見つけた。

ピザが届くと、イヴはやはり文句を言った――それでもペパロニをひと切れとった。ラボは炭酸飲料の甘いトッピングを振りかけたピッツェリアのようなにおいになったかもしれないが、作業は完了した。

「ルイス・キャロル・レイヴンウッドだ」ロークがはっきりと言った。「マクナブ、ダブルチェックして、これが最初だと確認してくれ」

「わかった」

「ダーズベリー、イングランド――これは、僕はしばらくルイス・キャロルを勉強したことがあるんだが――キャロルが生まれ育ったところだよ」

「偶然じゃないわね」イヴは言った。

「だろうね。降霊術師で、占いや相談、交霊会、前世回帰もやるとある。二〇二二年から二〇二八年」

「最長の勤務期間ね」

「そのようだ。関連データを引っぱり出したら、ひとつふたつ記事があったよ。彼はルイス・キャロルと血がつながっていると主張していた、キャロルの姉妹のひとりを通じて。そしてキャロルの霊によってダーズベリーに呼ばれた、その霊とも交信したと言っている。妹と組んで仕事をしていて、さもありなんだが、彼女の名はアリスだった」

「妹なんて、ほかの名前のどのデータにもないけど」

「ないはずだよ」ロークが同意した。「二〇二八年にダーズベリーで亡くなっているからね。自殺だ」

「どんぴしゃね」イヴの目が細くなった。「マイラがそれを聞いたら精神科医のお楽しみをたっぷり味わえるわ」

「それに、アリス・レイヴンウッドは依存症で、メタンフェタミンとLSDがお気に入りだったとわかっているから、なおさら楽しめるだろう。アリスは重い鬱病(うつびょう)をわずらっていて、ポットのお茶に鎮静剤を混ぜ、自分と兄にいれた。彼女は死に、兄は死にかけた。彼はその後すぐダーズベリーを去った。それ以降、その名前では彼についての情報はない」

「その警察報告書が見たいわ。彼が妹に薬を盛ったのかもしれない。いずれにしろ、そのときのことがほかのすべてへの出発点になった。イカレ男は客たちから金をまきあげ、それからひとりを選んでまた同じ――やったわ、こいつをつかまえた。キャロル・ブライト。自称〝超常研究博士〟。住所もわかった」

10

ブライトがふーっと息を吐きながらすてきな居間に入っていくと、ミズ・ハリエット・マーチがお茶の支度をしているところだった。

「わたしのマーチ、次へ動くときが来たよ。ブダペストはどう思う？」

「ハンガリーといえばグヤーシュ（ハンガリーの料理で、パプリカのシチュー）ね」

彼はあはは、ひゃひゃひゃひゃと笑い、自分の両腿を叩いた。「そうこなくちゃ！　もう通知はしておいた。楽しいミセス・メルトンとの面談のあと、荷造りにかかろう」

「うちのねずみ（マウス）が、こっちへ向かっていると合図してきたわよ」

「すばらしい」

「それでミセス・メルトンは不思議の国（ワンダーランド）にいる姉に合流するの？」

ブライトは彼女の目の貪欲（どんよく）さにほほえんだ。彼女をとっておいたのは正しかった。最初に彼のところへ来たとき——亡くなった恋人との交信を求めていたとき、彼女の可能性を感じとったのだ。彼女の内なる暗黒の影は、時間と忍耐によって簡単に濃くなった。

それにもちろん、彼女が大好きになったあの酒でも。

「彼女とご亭主は今夜旅立つよ、わたしたちが旅立つときに」目を輝かせ、彼女は両手を打ちあわせた。「お客を二人、こんなに間を置かずにウサギ穴へ送るのははじめてね」

「楽しいじゃないか！　ニューヨークにいたあいだは本当に儲かったし、最初のひとりが行くまでは長いこと待った。もうひとり送り出せば、わたしたちのささやかなお別れパーティーになる。そら彼女が来たぞ！　玄関に出てくれるかい、ミズ・マーチ？」

「もちろんです、ドクター・ブライト。お茶もケーキも準備万端」

当然だ、と彼は思い、お茶の効果を相殺してくれる小さな錠剤を飲んだ。鏡で自分の姿を確認し——彼のお気に入りの鏡は、一緒に世界じゅうを旅してきた。そして彼はニューヨークでの最後のこの面談に、お気に入りのシルクハットを使うことにした。

そして振り返り、信じられないほど金持ちで、驚くほど期待でいっぱいのミセス・メルトンを迎えた。

彼女は両手を広げて彼のほうへやってきた。「ああ、ドクター・ブライト、今日が本当に待ち遠しかったわ。もう一度姉と話したくてたまらないの」

「姉妹にまさるものはありませんからね」彼は大きな、大きな笑みを浮かべた。「お茶をいただきましょう」

これはすてきなパーティーになるぞ、と彼は思った。

イヴは入念に接近方法を考えた。彼女とピーボディで家へ行き、中へ入るのだ。チームを集めた会議室をぐるぐるとまわった。「彼を八方ふさがりにしたいの。わたしたちが彼を連れ出したら、捜索チームは――令状を持って――中へ入って。違法麻薬課の捜査官たちはドラッグの捜索を受け持つこと。マクナブとカレンダーは電子機器を押さえて。それから、いつもの専門家民間人が参加したがっているから、彼には財務関係にあたってもらう。フィッツウィリアムズが面談一回につき、彼に九千九百九十九ドル払っていたことを立証したいのと、彼がフィッツウィリアムズの遺言書に、おそらくは財団を経由して、自分を入れさせていたかどうかも念のためチェックしたい。

偽のIDを探して――ライセンス類、パスポート類――それから顧客名簿も。フィッツウィリアムズやほかの人の殺害の記録も探して」イヴは部屋を見まわし、うなずいた。「ピーボディ」

「用意できてます」

「行きましょう」

二人が部屋を出ると、ロークが彼女の横へ来た。「彼は超常能力を持っているはずだ。きみたちの心を読もうとするだろう」

「ブロックのしかたならわかってる。ピーボディのお父さんが超常能力者でしょ、それでどうやってフィルターをかけるか彼女に教えたの。ピーボディはそのことを不安がってるけど、わたしたちは踏みこまなきゃならない。署に引っぱってくる前に、犯人の家を、彼の反応を見たいの」

「彼はひとりでやっているんじゃないよ」

「それも考えずみ。これがわたしたちの仕事なのよ、ローク」

彼にはわかっていた、わかりすぎるほど。「きみの体が危険にさらされるのだってたいへんなことなんだ。それに今回はきみの心もかかっているんだよ、だから両方に気をつけてくれ」

「そのつもり」イヴは駐車場で彼と別れ、ピーボディと車に乗りこんだ。

「ちょっとびくついてます」ピーボディはそう認めた。「もし犯人が――」

「呪いなんて言わないでよね」

「もしわたしが言わないでいることを彼がやろうとしたら？」
「マクナブとのセックスを考えなさい」
「はあ？」
「ほかのことを考えて頭をいっぱいにして、ごちゃごちゃに混ぜるよう、お父さんが教えてくれた、って話してたでしょ？　それをやるの。あなたとマクナブとセックスしか見られないんだったら、誰だって頭の中に入ってこようなんて気はなくなるわ」

ピーボディがにんまりしたのに気づいて、イヴは声をあげた。「いまじゃないわよ。いま考えるのはやめなさい。気持ち悪いじゃないの」

「練習しているだけです」楽しげに、ピーボディはアップタウンまでずっと練習を続けた。

駐車スペースを探すかわりに、イヴは〝公務中〟のライトをつけて二重駐車をした。今回の第一段階には十五分以上かからないだろうと思ったのだ。

「ワォ、すごくきれいな家ですねえ」近づいていきながら、ピーボディはその幅の広い三階建てのタウンハウスをじっくりながめた。「ヨーロッパっぽくみえますね。きっと歴史的建造物に登録されてますよ。都市戦争(アーバンズ)を生き延びた、十九世紀からある偉大な古い建造物のひとつでしょう」

「建築にうっとりするのはあとでいいから」イヴも同じようにじっくり見ていた。ドア、窓、出口。獲物が逃げ出すとは思えない——コントロールとパワーの喪失になるから——だが間取りを知りたかったのだ。

「警官の顔をして——冗談はなし、あくまで真面目に」

「すみません、マクナブとのセックスを考えていたもので」

「あなたを嫌いになりそう」イヴはおどし、ベルを鳴らした。

掌紋プレート、防犯カメラ、つっかい棒式のロック、とイヴは見てとった。冷たい目で前をにらんでいると、インターコムから声がした。

「ご用件を話してください」

コンピューターじゃない、と思った。このキーキー声は違う。とすると、相手にしなきゃならないのは少なくとも二人。

「ニューヨーク市警察治安本部（NYPSD）です。ドクター・ブライトとお話がしたいのですが」

「ドクター・ブライトにはお会いできません。お帰りになって、またあらためていらしてください」

「ドアをあけてください、でないと令状を入手するまでここにいて、自分であけますよ」

それにもし彼があけなければ、もう持っている令状を使うまでだ。しかしドアがほんの少し開いた。イヴは十五センチほど下を見て、やっと茶色のぼさぼさ髪の男と目を合わせることができた。その目はおびえたジャンキーのピンクがかった色をしていた。

「ドクターはいまお話しになれません」

イヴはドアに足を突っこみ、少し広げて最初の問題を解決した。「あなたは誰です?」

「ドーバート・マウスです。あなた方は?」

「イヴ・ダラス警部補です」眠りねずみ（ドーマウス）。ぴったりだ。「ドクター・ブライトにわたしが来ている、ピーボディ捜査官も一緒だと伝えてくれませんか?」

「ドクターがむこうと交信しているときに邪魔してはだめなんです!」

その興奮しやすさがおびえに加えて何かを物語っていた。

「ドクターはわたしたちと交信してもらわないと」イヴがさらにドアをこじあけると、キノコの上に丸くなったイモムシが水煙管を吸っている、あざやかな色の絵が見えた。

「誰も中に入れとは言ってない！　帰れ！」

「ちょっとマウス——それとも眠りねずみ（ドーマウス）かしら?」

彼のピンク色に縁どられた目が怒りでいっぱいになった。鼻が異様に興奮してひくひく動く。「おまえに俺のひげは見えない！　おまえに見せるものじゃないんだ」

彼はイヴを蹴り、その動きがあまりに不意打ちだったので、彼女が予想する間もなくマウスの足がむこうずねに命中した。そして彼は逃げ出し、階段を駆け上がった。

「くそったれ。電子チームを応援に呼び入れて」イヴは命じ、武器を抜いて追いかけた。

マウスはぴょんぴょんあがっていき、イヴはその痛むむこうずねで追いかけ、ピーボディも電子チームに入ってくるよう叫びながら後を追ってきた。

彼は二階の踊り場ですばやく曲がって消えた。しかしその前にイヴは壁のパネルがスライドして閉まる動きをとらえていた。

パネルを引っぱったが、手ごたえがなかったので、彫刻の入った腰板に指を走らせてみた。パネルがふたたび開くと、彼女は大きな懐中時計を持った白ウサギの彫刻をつかんで、パネルが閉じないようにそれで押さえた。

内部には、薄明かりの中、上下に伸びる曲がった階段が見えた。少しのあいだ目を閉じると、いそぐ足音が聞こえた。

「上よ」イヴは言った。「足元に気をつけて」

一段抜かしで上がっていき、すね蹴り屋が奇妙に傾いた通路を、閉じたドアへ走っていく姿を見つけた。ドアの下から青い光がもれている。

全速力で、彼が通りぬけたわずか数秒後にドアまで行くと、体を低くして突入し、武器を左右に動かした。

青い光、青い霧の中でマウスがぴょんぴょん飛びながら、自分のひげのことをキーキー言っていた。長い黒髪の女が霧のすぐ外側で、くすくす笑ったりくるくる回ったりしている。イヴを見ると動きを止め、その顔が怒りに満ちた。

「その女の首をちょんぎっておしまい！」

イヴにはわけがわからなかったが、女は両手を拳骨にして、まるで斧を振りまわすように頭上にあげ、それから突進してきた。

そこには別の女性がいて——年配で、椅子に座ってその青い靄におおわれ、頭は羽のついた帽子の下で傾き、目がぼうっと無表情になっていたので、イヴは最短ルートをとった。

突進してきた女を倒すには、短く強い左のジャブ二発で足りた。

「この青いやつから離れてなさい、ピーボディ」

何かが動くのがわかり、青いカーテンのむこうに、紫色のシルクハットをかぶった背の高いやせた男が見えた。目が常軌を逸している、そしてそう、そのうえ狂ってるらしい。

身をひるがえして男のほうへ向かったとたん、世界が彼の目と同じように狂った。

光がひらめき、まぶしい色とりどりの稲妻となるいっぽうで、理性の飛んだ笑い声がとどろく。床が右に、それから左に傾くようにみえ、イヴは必死にバランスを保った。いくつもの画像が霧の中で花開く——にたにた笑う猫、また煙を吐き出すイモムシ、きらきら光る懐中時計を持ったでぶの白ウサギ。

そしてシルクハットの男はげらげら笑いながら、カップにお茶をつぐ。

テーブルの上にきれいな青い罎(びん)があり、白い光がそれを照らしていた。大きなラベルがぶら下がっている。

そこにはこうあった。〝わたしを飲んで〟

そしてそれには逆らいがたいものがあった。

目の端に、ピーボディが進み出て、手を伸ばそうとするのが見えた。さっと後ろへ下がり、イヴは彼女の腕をつかんで引っぱった。

「やめなさい」

「でも書いてあります！」

イヴは自分たちが近づきすぎてしまったこと、霧がまわりにからみついていることに気づいた。めまいを感じながら、ピーボディを霧の外へ押し出し、よろよろと後ずさった。

いくつもの反響する声、ばたばた走る音が聞こえた気がした。ほかにも誰かパーティーに来ようとしている。

喉(のど)をあがってきたくすくす笑いをやっとのことで飲みこみ、スタナーで狙いをつけた先にあるものが、何かの幻ではなくシルクハットの男でありますようにと思った。

「これのスイッチを切りなさい、いますぐ、さもないと撃つわ」

「やるまでもないよ」ロークが言い、するとひらめく光が大きなガシャンという音とともに消えた――というかイヴにはそうみえた。靄は小さな青い足で後ろへ這いもどり、床にぽっかりあいた口に飲みこまれた。

「くそっ。くそっ。吸いこんじゃったわ」

「大丈夫だよ」ロークはシルクハットの男を何かのコンピューターから引き離した。コンピューターはでぶの猫になってあくびをし、体を伸ばして、それから丸くなって眠った。

「彼を連れていってもらえるかな？」ロークがマッド・ハッターをカレンダーに引き渡した。

「いいよ。ヘイ、くそ野郎」

「おまえは白の女王じゃないぞ」

「ええ。わたしは電子（イー）ビッチの女神だから。違法麻薬課が入ってくるところよ、マクナバー。わたしはこの団体さんのためにワゴンを運んでくる」

「うん、わかった」マクナブは床に座って、ピーボディを抱っこしており、ピーボディは彼の頬を叩いてうっとり笑っていた。

「ハイ、スウィーティ！　セックスをたーーくさんしたくない？」

「ああ、そりゃすてきだ。でもまずはちょっと風にあたらないか？　あれには何が入ってたんだろ?」彼はロークにきいた。

「荒っぽいトリップのようだね、でも命にかかわるものじゃないよ、あの三人も吸っていたから。医療員を呼んだほうがいいな」

「あら、だめよ、呼ばないで」イヴはスタナーを振ってその提案を追い払った。ロークはそっと彼女からスタナーをとりあげた。「わたしは大丈夫、みんな大丈夫。あの悪党どもをつかまえた。あそこのご婦人を誰か何とかしてあげて。彼女はいっ、いっ、いっちゃってるから」

「医療員が診てくれるよ」だが妻はロークの最優先事項だった。

「オーケイ、わかった。彼女はたぶん、死んだ親類と話をしてるつもりよ」

ロークはイヴの腰に腕をまわして支え、外へ連れ出した。

「現場を封鎖して捜査しないと」

「さしあたっては違法麻薬課の捜査官たちがやってくれる」ロークは階段に気をつけるよう言おうかと思ったが、彼女を抱き上げてその問題を簡単に解決した。

「あなたってとっても可愛(かわい)い。あのねずみ(マウス)にむこうずねを蹴られた」くすくす笑いながら、イヴは両足をばたばたさせた。「わたし、ウサギ穴に落ちたの」

「そうらしいね」

「気に入らなかったわ。ここであなたといるほうがいい」

医療員が診察するあいだ、イヴはまあまあ落ち着いてロークの膝に座っていた。そして彼が車に乗せたときにも、きわめて協力的だった。ロークは車を走らせているうちに、イヴの体がやわらかさを失い、目がはっきりしてきたことで、彼女が元に戻りはじめたと気づいた。

「お帰り。これを飲んで」

「何なの。うぅ」イヴは髪に、頭の中の激しい痛みに指を立て、ブライトの家へ行くときにはかぶっていなかったとわかっている雪模様の帽子を脱ぎ捨てた。

「元に戻り始めたときに出てくると医療員が言っていた頭痛の薬だよ。それからこれを飲んで」彼はダウンタウンへ走りつづけながら、水のボトルを渡した。「ただの水だ。少し水分が足りなくなるだろうから」

イヴの喉は砂を飲みこんだような感じだった。彼女はその薬をとり、水をごくごく飲んだ。「ブライトは」

「勾留してある。三人とも。きみが対処したんだよ、警部補、飛んでしまっていてもいなくても。それがきみの中の警官なんだ」

「どうしてわたしは飛んじゃったの？」

「あれはかなりのカクテルなんだ、鑑識によれば――おそらく、ダーリーン・フィッツウィリアムズが吸ったものと同じだろうから。さいわい、きみとピーボディはせいぜいひと息かふた息吸っただけだ」

「ピーボディは」

「ここにいますよ」

イヴはマクナブの声に振り向き、パートナーが彼の膝に頭をのせて丸くなり、眠っているのを見た。「大丈夫なの？」

「ただ眠っているだけだそうです、それに警部補と彼女みたいに、一度あびただけならあとに残る影響はないだろうって」彼はしゃべりながらピーボディの髪を撫でていた。「でも……」

「ルイーズに連絡したよ――何があったのかきみも彼女に知ってもらいたいだろうから」ロークが話を続けた。「彼女はいまセントラルに向かっている、僕らと同じように、それできみたち両方を診てくれるそうだ」

「わたしは大丈夫よ。お腹がぺこぺこ。食べたいのは……」

ロークがオートシェフのスイッチを入れると、マシンが大豆チップスの大袋を出した。

「やったあ。あいつがわたしに薬を吸わせたのね」イヴはチップスで口をいっぱいにして言った。「あれはすごくいいや。あいつは……ああ、しまった、女の人がいたでしょう。椅子に」

「アンドレア・メルトンだ」ロークが教えた。「医療員が病院へ運んだよ。かなり薬を与えられていたし、毎回与えられていたようだ。でも犯人が何を使っていたかはわかっているから、治療してもらえるよ」

「彼女と話してみなきゃ」

「あしただよ、少なくとも、それは」

「ブライトは別よ、というか彼の名前が何であれ。そっちは今夜」

「それじゃ幸運を祈ろう」ロークはセントラルに車を入れた。「彼女のほうは手を貸そうか、イアン？」

「いや、俺で――そうだな、いるかも」

一緒にピーボディを外へ出し、立たせたが、当人は晴れ晴れと笑っていた。「ハイ！　あいつらはつかまえた？」

「ええ」イヴはエレベーターへと先へ進んだ。「つかまえたわ」

「イェーイ！　すっごくゴキゲンな気分ですぅ」

「知ってる」

「それは大豆(ソイ)チップスですか？　ソイチップスを食べてもいいですか？」

イヴはエレベーターに乗ると、袋を彼女に渡した。「頭は痛くないの？」

「いえ、わたしは……」ピーボディの顔全体がゆがんだ。「うう」

「そら来た」やさしい手つきで、ロークは薬をピーボディの唇のあいだに入れて、ポケットに持っていた水のボトルをさしだした。

「オーケイ、ありがとう。彼ってすてきですねぇ」ピーボディはイヴに言った。

「ええ、知ってる」

「わたしの彼もです。すーーーごくすてき。でも頭が痛くてお腹がすいてしまいました。わたしは自分のボディイメージに厳しくしちゃいけないんですよ、だからこのチップスを食べます」

「彼女を仮眠室に連れていって」イヴはそう勧めた。「あそこでルイーズに診てもらえるし。大丈夫だったら、家へ連れて帰って。すべてよくやってくれたわ、マクナブ」

「ありがとう」

グライドに乗るには疲れすぎていたので、イヴは殺人課までエレベーターで行き、パートナーに最後の一瞥(いちべつ)を向けると降り、マクナブが仮眠室までそのまま行けるようにした。

「今回のことを全部まとめて、それからハッターと彼のイカレた仲間にあたらなきゃ。わたしにはルイーズはいらないから」

「僕にも譲れない線がいくつかあってね」ロークは一緒に歩きながら彼女の手を離さなかっ

た。「そのひとつは、きみはこの件を片づける前に医者に診てもらうということだ。反論するなら、きみの部下たちにきみがくすくす笑っていたと言わざるをえない」

「笑ったりしてないわよ。くそっ。笑ったわ。何となくおぼえてる。わかった、わかった。でもコーヒーが飲みたいわ、それもたっぷり。それがわたしの譲れない線」

「合意成立」

イヴは取引しておいてよかったと思った、というのはチャールズとルイーズが揃って彼女のオフィスで待っていたのだ。

「診察させてちょうだい。座って」

「コーヒー」

ロークはイヴを椅子に押しこんでオートシェフのところへ行き、そのあいだにルイーズは医療バッグをあけた。イヴの手首をとる。「脈は強くて規則正しい。このライトを目だけで追って」

イヴは最初に目をぐるりとまわし、それから言われたようにした。

「ピーボディは？」チャールズがきいた。

「回復中。マクナブが仮眠室に連れていったの。わたしたちは大丈夫よ」

しかしルイーズはさらにいくつもの器具をとりだし、イヴの顔をしかめさせた。彼女はつつき、刺激し、スキャンし、測定した。それからうなずいた。

「異常なし」もう一度イヴの手をとった。「ありがとう。わたしのためにも、チャールズのためにも、ヘンリーのためにもありがとう」

「まだ終わってないんだけど」

「でも必ずやってくれるわ。彼はしばらくうちにいるの——ヘンリーよ。わたしたち、家に帰って彼に、あなたが犯人をつかまえたって話してあげられる。それが彼の助けになるの。それじゃあ仕事にかからせてあげるわね。ピーボディを診たいわ」

出ていく前、チャールズがかがみこんで、イヴの頭のてっぺんにキスをした。「何もかもありがとう、可愛い警部補さん」

「仕事だもの」

二人が出ていくと、イヴはふうっと息を吐いた。「いくつか空白になってるところをあなたに埋めてもらわなきゃならないみたい。あいつがあのライトショーを始めたとき、わたしは混乱してあの靄に入っちゃったのね、ちょっと混乱しただけだけど。でもあいつにスタナーを突きつけたわ。それはおぼえてる」

「たしかにやっていたよ。カレンダーがもうひとりの男——小さいやつ——の相手をして、マクナブがピーボディを靄から引っぱり出したんだ。きみは彼女を靄から押し出した——部屋に入っていったときに見えたんだ――でも彼女がまた靄に入っていったんだよ。僕はコントロール装置を見つけて、プログラムをシャットダウンし、それから……容疑者を拘束した。床にのびていた女はきみが片づけたんだろうな、顔にすごいあざがあったから」

「そうだ、そうそう、オーケイ、わかった。的確なアシストだったわ。全員のIDを突き止めなきゃ」

「ハッターには登録されたIDがないよ。女のほうはウィロー・ベイトマン――二〇五四年までニューオーリンズに住んでいて、いくつか小さな前科があり、それから姿を消した」

「そのときに仲間になったのね、いずれにせよ、ええと……オーケイ、ハッターの仕事の仲間に」

「もうひとりの男はモーリス・ザヴィア。多数の前科があり、加重暴行でしばらく刑務所に入っていた。彼も消息を絶っているよ、三年前」

「同じやり方ね、十中八九。リーダーのやつを連れてこさせるわ。ほかの二人はかなりあいつの影響下にあると思うの、だから後でいい。あなたはまだいるんでしょ？」

「もちろん」

「だろうと思った。今回の件の準備をしっかりさせてちょうだい、わたしがあいつを追いこんで、それから閉じこめておけるように」

「待ち遠しいね」ロークは言った。「僕はＥＤＤに行って、金を見つけて、きみがドアを閉ざす手伝いをしよう」

「楽しんできて」

「もちろんだよ」

エピローグ

ハッターが連れてこられると、イヴは傍聴室から数分間かけて彼を観察した。背が高くてやせっぽち、長い顔、長い体、勾留者用のジャンプスーツを着て座っており、顔には抜け目ない笑みを浮かべ、目はひどく薄いグレーでほとんど無色にみえた。

自信家でうぬぼれ屋、とイヴは判断した。少なくとも外見ではそうだ。しかし彼の指がテーブルをトントン、トントン、トントンと、まるで見えない鍵盤で曲を弾いているように叩いていることに気づいた。

「自分の超常能力で優位に立てると思ってるのよ」彼女はピーボディに言った。「わたしたちの心を読み、それを使って状況を混乱させるつもりなんだわ」

「あるいはわたしたちに例のアレをかけるか」

「そこは飛ばしていいから」とパートナーに念を押した。「マクナブにあなたを家へ送るよう言ったんだけど」

「こんなところを見逃す手はありませんよ。やっぱりマクナブとのセックスを考えていたほうがいいですか？」

「使えるなら何でも使って」リンクを出し、ロークからの詳しいメッセージを読んだ。「あの人は腕利きね」とつぶやいた。「三つの隠し口座、三つの別々の名前――すべてハッターまでたどれる――彼は、フィーニーの調べによれば、本当にルイス・キャロル・レイヴンウッドっていう名前で、一九九九年イングランドのデヴォンシャー生まれ――きょうだいがひとり、アリス」

「じゃあ妹が自殺するまでは本当の自分だったんですね」

「それより以前、彼と妹は――これはびっくりだわ――巡回サーカス興行で稼ぎまわっていた」

イヴはまたガラスのむこうを見た。「金と偽物のＩＤを、違法麻薬課が彼の家で見つけた大量のドラッグに加える、そうすればこっちが仕事を終えたとき、あいつもそうそう楽しそうな顔はしてられないでしょうよ。あの笑いを顔から拭いさってやりましょう」

二人が入っていくと彼は目を向けてきて、笑みがにたにた笑いに変わった。

「ダラス、警部補イヴとピーボディ、捜査官ディリアがレイヴンウッド、ルイス・キャロルへの事情聴取を始め――」

「わたしはドクター・ブライトだ」

イヴはただしゃべりつづけた。「対象となる事件番号は……」彼のむかいの椅子に座って、たくさんの番号を言った。「ミスター・レイヴンウッド、あなたは――」

「ドクター・ブライトと呼んでもらいたい」

「あなたは権利を読まれました」イヴは続けた。「これらの件について自分の権利と義務を理解していますか？」

「完璧に理解している、そしてそれ以上のこともね。気分はどうかな？」

「あなたがこれからなるよりいいわ。あなたのお仲間二人がいまなっているよりはるかにいい。二人はいらだってきている。依存症がクスリを手に入れられないとそうなるものね。二人は二十四時間以内にあなたを裏切るでしょう、でもわたしには連中は必要ない。ピーボディ、われらがお客の家で違法麻薬課が見つけたものを挙げてくれる？」

ピーボディはPPCを出して、違法麻薬課からの報告書をきびきびと読み上げた。

「たいしたコレクションね」イヴは彼の目と目を合わせつづけ、実際に彼が思考をさぐろうとしてくるのを感じた――そして彼の意志に自分の意志で対抗した。「それだけでも刑務所にだいぶ長くいられるでしょう。いま言った違法ドラッグを、当人の同意もしくは認識なしに他人に使ったことを加えれば——」

「みんながわたしのところへ来るんだ」レイヴンウッドは空中で指をひらひらさせた。「わたしの助けを求めて来るんだよ。わたしは彼らの求めるものを与える。一緒に橋を渡るんだ、そして渡るには平穏でなければならない。落ち着いた心だ、静かで、リラックスした、平静な」喉を鳴らす猫を撫でるように、指がひらひら、ひらひらと動く。「青い海の下を、青い空の下をただようことを想像してごらん。あの雲を見るんだ、白くてふわりとしている」

この男には何かがある、とイヴは思った。それが引っぱってくる。でも彼のハーブや薬品の刺激なしでは力が足りない。イヴは体を近づけた。「わたしに催眠術をかけられると思ってるの？　あんたはインチキよ。生まれてこのかたずっとインチキだった。凡庸（ぼんよう）な能力を使って、金を稼いで大物の気分になれる方法を見つけただけ」

「凡庸だって！」彼はテーブルを両手で叩いた。「わたしの才能は誰よりも上だ。わたしのすぐれた能力は天才のものなんだ！」

「あんたの才能なんてクソよ、レイヴンウッド。というより、ナイルズ・キャロルと呼ぶべきかしら？　もしかしたらアンガス・ローランドか、アントン・ザカリ、それともフランソワ・サイモン？」

何かが彼の目をよぎった――はじめてのかすかな恐怖。

「わたしには名前がたくさんあるんだ。才能が必要とするんだよ」

「才能ねえ」イヴは鼻を鳴らした。「あんたより才能のあるサーカス芸人は何人も見てきたわ。それがあんたの出発点、そうよね？」イヴは立ち上がり、テーブルをまわって、後ろから彼に近づいた。「二十五セントのカーニヴァルで、運勢を占い、客をあひるみたいにガーガー言わせるのが。あんたと妹で」

彼の体がびくんとした。「黙れ」

「おやまあ」ピーボディが目を見開いた。「彼を怒らせてしまいますよ、ダラス」

「わたしが？　あんたは妹の話をすると怒るの？　彼女にドラッグを与えて中毒にしたの、それとも彼女が自分でやったの？　どうして彼女はあんたを殺そうとしたのかしらねえ？　客相手に何かしくじったの？　それともあんたはただ彼女に飽きて、たっぷりドラッグを与え、彼女を殺せるように何もかもをでっちあげたのかもね」

「妹は自殺したんだ」

「ダーリーン・フィッツウィリアムズみたいに？　ほかにも――ちょっと待って、あんたの心を読ませてもらうわ」イヴは彼の頭上に両手を浮かし、動かした。「彼らの霊がこっちへ手を伸ばしてるのを感じる。ロンドンのメアリアン・ビーチェム、エディンバラのフィオーナ・マクニー、プラハのシルヴィア・ガース」

「わたしから離れろ」彼は叫んだが、イヴは名前を挙げつづけた。「すべて女性よ、あんたの妹と同じように」

「彼はきっと妹を連れ戻せなかったんですよ」ピーボディが言った。「彼女は来てくれないんでしょう。あんな仕打ちをされたんでは」

「黙れ！　口を閉じろ！　おまえはしゃべれない。舌は縛られて、喉はふさがれた！」

ピーボディの唇が閉じ、目が見開かれ、喉に両手がいった。息がつまってあえぐ。それから手がぱたっと下がった。「いいえ、問題なくしゃべれます」

うまい、とイヴは思った。リンクに目をやり、ロークからのテキストメッセージを読む。笑みが浮かんだ。それからもう一度テーブルをまわっていった。「へえ、こいつは自分の芸が効くと思ってるのよ。お茶会と靄、ライトがなければ全然だめじゃない。帽子は？　あの帽子は何に使うの？」

「サーカス芸人は小道具が好きなんですよ」ピーボディが言った。「帽子から白ウサギを出すのかも」

「もしくは三月ウサギ（マーチ・ヘア）をね。でも彼女の本名はウィロー・ベイトマンで、これからあんたをありとあらゆる形で裏切るわ」

「ミズ・マーチは忠実だ」

「あんたの違法ドラッグカクテルにはね、ええ。でもそれがなければ……あんたはそのしょぼい能力でデュプレみたいな人間に対抗するべきじゃなかったのよ。彼女は本物だし、あんたを止めるために必要なものを全部くれたわ」

「ありえない」彼は両手を宙にさっと動かした。

「なぜ？　あんたが彼女の茶葉にいつもの物騒な混ぜ物をこっそり入れたから？　彼女のところへ行って、薬を盛って、彼女の顧客リストからフィッツウィリアムズを選んだから？　そして彼女に薬が効いているあいだに、もし思い出したり、質問されたりしたら自殺するようにって命令を植えつけたから？　まったく、彼女はレストランの上に住んでるのよ。あんたが彼女の家にあがっていくのを誰も見ないと本気で思ったの？」

「わたしは行ってない！　ミズ・マーチを行かせたんだから」

「なるほど」イヴはまた腰をおろした。「あんたはベイトマンを客に見せかけて送りこみ、彼女が茶葉に混ぜ物をしたわけね。そしてマウスが――モーリス・ザヴィアのことよ――二人をあんたのところへ連れてきた。さてフィッツウィリアムズよ、とっても楽なカモで、とってもお金持ち。待って」

イヴは額に手をあてた。「また霊的ひらめきが来たわ。九千九百九十九ドル。現金。あんたにはずいぶん多い謝礼よね。でも……それだけじゃない。あの裕福な財団。そこから何百万ドルも引き出せる。あれは何？　何かしら？　ええ、もう少しで見える。ほら見えた！〈鏡基金（ルッキンググラス・ファンド）〉」

「わたしの頭から出ていけ！」彼の目に狂気が戻ってきた。「おまえには見えない！　わたしの帽子をよこせ。帽子を持ってこい」

「あのくだらない帽子でわたしが見るのを止められるなんて、本気で思ってるの？　〝驚異のダラス〟は何でも見えるし、何でもわかるのよ。あんたは彼らを二人とも消さなければならなかった。ダーリーンがあんたの偽の慈善事業に千二百万ドル遺贈するようにしむけ、それから兄妹を消す。金のため、満足のため。妹、兄、まるであんたとアリスそっくりね」

レイヴンウッドは歯をむきだし、いまや怒り狂っていた。「おまえが死ぬまでその壁に頭をぶつけ続けるようにしてやるぞ」

「やってごらん」イヴは席を蹴って立ち上がり、彼の顔に顔をくっつけんばかりにした。「いいからやってみなさいよ。わたしはあんたの被害者たちみたいに、薬も盛られてないし悲しんでもいない。あんたはダーリーンを送りこんで兄を殺させた。彼女に裁ちばさみを渡した。彼女はあれが何だと思っていたの？　キャンディ？　ワイン？　花？　花ね」彼の目が動くのを見て、イヴは繰り返した。「〝言い合いになったりして本当にごめんなさい、マーカス。お花を持ってきたの〟　そして彼女は兄の心臓を刺し、自分はテラスから飛び降りる、幻を見ながら、何をしているつもりだったのかしらね？　ビーチを歩いて、自分の家に入っていったの？　どうでもいいわ、あんたは彼女を殺し、二人とも殺した。何のために？　金のため。金と楽しみのため。そして自分には力があると感じるため」

「わたしには力があるんだ。彼女には望みどおりのものをやったじゃないか？　いまは両親といるんだから。頼まれたとおりのものをやったんだ。金をもらって当然だ。わたしの金をよこせ！　帽子をよこせ！」

彼はこぶしでテーブルを、足で床を叩いた。「おまえらは今日の夜が終わるまでに、おたがいに殺しあうぞ。わたしはそうさせることができるんだ、ほかの連中みんなにやったようにな。おまえたちはおたがいをずたずたに切りあう。血のリボン（トゥ・リボンズ）だ。そしてその血で、わたしたちは薔薇（ばら）を全部赤く塗ってやる」

彼は大きく息を吸い、耳まで上がっていた肩から緊張がとけた。「さあ、ミズ・マーチにお茶を持ってこさせろ」指がふたたび宙にひらひらして、彼はイヴの目を見つめ、ほほえんだ。「みんなでお茶を飲もう。わたしのお茶会だ、それは絶対に、絶対に終わらないんだ」

「あんたにニュースがあるわ。茶会は終わったの」

彼の取調べを、少なくとも今夜は終わりにすると、イヴは彼を、精神科セクション内の勾留場所へ連れていかせ、自殺防止監視をつけた。

「マイラは彼でたっぷり楽しむでしょうね」イヴは言った。「ほかの二人は朝になったらやるわ。いつもの特製ブランドのお茶なしでひと晩過ごしたあと、彼らがどんな気分でいるか見てみましょう」

　彼女はロークが傍聴室から出てくるのを見守った。

「こう言うのは残念だが、彼はとことん気が狂って（マッド・アズ・ア・ハッター）いるな」

「たぶんね」イヴも同意した。「そっちはマイラしだい、それに彼が残りの一生をコンクリートの牢獄（ろうごく）で過ごそうが、クッション張りの病室で過ごそうが、わたしはどうでもいい。いずれにしても、彼はもう終わりだもの」

「あいつにはぞっとしました」ピーボディがぶるっと震えた。

「そうはみえなかったけど」

「まあ、そうだったんです、なのでもしよければ、わたしは家に帰って朝まで警部補から離れていますよ。そうすればおたがいがリボンになるまで切り刻み合わなくてすみますし」

「もう、ピーボディったら」

「危険を冒すことはないでしょう？　報告書を書きますよ、でも家で書きます。マクナブにちょっと見張っててもらって」

「いいわ。わたしも家へ帰る」

「彼女は僕が見張っているよ」ロークはピーボディに約束した。

イヴはオフィスへコートをとりにいった。「あいつには何かがあったわ」首をまわす。「本人が持ってると勘違いしてたものにはとても及ばなかったけどね——そのほとんどはドラッグのおかげだったから。彼がどこへ行くことになるにせよ、もうあのドラッグを手に入れることはない、でも油断なく監視しないと」

「彼はきみを怖がっていた、自分以上の能力をきみが持っていると恐れていたね」ロークは彼女の顎のくぼみをトントンと叩いた。「持っているのかもしれないよ」

「霊能者なんかじゃないわ——殺人犯の気持ちの読み方を知っている、ただの警官よ」

「僕も催眠暗示をかけたいんだが」彼は今度はイヴの額に指を置いた。「きみは僕と一緒に家に帰って、たーーくさんセックスをしたくなる」

「わたしに呪いをかける気、大物さん？」

「もちろんそのつもりだよ」

一緒に外へ出ると、ロークはポケットから雪模様の帽子を出して、イヴの頭にかぶせた。

まあいいわ、とイヴは思った。帽子としては、これはあったかいし——それにとってもすてきだ。

訳者あとがき

中編集連続刊行の第二弾をお届けしました。楽しんでいただけたでしょうか？

前回にならい、作品の発表順に紹介しますと、「忌まわしき魔女の微笑」が二〇一三年、シリーズの流れの中では第三十八作『パーティーは復讐とともに』と第三十九作『堕天使たちの聖域』のあいだの作品、「マッド・ハッターの死のお茶会」が第四十二作『紅血の逃避行』と第四十三作『歪んだ絆の刻印』のあいだの作品になります。前の中編集の二篇と同じく、それぞれがひとつのテーマで編まれたアンソロジーに収録されています。

＊「忌まわしき魔女の微笑」(Taken in Death)
今回収録されている二篇はどちらも、有名な児童文学にインスパイアされたものとなっていますが、こちらは『ヘンゼルとグレーテル』または『お菓子の家』として知られる作品が元となっています。高級住宅地で子守が殺され、幼い双子の兄妹がさらわれる事件が発生。

双子は自分たちをさらった女を〝悪い魔女〟に見立て、〝いい魔女〟に助けを求めようとします。事件を担当したイヴは、双子の兄が玩具に残したメッセージをもとに、ＦＢＩや国土安全保障機構(HSO)とも協力して、最大限の組織力を動員し、双子の救出をめざすのですが……。

この作品が収録されたアンソロジー*Mirror, Mirror*は、〝鏡よ、鏡〟というタイトルが示すとおり、童話やおとぎ話に着想を得た作品が集められています。本作中でも『ヘンゼルとグレーテル』についての、誰もが知っている言葉が出てきますが、ふつうではない幼年時代を過ごしたイヴは、ピーボディがその話をしても何のことかわからず、ポカンとしてしまいます。ユーモアをまじえながらも、彼女の悲惨な過去を感じさせる場面で、作者ロブのうまさを感じさせます。また、誘拐事件捜査ということで、ＦＢＩおよびＨＳＯとの協力体制が敷かれることになり、イヴの旧知の切れ者捜査官ティーズデールが再登場します。シリーズ第三十六作『呪われた使徒のレシピ』において、難しい状況のなかでイヴの信頼を勝ち得た彼女が、ふたたびイヴとタッグを組んで事件解決にあたる姿はたのもしく、愛読者の方々にとって楽しい一篇になっているのではないでしょうか。

＊「マッド・ハッターの死のお茶会」(Wonderment in Death)
こちらもまた、有名なイギリス児童文学『不思議の国のアリス』を下敷きにした作品にな

っています。イヴの友人ルイーズの幼なじみの男性が殺され、犯人と思われるその妹も自殺、という事件が起きますが、ルイーズは妹の犯行ではないと信じ、イヴに真相を解明してほしいと頼みます。妹は両親を事故で亡くして以来、精神の不調に悩まされており、そのための犯行・自殺と思われたのですが、イヴが調べていくうちに、あやしげな霊能者の存在が浮かんできました。しかし、有力な手がかりだった人物がイヴの目の前で、『不思議の国のアリス』の登場人物の名前を口にしながら、不審な死をとげてしまい……。

この作品が収録されていたアンソロジーは *Down the Rabbit Hole*、つまり「ウサギの穴へ降りて」という、『アリス』そのものずばりのタイトルがついています。作品中の登場人物にも、『アリス』の三月ウサギやおかしな帽子屋、眠りねずみ、ハートの女王を連想させる名前やセリフが割り振られており、テーマパークに入ったかのようなイメージゆたかな世界を楽しんでいただけると思います。

最後に、作者ロブ／ロバーツの近況をお知らせしておきましょう。

イヴ&ローク・シリーズでは、今年の二月に新刊 *Abandoned in Death* が発売されます。ニューヨーク市の運動場で女性の他殺死体が発見されました。タトゥーやピアスがあるのに、髪は結われ、服は何十年も前のものという奇妙な状態で、〝悪い母親〟というメモが付

忌まわしき魔女の微笑
イヴ&ローク 番外編

著者	J・D・ロブ
訳者	青木悦子（あおきえつこ）
	2022年2月25日 初版第1刷発行
発行人	三嶋 隆
発行所	ヴィレッジブックス 〒150-0032 東京都渋谷区鶯谷町2-3 COMSビル 電話 03-6452-5479 https://villagebooks.net
印刷所	中央精版印刷株式会社
ブックデザイン	鈴木成一デザイン室
DTP	アーティザンカンパニー株式会社

定価はカバーに明記してあります。
ISBN978-4-86491-527-4 Printed in Japan

けられていました。イヴは犯人が子どもにトラウマを与えた人物と考え、過去の事件を調べますが、あてはまる記録はなく……というストーリーです。

また、ノーラ・ロバーツ名義で二〇〇〇年に出た『傲慢な花』（ハーレクイン社、飛田野裕子訳）を原案とした同名のドラマが、今年一月にネットフリックスで放映されました。人気女優のアリッサ・ミラノが主演しており、予告編を見たところではなかなかサスペンスフルな作品のようです。こちらもぜひどうぞ。

私生活のほうでは、公式サイトのブログによれば、昨年のクリスマスにはコロナ対策をしつつ家族で集まり、ショッピングや家の飾りつけ、プレゼントのラッピング、お料理やお菓子づくりを楽しんだようです。孫娘さんが大学から帰郷してクッキーを焼いてくれ、それにノーラの夫ブルースが絵をつけている写真も載っていました。その働き者のノーラらしく、クリスマスの準備が整ったところで、新しい本を書き始めたそうです。ブログの最後には、ファンの人々にむけて〝Stay safe（ご無事で）〟と書かれていました。本当に、この二年間続いている状況が終息して、おだやかな日々が戻ってくることを願ってやみません。

それでは、次回のイヴ&ロークの活躍をお楽しみに。

二〇二二年二月